Hideo Okuda

Die merkwürdigen Fälle des Dr. Irabu

Roman

Aus dem Japanischen
von Matthias Preifer

btb

Die japanische Originalausgabe erschien 2006
unter dem Titel »Couchou Senkyo« bei Bungei Shunju, Tokio.

FSC
Mix
Produktgruppe aus vorbildlich bewirtschafteten
Wäldern und anderen kontrollierten Herkünften
www.fsc.org Zert.-Nr. GFA-COC-001223
© 1996 Forest Stewardship Council

Verlagsgruppe Random House FSC-DEU-0100
Das FSC-zertifizierte Papier *Munken Pocket* für dieses Buch
liefert Arctic Paper Munkedals AB, Schweden.

1. Auflage
Deutsche Erstveröffentlichung September 2010

Umschlaggestaltung: semper smile, München
Umschlagmotiv: Gandee Vasan/Gettyimages
Satz: Uhl + Massopust, Aalen
Druck und Bindung: CPI – Clausen & Bosse, Leck
SL · Herstellung: SK
Printed in Germany
ISBN 978-3-442-74060-4

www.btb-verlag.de

Der Clubbesitzer

1 —

Als der firmeneigene Mercedes am Hauseingang vorfuhr, wurde er auf einmal durch ein grelles Licht geblendet, und die Welt vor ihm war für einige Momente strahlend weiß. Kaum war sein Sekretär ausgestiegen, bildete sich schon eine Traube von Reportern um den Wagen. Die Tür wurde geöffnet, und wie üblich ergoss sich ein Blitzlichtgewitter über ihn. Ihm schwindelte etwas.

»Platz da! Machen Sie doch den Weg frei!«, rief ein stämmiger Mann mit Bürstenschnitt barsch. Seit einiger Zeit beschäftigte er einen jungen Sekretär mit Judoausbildung, der gleichzeitig als Leibwächter fungierte. Der vor ihm vom Rücksitz ausgestiegene Leiter des Präsidentensekretariats, Kinoshita, lief um das Auto herum auf seine Seite und versuchte, den Weg freizumachen. »Was fällt Ihnen denn ein? Wir hatten doch abgemacht, dass die Presse keine Privatgrundstücke betritt«, protestierte er mit rotem Gesicht.

Mitsuo Tanabe sah sich das Gewimmel vor dem Auto an und schnalzte ärgerlich mit der Zunge. »Diese Idioten«, murmelte er vor sich hin. Die Reporter waren skrupellos, obwohl sie eigentlich alle zur selben Branche wie er selbst gehörten. Er nahm seinen Stock und stieg aus. »Na, na, aus dem Weg!«, donnerte er mit einer Zigarre im Mund.

»Herr Tanabe, ein Wort zum Zusammenschluss der beiden Baseballteams!«

»Wann berufen Sie die nächste Ausschusssitzung ein?«

Mehrere Mikrofone streckten sich ihm entgegen. Wie Karpfen, die sich um Futter drängen, bildeten die Reporter einen Kreis um ihn, der schnell enger wurde, und er fühlte sich wie in einer überfüllten U-Bahn zur Rushhour.

»Hören Sie doch auf zu stoßen! Ich habe doch gesagt, dass ich vor meinem eigenen Haus nichts sage!«

Mit den Ellenbogen bahnte er sich einen Weg durch die Menge der aufdringlichen Reporter. Für sie war es inzwischen alltäglich, den von einem Restaurant heimkehrenden und leicht angetrunkenen Mitsuo mit Fragen zu überfallen. Sie warteten nur darauf, dass ihm in seinem Zustand wieder etwas herausrutschte, was am nächsten Tag die Schlagzeilen machte.

»Hat Niiyama, der Vorsitzende der Spielervereinigung, von Ihnen eine Erklärung verlangt?«

Von irgendwoher stieß das Mikrofon eines Fernsehsenders gegen seine Nase, woraufhin seine Zigarre zu Boden fiel. Da riss ihm der Geduldsfaden.

»Haben Sie vor, mit der Spielervereinigung zu sprechen?«

»Was reden Sie da! Warum sollte man mit Baseballspielern verhandeln!«, blaffte er den Reporter an.

Sein Blick fiel auf Kinoshita, der bei den groben Worten seines Chefs das Gesicht verzog.

»Na ja, natürlich gibt es unter den Spielern auch hervorragende Leute«, versuchte er seinen Schnitzer zu korrigieren. »Ich meine Spieler, die ihren Beitrag zum öffentlichen Wohl leisten.«

Während er das aussprach, wurde ihm klar, dass es zu spät war. Seine Worte wurden ohnehin so ausgelegt, wie es der Zeitung in den Kram passte. Der ganz normale Sensationsjournalismus eben.

»Aus dem Weg. Platz da«, kämpfte er sich weiter vor. An der Stufe zum Hauseingang blieben die mitdrängenden Reporter auf einmal hängen und fielen um wie Dominosteine. Was für ein Pöbel, dachte Mitsuo. Er ließ seinen Sekretär den Weg freimachen und erreichte endlich die Eingangshalle.

»He, Sie! Ich habe doch gesagt, die sollen nicht bis aufs Grundstück vorgelassen werden«, fuhr er den Angestellten an der Rezeption an, die vierundzwanzig Stunden am Tag besetzt war.

»Tut mir leid. Ich habe aufgepasst, doch auf einmal waren die alle da«, antwortete ein gut angezogener junger Bursche ängstlich und klappte bei seiner Verbeugung zusammen wie ein Taschenmesser.

Er bestieg den Aufzug und fuhr bis in die oberste Etage, wo sein Penthouse war. Bis vor drei Jahren hatte der achtundsiebzigjährige Mitsuo in einem Haus im Stadtviertel Seijō gewohnt, doch nach dem Tod seiner Frau war er in ein günstig gelegenes Luxusapartment im Stadtzentrum gezogen. Er sparte dadurch zwar Zeit, wurde jedoch gleichzeitig zur leichten Beute für die Journaille, so dass es kaum möglich war, problemlos den Eingang zu seiner eigenen Wohnung zu passieren.

Er streifte sich das Jackett ab und reichte es Kinoshita. Nachdem er sich der Krawatte entledigt hatte, sank er in seine Couch und ließ sich von seinem jungen Sekretär die Schultern massieren.

»Soll ich das Bad vorbereiten?«, hörte er die Stimme der Haushaltshilfe, die mit ihm in der Wohnung lebte. »Nein, das verschieben wir auf morgen früh«, erwiderte er und trank einen Schluck grünen Tee. Als er den Fernseher einschaltete, wurde gerade in den Nachrichten über die Umstrukturierung des Profibaseballs in Japan berichtet. Am Morgen würde seine Antwort von vorhin im Blickpunkt der Sendungen stehen. Alles davor wäre weggeschnitten, und übrig bliebe nur seine scharfe Bemerkung, die in endlosen Wiederholungen gesendet werden würde.

Er hatte sich damit abgefunden, den Bösewicht zu geben. In der Umfrage eines Wochenmagazins wurde er zum »unsympathischsten Japaner der Gegenwart« gekürt. Und vor kurzem erschien ein Artikel, in dem maßlos übertriebene Andeutungen über sein Privatvermögen gemacht wurden. Die ins Auge springenden Schlagzeilen über ihn waren samt und sonders negativ. Sogar Grundschüler nannten ihn bei seinem Spitznamen »Nabemann«, der ihm von den Zeitungen verpasst wurde.

Mitsuo war der Vorstandschef der auflagenstärksten japanischen Tageszeitung »Dainippon Shinbun«. Gleichzeitig war er der Besitzer der populärsten Baseballmannschaft *Tokyo Great Powers*, die in der Central League spielten. Seit einigen Wochen stand er als Besitzer dieser Mannschaft im Kreuzfeuer der Kritik. Der Grund war seine Empfehlung an einige Teams der Pacific League, die über wirtschaftliche Schwierigkeiten klagten, sich mit der Central League zu einer einzigen Liga zusammenzuschließen. Ab da schlug ihm der Wind der geballten Ablehnung ins Gesicht.

Natürlich wurde die öffentliche Meinung von den Massenmedien gesteuert. Vor allem die Konkurrenzblätter manipulierten die Leser mit einseitiger Berichterstattung und schufen ein Klima, in dem Mitsuo als der alleinige Bösewicht gebrandmarkt wurde.

Diese Art von emotionalem Journalismus auf niedrigstem Niveau konnte er als Teil derselben Branche nicht einfach auf sich beruhen lassen. Empört über diese unfaire Behandlung versuchte er sich zu rechtfertigen, was die Medien erneut zum Anlass nahmen, ihn zu kritisieren, und so ging das immer wieder hin und her.

Diese erbärmlichen Schwachköpfe! Es verging kein Tag, an

dem Mitsuo nicht diese Worte vor sich hin brummte. Es gab nichts Verachtenswerteres, als eine öffentliche Institution wie die Zeitung, in der eigentlich das Staatswesen diskutiert werden sollte, zu missbrauchen, um der Masse nach dem Mund zu reden.

Er stellte den Fernseher aus, zündete sich eine neue Zigarre an und blies den Rauch in die Luft. Von seinem Fenster aus konnte er den dunklen Wald der Kaiserresidenz sehen. Dahinter bildete eine Gruppe von hell erleuchteten Firmenhochhäusern die abendliche Stadtlandschaft. Während er seinen Blick darauf ruhen ließ, war er bisweilen selbst von seinem Erfolg überwältigt, wie er es von einem gewöhnlichen Politjournalisten bis ganz an die Spitze geschafft hatte. Es war das Ergebnis zahlloser Konkurrenzkämpfe, aus denen er stets siegreich hervorgegangen war.

»Herr Präsident, es wird allmählich Zeit für Ihre Bettruhe«, sagte Kinoshita mit routinierter Stimme. Mitsuo hatte ihn angewiesen, so lange im Wohnzimmer zu warten, bis er zu Bett gehen würde.

»Na gut, Sie haben Recht«, erklärte sich Mitsuo einverstanden, gab dem Sekretär seine Zigarre und erhob sich. Tatsächlich fühlte er sich noch immer berauscht und war müde geworden. Schon seit drei Jahren war er nicht mehr nüchtern schlafen gegangen. Aus Angst.

Er ging ins Schlafzimmer, wechselte in seinen Pyjama und schlüpfte ins Bett. Da er stockdustere Zimmer nicht mochte, ließ er das Licht einer Stehlampe brennen. Nachdem er das Kissen in Ordnung gebracht hatte, nahm er seine übliche Schlafposition ein und schloss die Augen. Sein Kopf befand sich in einem angenehmen Dämmerzustand, und er fühlte, wie er Stück für Stück ins Reich des Unbewussten glitt. Ja, heute Nacht würde er problemlos einschlafen können. In dem Augenblick hörte er ein kleines *Ping*. Wenn es ansonsten nicht vollkommen still im Zimmer gewesen wäre, hätte er das Geräusch nicht wahrgenommen. Was konnte das gewesen sein? Er öffnete die Augen und starrte in den Raum. Im Schlafzimmer war es stockdunkel. Im nächsten Moment geriet er in Panik. Hände und Füße erstarrten, während er gleich darauf am ganzen Körper zitterte, als würde sein Bett wackeln.

»Aaah«, gurgelte es in einem unartikulierten Laut aus ihm heraus. Schweißgebadet rollte er sich zur Seite und fiel vom Bett auf den Boden. Verzweifelt kroch er auf allen vieren und suchte die Tür. Er stieß mit dem Kopf gegen etwas. Mit der Hand versuchte er sich vorwärtszutasten. Wo war er? Schon im Reich des Todes? Sein Herz krampfte sich zusammen und in seinem Kopf drehte sich alles.

»Hallo, hallo«, rief er. Es gab ein Geräusch, und gleich darauf stach ein Lichtstrahl in seine Pupillen.

»Herr Präsident, was ist denn passiert?« Kinoshita merkte, dass etwas nicht stimmte, und kam ins Schlafzimmer.

Dem Himmel sei Dank! Er war nicht tot … Vom Flur fiel ein dämmeriges Licht herein, und er erkannte sein Schlafzimmer. Bett und Tisch standen da wie immer. Alle Kraft wich aus seinem Körper und Mitsuo sank zu Boden.

»Ist alles in Ordnung, Herr Präsident? Soll ich den Notarzt rufen?«

Mit bleichem Gesicht kam Kinoshita heran.

»Nein«, brachte Mitsuo nur mit Mühe heraus. Er wischte sich den Schweiß ab und atmete heftig.

»Nur nicht übertreiben.«

Sein Blick fiel auf die Stehlampe. Die Glühbirne, die bis eben noch gebrannt hatte, war nun verloschen.

»Sehen Sie mal nach, was mit der Glühbirne ist.«

Kinoshita schraubte die Birne aus der Fassung und stellte fest, dass sie durchgebrannt war. Damit erklärte sich das Geräsuch von vorhin.

»Idiot! Nur weil Sie so unachtsam gewesen sind. Wechseln Sie die Glühbirnen gefälligst aus, bevor sie durchbrennen!«

Damit verlangte er natürlich Unmögliches, doch ohne einen Wutausbruch konnte er nicht sein Gesicht wahren. Kinoshitas Mundwinkel zuckten, und er senkte entschuldigend den Kopf.

»Schon gut. Sie können gehen«, scheuchte Mitsuo ihn hinaus und machte das Schlafzimmerlicht an. Noch immer klopfte sein Herz heftig.

Er atmete noch einmal tief durch und legte sich wieder ins Bett. Diese Nacht würde er das Licht beim Schlafen anlassen, beschloss er, auch wenn er so wahrscheinlich überhaupt nicht einschlafen konnte.

Mitsuo hatte Angst vor der Dunkelheit, da er nicht wusste, was danach kam, und es wurde mit der Zeit immer schlimmer. Das wäre ein gefundenes Fressen für die Presse: der Präsident der größten japanischen Tageszeitung als Lachnummer.

Sein Rausch war nun völlig verschwunden.

Am folgenden Tag ließ er seinen Hausarzt ins Büro kommen, um sich ein Beruhigungsmittel verschreiben zu lassen. Die Panikattacke von letzter Nacht ließ ihm keine Ruhe und allein der Gedanke daran verursachte ihm ein Gefühl des Unwohlseins. Dass er Angst vor der Dunkelheit hatte, wollte er niemandem erzählen. Wenn er erst einmal Medikamente bekäme, würden die Dinge schon ganz anders aussehen.

»Herr Tanabe. Bei Schlaflosigkeit kann ich Ihnen einen Facharzt empfehlen«, legte ihm sein Hausarzt nahe, der ihn zu durchschauen schien. »Sie sind wohl seit einiger Zeit erschöpft, kein Wunder bei all den Banketts, an denen Sie teilnehmen.«

Hatte er diese Informationen von Kinoshita? Es hatte fast den Anschein, als wollte ihm der Arzt Vorhaltungen machen.

Deswegen hasste er Ärzte. Die sollten den Mund halten und Medikamente aushändigen.

»Glauben Sie, ich gehe zu meinem persönlichen Vergnügen zu solchen Essen?«, protestierte Mitsuo. Die Teilnehmer bei diesen Treffen waren Politiker und Größen aus der Finanzwelt. Das war ein Meinungsaustausch unter den Spitzen des Staates.

»Auf jeden Fall ist es besser, wenn Beruhigungsmittel oder Schlafmittel vom Facharzt verschrieben werden. Die richtige Dosierung kann der besser beurteilen. Soll ich Ihnen einen Bekannten von mir empfehlen?«

»Gibt es einen guten? Das muss jemand sein, dem ich trauen kann. Sie wissen ja, dass mich diese Hyänen auf dem Kieker haben, haha«, versuchte Mitsuo das Problem ins Lächerliche zu ziehen.

»Das verstehe ich natürlich«, antwortete der Hausarzt und schaute nachdenklich in die Luft. » Ich glaube, in der Klinik von Doktor Irabu gibt es eine neurologische Abteilung.«

»Meinen Sie Irabu, das Vorstandsmitglied der Japanischen Ärztevereinigung? Dem bin ich schon ein paar Mal begegnet.«

Die Irabu-Poliklinik war schon seit der Vorkriegszeit ein berühmtes Krankenhaus.

»Nach allem, was ich weiß, ist der Sohn Neurologe.«

»Der Sohn? Dann bin ich beruhigt. Ich werde meinen Sekretär anweisen, einen Termin auszumachen. Würden Sie ihn aber bitte schon im Voraus informieren?

»Gerne.«

Er ließ den Arzt nur den Blutdruck messen und schickte ihn wieder weg. Der Blutdruck war 160 zu 120, mit anderen Worten: Bluthochdruck. Das lag wohl daran, dass er sich seit einiger Zeit immer wieder aufregen musste.

Eine Weile widmete er sich am Schreibtisch seiner Arbeit, bis sein Bürochef Kinoshita in der Tür erschien und ihm mitteilte, er hätte sich mit der Irabu-Klinik in Verbindung gesetzt.

»Aha, gut. Dann soll er am Nachmittag vorbeikommen.«

»Da gibt es ein kleines Problem. Er sagt, er mache keine Hausbesuche…«, antwortete Kinoshita mit umwölkter Miene.

»Sie haben ihm doch mitgeteilt, wer ich bin, oder?«

Mitsuo glaubte seinen Ohren nicht zu trauen. Es gab eine Menge Leute in der Ärztevereinigung, die ihm etwas schuldeten. Auch über steuerliche Vergünstigungen ihres Berufsstandes wurden in den Leitartikeln immer nur wohlwollende Kommentare abgegeben.

»Ja, schon. Ich habe mit dem Sohn persönlich telefoniert, aber… wie soll ich sagen, bei ihm an den gesunden Menschenverstand zu appellieren, war leider nicht möglich.«

»Was hat er gesagt? Das will ich jetzt genau wissen.« Mitsuo blickte seinen Untergebenen streng an.

»Ähem… *Ich hab keine Lust!*, waren seine Worte.«

»Wie? *Ich habe keine Lust*?«

»Ja. Ein komischer Mensch. Heute sei es kalt und da wolle er nicht raus, meinte er noch…«

Mitsuo fühlte, wie ihm heiß wurde. War er in diesen Zeiten denn nur von Inkompetenz umgeben? Was sollte nur aus Japan werden?

»Schon gut. Wir suchen uns jemand anderen«, spuckte er aus und schickte Kinoshita weg. »Halt, einen Moment!«, hielt er ihn zurück.

»Die Klinik ist doch auf dem Weg zum Wohnheim der *Powers* in Komazawa, wenn ich mich recht erinnere. Ich werde mal einen Abstecher dorthin machen, wenn ich den Fortschritt der Bauarbeiten an der Übungshalle inspiziere. Lassen Sie das Auto vorfahren!«

Nur widerwillig entschloss sich Mitsuo zu diesem Schritt. Es machte ihn zwar wütend, doch jemand anderen zu suchen, war lästig. Vor allem wollte er die Beruhigungsmittel schon heute haben.

Während der Firmenwagen durch Tokio fuhr, betrachtete er die Stadt. Ließ er seinen Blick nur etwas weiter schweifen, konnte er sehen, wie schon wieder neue Hochhäuser hochgezogen wurden. Begriffen die Leute der Hochfinanz nicht, dass hier eine zweite Spekulationsblase im Entstehen war? Man müsste eigentlich in der Zeitung Alarm schlagen, dachte er.

Die Neurologie der Irabu-Poliklinik war im dämmerigen Untergeschoss des Gebäudes untergebracht. Unwillkürlich räusperte Mitsuo sich laut. Es war ein dunkler Ort, wie er ihn nicht ausstehen konnte. Da er nicht mit seinem Sekretär neben sich behandelt werden wollte, ließ er ihn in der Eingangshalle im Erdgeschoss Platz nehmen.

Er klopfte an die Tür. »Nur herein!«, erschallte eine schrille Stimme von innen. War er hier richtig?, dachte er unwillkürlich und vergewisserte sich noch einmal auf dem Eingangsschild. Er trat ein und sah auf einem Sessel einen dicken, vom Äußeren her zu urteilen wohl vierzigjährigen Mann sitzen, der ihn mit einer Hand fröhlich heranwinkte. Auf seiner Namensplakette an der Brust stand *Dr. med. Ichirō Irabu*. Das schien wohl der Sohn des Vorstandsmitglieds Irabu zu sein.

»Herr Tanabe. Nabemann! Ich habe Sie im Fernsehen gesehen, hihi«, grinste Irabu ihn breit an. Mitsuo war eingeschnappt. Wie konnte er es wagen, ihn bei seinem Spitznamen zu rufen? Wusste der nicht, wie man sich zu benehmen hatte?

»Ich bin schon per Fax über Sie informiert worden. Sie leiden an Schlaflosigkeit, heißt es da. Tja, Altersdepressionen äußern sich oft in Schlaflosigkeit, wie Sie wissen.«

Altersdepression? Was fiel dem denn ein! Mitsuos Laune verschlechterte sich zusehends, und er konnte nicht mehr an sich halten.

»Was soll denn das heißen? Altersdepression! Sie vergreifen sich im Ton. Jetzt halten Sie den Mund und verschreiben Sie mir Medikamente, damit ich wieder schlafen kann. Was glauben Sie eigentlich, wen Sie vor sich haben!«

»Hahaha, ich wusste es doch! Sie spielen sich gerne auf, nicht? Genau wie im Fernsehen!«, sagte Irabu und klatschte offensichtlich erfreut in die Hände, um sogleich mit ausgestrecktem Finger auf Mitsuo zu zeigen. »Sie gehören bestimmt zu den jähzornigen Typen. Dann geben wir Ihnen erst einmal eine Spritze. Mayumi-chan, kommst du mal eben?«

Auf Irabus Ruf hin öffnete sich der Vorhang im hinteren Teil des Raumes und heraus kam eine junge Krankenschwester in weißer Tracht. Mit sich führte sie eine monströse Spritze, so groß wie eine Pistole, die sie furchtlos in der Höhe ihres Mundes hielt. Mitsuo runzelte die Stirn.

»Mo…moment mal. Was haben Sie vor?«

»Ganz ruhig, setzen Sie sich einfach hin.«

Die beiden halfen ihm aus seinem Jackett und schnallten einen Arm auf den Injektionstisch.

»He, ich will wissen, was Sie machen!«

»Ist nur 'ne Traubenzuckerinjektion, keine Sorge.«

»Wofür brauche ich denn so was?«

»Ist schon gut, keine Aufregung«, antwortete Irabu und betupfte sanft eine Stelle auf dem Arm mit Desinfektionsmittel, als ob er ein Spielzeug betastete. Selbst wenn er sich hätte wehren wollen, sein Arm war festgebunden. Träumte er? Schon mehr als zehn Jahre hatte er keine Befehle mehr entgegengenommen, geschweige denn sich seiner Freiheit berauben lassen …

Die Nadel stach in seine Haut. »AU!«, schrie Mitsuo auf und

war sofort peinlich berührt über seine Schwäche. Unvermittelt fühlte er sich zurückversetzt in seine Grundschulzeit, wo er in der ersten Klasse von der damaligen Besatzungsmacht Amerika zur Entlausung mit DDT besprüht wurde. Sein Blick fiel auf den Ausschnitt der Krankenschwester, von der ein süßlicher Duft zu ihm aufstieg. Als ihre Blicke sich trafen, zog sie eine spöttische Miene und tippte ihm mit dem Zeigefinger gegen die Stirn, damit er den Blick wieder hochnähme.

Er wusste nicht, wie ihm geschah. Selbst eine betrunkene Bardame in Ginza hätte sich das nicht erlaubt. Nach der Spritze bekam er Kaffee serviert. Irabu lehnte sich in den Sessel zurück und nippte an seiner Tasse. Mitsuo selbst saß auf einem primitiven Hocker und fühlte Zorn in sich hochsteigen. Warum wurde er hier nicht als Präsident der *Dainippon Shinbun* und Besitzer der *Tokyo Great Powers* behandelt, wie es ihm eigentlich zustand?

»Wenn Sie sagen, Sie können nicht schlafen, meinen Sie jeden Abend?«

»Nein, das ist je nach Zeit und Situation verschieden«, antwortete Mitsuo verdrießlich.

»Zum Beispiel, wenn Ihre Mannschaft verliert?«

»Na, na, wollen Sie mich auf den Arm nehmen? So empfindlich bin ich nicht.«

»Gut, woran liegt's dann?«

Mitsuo hüstelte etwas. »Bevor Sie weiterfragen: Gewöhnen Sie sich mir gegenüber einen anderen Ton an. Ich bin ein Mann mit einer gesellschaftlichen Stellung.«

»Jetzt ist er schon wieder so förmlich!«, antwortete Irabu, ohne im Geringsten aus der Fassung zu geraten, und klopfte ihm vertraulich auf die Schulter.

»Sie ungehobelter Mensch. Wenn diese Welt nicht völlig verrückt geworden ist, dann werde ich Sie eigenhändig einen Kopf kürzer machen!« Außer sich vor Zorn wischte Mitsuo Irabus Hand weg.

»Herr Tanabe, Sie sind ganz rot im Gesicht. Achten Sie auf Ihren Blutdruck, gell!«

»Was soll denn dieses *gell*? Sie sind doch derjenige, der ihn nach oben treibt!« Mitsuos Lippen bebten zornig.

»Sie sind ja ein richtiger Choleriker! Wenn Sie in Ruhe schlafen wollen, müssen Sie sich erst einmal abregen.«

Mitsuo röchelte. ER bekam hier Vorhaltungen gemacht? Von diesem Lausejungen …«

»Es ist bei älteren Menschen nicht unüblich, dass sie aus Angst vor dem Tod nicht einschlafen können.«

Das versetzte ihm einen Schock, und unwillkürlich begannen seine Wangen zu zucken.

»Reden Sie doch keinen Unsinn! Ich weiß sehr wohl, dass ich nicht ewig lebe«, erwiderte er, doch der Schweiß brach ihm aus allen Poren.

»Mir jammerte vor kurzem ein achtzigjähriger Patient vor, dass ihm allein der Ausdruck ›ewige Ruhe‹ in der Zeitung Angst vorm Schlafen mache.«

»Setzen Sie mich nicht auf eine Stufe mit einem alten Knacker, der den ganzen Tag auf der faulen Haut liegt. Ich habe jeden Tag Arbeit bis über beide Ohren und keine Zeit für solche Kinkerlitzchen«, erwiderte Mitsuo, und schon begann der Schweiß auf seiner Haut, kalt zu werden. Tatsächlich jagten auch ihm die Todesanzeigen in der Zeitung einen Schauer über den Rücken. Jedes Mal wenn er darin lesen musste, dass jemand verstorben war, der jünger war als er selbst.

»Hmm, ja, Leute wie Sie sind aus anderem Holz geschnitzt!«, meinte Irabu so unbekümmert wie eine Kuh, die muht.

»Wie auch immer: Ich habe viel zu tun. Jetzt geben Sie mir schon die Pillen! Ich kenne Ihren Vater sehr gut.«

»Mein Vater wurde diese Woche zum Golf auf Hawaii eingeladen.«

»Jetzt machen Sie schon!«, wurde Mitsuo lauter.

»Und wieder bläst er sich auf«, brummelte Irabu, während er etwas in die Patientenakte eintrug. »Also gut, ich verschreibe Ihnen Schlafmittel und, um sicherzugehen, Antidepressiva. Und von nun an schauen Sie öfter bei mir vorbei.«

»Unsinn. Glauben Sie, ich habe Zeit für Krankenhausbesuche?«

»Es wäre mir sehr daran gelegen, wenn Sie das einrichten könnten. Ich muss nämlich mehr Punkte bei der Krankenkasse machen …«, flehte Irabu auf einmal zuckersüß und zupfte Mitsuo am Arm.

»He! Lassen Sie mich los!«

Irritiert durch Irabus Verhalten ging ihm plötzlich der Atem schwer. War dieser Typ etwa eine Art Geisteskranker?

»Gut, bis morgen dann!«

»Von wegen!«, wollte er schon brüllen, konnte sich aber gerade noch beherrschen, nahm seinen Stock und stand auf. In der Zimmerecke sah er die Krankenschwester auf der Bank liegen und eine Zeitschrift lesen. Sein Blick wanderte zu ihren wohlgeformten Hüften und ihren festen Schenkeln. Komisches Krankenhaus.

Aber wie viele Jahre war es schon her, dass so rücksichtslos mit ihm umgesprungen wurde? Seitdem er mit fünfzig Jahren Leiter des politischen Ressorts geworden war, konnte er er sich an keinen einzigen Vorfall dieser Art erinnern.

Er verließ die Praxis. Am Ende des Ganges befand sich der Fahrstuhl, doch da er Angst hatte, ihn allein zu besteigen, quälte er sich die Treppenstufen nach oben. Neben der Dunkelheit verursachten ihm auch enge Räume Angstgefühle. Wie zum Beweis, fingen seine Beine an zu zucken.

Im Auto ließ er seine Wut an den Sekretären aus. Auch auf der Baustelle schimpfte er auf alles und jeden. Irgendwie musste er die Schmach, nach der Pfeife des rotzfrechen Doktors getanzt zu haben, wieder wettmachen.

2 —

Wie befürchtet, wurde Mitsuos Bemerkung vom Vortag im Fernsehen ständig wiederholt und rief überall Empörung hervor. Geschickt zurechtgeschnitten sah man nur Mitsuos hochrotes Gesicht und seine Verbalattacke, was er auch gar nicht anders erwartet hatte. Doch trotzdem packte ihn ein unbändiger Zorn. Erst kürzlich hatte ihn ein Reporter von der Seite gefragt, ob er mit den ausländischen Spielern zufrieden sei, worauf seine Antwort »Noch längst nicht« in der nächsten Ausgabe als *Nabemann bellt: Wir brauchen keine Ausländer* kolportiert wurde.

Die Reorganisation des Profibaseballs war nun ein Thema, das die ganze Nation interessierte. Sogar Premierminister Izumida wurde um einen Kommentar gebeten, worauf dieser antwortete: »Man sollte an die Fans denken.« Mitsuo konnte populistische Politiker nicht ausstehen. Er ließ den Leiter des Politressorts zu sich kommen und wies ihn an, einen Artikel zu schreiben, in dem die Konjunkturmaßnahmen der Izumida-Regierung in Frage gestellt werden sollten. Tatsächlich konnte er die Unfähigkeit der gegenwärtigen Regierung nur schwer ertragen.

An diesem Tag stand ein Interview mit einem Wochenmagazin an. Sich von einem Vertreter des Gossenjournalismus befragen zu lassen, ging ihm zwar gegen den Strich, doch hatten ihm seine Sekretäre dazu geraten. Wenn man ohnehin darüber schriebe, dann wäre der Versuch einer Rechtfertigung angebracht.

Es kamen ein junger Reporter Mitte dreißig und ein Redakteur. Am liebsten hätte er ihnen gesagt, dass es sich gehören würde, ihm den Redaktionschef zu schicken, aber die Verlage waren immer arroganter geworden.

»Könnte man sagen, dass Sie, Herr Tanabe, der Anstifter für das Eine-Liga-System sind?« Der Reporter begann ohne Umschweife mit einer herausfordernden Frage.

»Sie wollen mich wohl um jeden Preis zur grauen Eminenz machen, die die Fäden im Hintergrund zieht. Doch überlegen Sie mal: Wie würde mein Team denn von nur einer Liga profitieren? Wir schreiben doch ohnehin schon mit mehreren Milliarden schwarze Zahlen. Warum sollte ich daran etwas ändern?«

Er blickte den Reporter angriffslustig an und steckte sich eine Zigarre in den Mund. Sein Sekretär kam sofort, um ihm Feuer zu geben. Als hätte er nur darauf gewartet, schoss der Fotograf gleich mehrere Fotos.

»Es heißt, einige Teambesitzer der Pacific League wären bei Ihnen vorstellig geworden, um Sie um Hilfe zu bitten.«

»Na ja, das kann man so sagen. Im Profibaseball heißt die Devise ›Leben und leben lassen‹. Wenn die Pacific League auch weiterhin rote Zahlen schreibt, kann ich ihnen schlecht meine helfende Hand verweigern. Aber zwölf Mannschaften sind zu viel. Mit zehn Teams könnte man Baseball auf höchstem Niveau bieten. Den Fans zuliebe.«

»Wenn Sie sagen ›Leben und leben lassen‹, dann läge es zuerst nahe, die ungleiche Verteilung des Reichtums zu korrigieren, meinen Sie nicht?«

Immer dieselbe Leier. Mitsuo hatte es satt. »Wollen Sie auch die TV-Sendegebühren gleichmäßig verteilen? Lachhaft! Was glauben Sie eigentlich, warum Menschen unternehmerisch tätig sind? Die *Powers* haben von null mit professionellem Baseball angefangen und investiert, was das Zeug hält. Wenn der freie Wettbewerb verschwindet, dann verliert das industrielle Gewerbe seine unternehmerische Energie. Hätten Sie stattdessen lieber Kommunismus? Sind Sie etwa ein Roter?«

Bei diesen Worten wich dem dabeisitzenden Kinoshita die Farbe aus dem Gesicht. Diese Art zu sprechen war es, was er befürchtete.

»Bei einer Reduzierung der Teams werden einige Spieler und Angestellte der Mannschaften arbeitslos.«

»Wir leben im Zeitalter der Umstrukturierung. Warum soll der Profibaseball da eine Ausnahme sein? Die Zeiten der Behaglichkeit sind vorbei.«

»Die Fans werden das kaum akzeptieren.«

Was für ein langweiliger Reporter! Glaubt der, mit dem Stichwort *Fans* punkten zu können?

»Ich denke vor allem an die Fans! Soll die Pacific League etwa vor die Hunde gehen? Und soll ich dabei einfach zusehen?«

»Dann sehen Sie sich selbst als eine Art Retter?«

»Hmm, wenn ich dazu jetzt nicke, sehe ich die morgige Schlagzeile schon vor mir: *Nabemann schreit: Ich bin der Retter der Baseballwelt!*«.

Der Reporter lächelte gequält und kratzte sich mit dem Kuli am Kopf.

»Ich kenne eure Tricks. Euch gehe ich nicht mehr auf den Leim. Hohoho …«

Mitsuo war inzwischen gut gelaunt, da er leichtes Spiel mit seinem Gegenüber hatte. Er paffte an seiner Zigarre und lehnte sich in sein Sofa zurück.

»Übrigens schließt die Spielervereinigung auch einen Streik gegen die Reduzierung der Mannschaften nicht mehr aus. Würden Sie einen Streik Ihrer Mannschaft hinnehmen?«

»Sollen sie doch, wenn sie können. Wer die Hand beißt, die ihn füttert, wird halt verkauft.«

»Das klingt aber ziemlich feudalistisch.«

»Was reden Sie da! Wissen Sie überhaupt, was es heißt, sich um Spieler in einer Baseballmannschaft zu kümmern?«

»Spielen Sie etwa darauf an, dass talentierte Baseballspieler in Universitätsteams schon als Amateure heimlich Geld bekommen?«

»Bitte? Was soll denn das heißen?«

»So lauten meine Informationen. Offensichtlich erhalten die Spieler, die ihre Teams frei wählen können, regelmäßig Geldgeschenke von interessierten Vereinen.« Bei dieser Bemerkung blickte der Reporter auf, um sich die Veränderung von Mitsuos Gesichtsausdruck nicht entgehen zu lassen.

»Einen Moment mal. Das war so nicht vereinbart.«

Kinoshita mischte sich mit rotem Gesicht in das Gespräch. »Das heutige Interview sollte sich nur um die Umstrukturierung der Baseballliga drehen.«

»Ich habe doch nur gefragt, ob das der Wahrheit entspricht.«

»Der Präsident hat nichts mit der Rekrutierung neuer Spieler zu tun.«

»Aber er hat doch die Verantwortung über das Management…«

Die beiden Journalisten und Kinoshita begannen einen heftigen Wortwechsel.

Mitsuo packte die Wut. »He, jetzt halten Sie mal den Mund!« Er nahm seinen Stock und erhob sich.

»Hier, Kinoshita. Sie wollten, dass ich dieses Interview mache, und ich habe ja gesagt. Was soll denn das jetzt? Ich habe keine Lust, mich mit Klatschtanten abzugeben.«

»Herr Tanabe, ich bin keine Klatschtante!«, ereiferte sich der Reporter vorlaut.

»Was denn dann, bitte schön? Sie tun Fotos mit nackten Mädchen in Ihr Magazin und nennen das Journalismus? Dass ich nicht lache!«

»Herr Präsident, lassen Sie mich bitte …«

In dem Moment drückte der Fotograf den Auslöser. Für einen Moment wurde Mitsuo weiß vor den Augen. Dann kam der nächste Blitz, und ein Schwindelgefühl erfasste ihn. Wieso?, fragte er sich. Blitzlichtgewitter erlebte er zurzeit doch jeden Abend.

Ohne es zu wollen, plumpste er zurück aufs Sofa. Alles Blut wich ihm aus dem Gesicht, und sein Blick wurde unsicher. Dazu kam auch noch Atemnot. Er stützte sich auf die Armlehne der Couch.

»Herr Präsident, was haben Sie denn?«, hörte er Kinoshitas Stimme wie ein Echo.

»Bitte gehen Sie jetzt. Der Herr Präsident ist erschöpft«, drängte Kinoshita die Reporter hinaus.

Mitsuo vernahm die Worte, als würden sie ihn nichts angehen. Wie ein Tintenfleck auf einem Blatt Japanpapier breitete sich in seinem Kopf eine Vorstellung aus. Das war das Nirvana, dachte er, obwohl er es noch nie gesehen hatte. Würde er jetzt hier sterben? Nein, das durfte nicht sein.

Sein junger Sekretär wurde gerufen, der Mitsuo auf die Arme nahm und zu einem Kanapee in sein Büro trug. Wie schon einmal, überkam ihn ein furchtbares Grauen. Hinter seinen Augenlidern flammten hintereinander Blitze auf. Er hielt Kinoshita zurück, der schon den Notarzt rufen wollte. Man würde ohnehin nichts feststellen: Seine Nerven waren das Problem.

»Rufen Sie die Irabu-Klinik an, die wir vor kurzem aufgesucht haben«, brachte er mit Mühe heraus. Einen ungehobelteren Gesellen gab es zwar nicht auf dieser Welt, doch die von ihm verschriebenen Medikamente hatten zumindest ihre Wirkung getan.

Nach einer Weile hörte er Kinoshita an seinem Ohr: »Ich habe angerufen, aber … seine Antwort war *Ich hab keine Lust!*«.

Mitsuo knirschte vor Wut mit den Zähnen, beherrschte sich aber. Hier würde er jetzt nicht sterben.

»Was denn, was denn, Herr Tanabe! Diesmal ist Ihnen schwarz vor Augen geworden?«, sagte Irabu gelangweilt und verzog den Mund zu einem großen Gähnen. »Sie haben's nicht leicht. Schlaflosigkeit, Schwindel.«

Mitsuo rieb seinen linken Arm und starrte böse auf den Mann, der wie ein Nilpferd aussah. Kaum war er hergekommen, hatte man ihm sogleich wieder eine Spritze verpasst. Diesmal sollte es ein Stärkungsmittel gewesen sein. Warum war er überhaupt hergekommen? War es, weil sich Menschen in Zeiten der Schwäche selbst an Narren klammerten?

»Ihr Sekretär hat mir am Telefon gesagt, dass Sie aus irgendeinem Grund Anfälle bekommen.«

»Kinoshita hat das gesagt?« Mitsuo verdrehte die Augen.

»Fußpilz sollen Sie auch haben.«

»Lassen Sie die Witze. So etwas hatte ich bisher noch nie gehabt.«

»Jetzt seien Sie doch nicht so ärgerlich. Ihr Sekretär macht sich doch nur Sorgen um Sie.«

Irabu zog ein Knie an und bohrte in der Nase. Dieser Mensch hatte so wenig Manieren, dass es einem die Sprache verschlug.

»Lassen wir das. Wichtiger ist, die Krankheit beim Namen zu nennen. Wenn Sie Panikattacken haben, dann gibt es dafür eine Behandlungsmethode.«

»Panikattacken?«

»Ja, eine Art Ungleichgewicht des vegetativen Nervensystems. Im schlimmsten Fall kommt es zu Ohnmachtsanfällen, wodurch der Alltag empfindlich gestört werden kann. Es gibt Leute, die keinen Zug mehr besteigen können oder die Angst haben, aus dem Haus zu gehen.«

Mitsuo dachte nach. Tatsächlich wurde er manchmal von Panik heimgesucht. Den Grund dafür wusste er. Dunkelheit, Enge und dazu kam seit kurzem Blitzlicht.

»Also, dann beichten Sie mal«, sagte Irabu, als hätte er ihn durchschaut.

»Ich habe keine Probleme rauszugehen. Unterlassen Sie bitte diese voreiligen Diagnosen.«

»Meine Güte, sind Sie stur! Obwohl Sie Angst vorm Dunkeln haben.«

»Hat Kinoshita Ihnen das erzählt?«, spuckte Mitsuo mit finsterem Gesicht aus.

»Wie gesagt: Er macht sich Sorgen.«

»Wer hat vor so etwas schon Angst? Ich bin doch kein Kind mehr«, versuchte er zu bluffen. Er wollte sich gegenüber diesem Narren keine Blöße geben.

»Also gut, dann lösche ich zur Probe mal das Licht. Da wir im Untergeschoss sind, wird es hier stockdunkel, ja?«, grinste Irabu und streckte seinen Kopf vor. Es sah aus, als ob ein Nilpferd sich nach Futter streckte.

»Bitte, dann machen Sie nur«, antwortete Mitsuo mit fester Stimme. Doch schon fingen seine Knie leicht an zu zittern.

»Mayumi, löschst du mal das Licht?«

Die auf der Bank lümmelnde Krankenschwester warf einen flüchtigen Blick auf Mitsuo. Unwillig stand sie auf und drückte den Schalter an der Wand. Nun herrschte totale Finsternis.

Mitsuo schluckte. Auf einmal war sein ganzer Körper schweißüberströmt, und das Atmen fiel ihm schwer. Er konnte nicht einfach so still sitzen bleiben. Als ob seine Existenz allmählich ins Nichts verschwand, verlor er die Empfindung für rechts und links, vorher und nachher. Sein Zeitgefühl war weg. Waren jetzt eine Minute oder schon zehn Minuten vergangen, oder würde das bis in alle Ewigkeit so weitergehen? Er konnte es nicht sagen. Tod, ewige Ruhe … diese Worte kamen ihm plötzlich in den Sinn. Seine Knie zitterten wie Espenlaub und er glaubte, jeden Augenblick losschreien zu müssen.

»Uaah!«, schrie auf einmal jemand. Es war Irabu. »Mayumi! Mach das Licht an, schnell, schnell!«

Ein ohrenbetäubender Lärm entstand plötzlich. Becherglas zerbrach, der Spritzentisch krachte zu Boden. Irgendetwas war passiert. In Mitsuos Kopf herrschte Chaos. Etwas stieß gegen seinen Körper, und er merkte, dass Irabu sich an ihn klammerte. Mitsuo kippte, wie er war, nach hinten über und schlug mit dem Hinterkopf dumpf auf den Boden.

»Also wirklich, was machen Sie denn da?«, ertönte die schläfrige Stimme der Krankenschwester, und auf einmal brannte wieder Licht im Zimmer.

»Wie stellen Sie beide sich denn an?«, sagte die Krankenschwester und sah sie von oben mit abschätzigem Blick an.

»Mannomann, das war ein Schock. Man konnte ja wirklich gar nichts mehr sehen.«

»Arrgh …«, stöhnte Mitsuo. Er konnte nicht atmen, und in seinem Kopf hämmerte es.

»Oh, alles in Ordnung bei Ihnen?«, fragte Irabu.

»Was … was ist denn passiert?«, krächzte Mitsuo, da er unter Irabu begraben war.

»Sorry, hat's wehgetan? Hihi … Herr Tanabe, in Ihrem Alter … Wenn Sie mir hier wegsterben, bringen Sie mich in die Bredouille. Aufpassen, ja?«, lachte Irabu aus vollem Hals.

Mitsuo richtete sich auf. »Sie Viehdoktor ….!«, platzte es aus ihm heraus, während Tränen in seinen Augen standen.

»Tjaa, das war so nicht geplant, aber auch ich habe seit meiner Kindheit Angst vor völliger Dunkelheit. Ich schlafe nach wie vor mit Licht an. Haha… Dunkelheit, was Schlimmeres gibt's nicht.«

Irabus Backen waren rot, und er fächelte sich mit den Händen etwas Luft zu.

Endlich kam Mitsuo auf die Beine und versuchte ruhiger zu atmen. »Sind Sie wirklich schon erwachsen? Ich habe den Eindruck, in Ihnen steckt ein Fünfjähriger«, sagte er mit heiserer Stimme.

»Also wirklich! Natürlich bin ich erwachsen.«

»Sie sind doch derjenige, der in Panik geraten ist«, attackierte er Irabu. »Panikattacke! Wenn ich das schon höre! Wenn einer krank ist, dann Sie.«

»Ich habe das schon von Kindesbeinen an, aber Sie erst seit kurzem, oder? Dafür muss es doch einen Grund geben.«

»Sie fallen mir auf den Wecker. Warum sollte man bei jemand wie Ihnen Rat suchen?«

»Da kommt wieder der Angeber in Ihnen heraus. Setzen Sie sich doch erst einmal hin. Mayumi-chan! Bring mal zwei Kaffee!«

Mitsuo fühlte sich auf einmal so kraftlos. Was tat er hier?

»Also, Dunkelheit ruft bei Ihnen Panik hervor. Und was noch?«, fragte Irabu mit kindlicher Stimme.

»Enge Räume. Seit einiger Zeit kann ich Fahrstühle nicht mehr allein benutzen«, antwortete Mitsuo wie nebenbei. Ihm fehlte die Energie, Widerstand zu leisten. »Und heute war es Blitzlicht. Das konnte ich nicht ertragen.«

Mitsuo stieß einen tiefen Seufzer aus. Er sank in sich zusammen und spürte auf einmal sein Alter.

»Dunkelheit und Enge rufen in Ihnen bestimmt die Vorstellung eines Sarges wach«, meinte Irabu in aller Gelassenheit, während diese Worte Mitsuo wie ein Messer in die Brust stachen. »Und das Blitzlicht, mit dem Ihr Blickfeld ganz in Weiß getaucht wird, ist das Paradies. Wie ich schon sagte, Herr Tanabe, Sie haben Angst vor dem Sterben.«

»Sie ... so etwas kann man auch anders sagen.« Er wollte aufbrausen, hatte jedoch keine Kraft dazu. Gleichzeitig fühlte er sich an einem empfindlichen Punkt getroffen.

»In der Geschichte kann man sehen, dass Männer der Macht stets Forschungen über Möglichkeiten der Verjüngung oder des Nicht-Alterns veranlassten. Sie sind nicht der Einzige, der lange leben will, Herr Tanabe.«

Mitsuo schwieg und starrte Irabu unverwandt an.

»Normale Menschen ziehen sich ins Privatleben zurück und verlöschen allmählich, aber das Leben eines Mächtigen endet mit seinem plötzlichen Tod zu einer Zeit, wo er noch jemand ist. Gerade deshalb nehmen sie den Tod bewusster wahr als andere.«

Mitsuo richtete sich auf seinem Hocker auf. Dieser Mann war nicht der Dummkopf, für den er ihn bisher gehalten hatte.

»Also, dann möchte ich Sie etwas fragen. Nehmen wir mal an, ich hätte tatsächlich Angst vor dem Sterben, was sollte ich Ihrer Meinung nach tun?«

»Sich ins Privatleben zurückziehen. Genug Geld haben Sie ja, und daher sollten Sie die Zeit genießen, die Ihnen noch bleibt.«

»Blödsinn! Ich habe noch genügend zu tun.«

»Was zum Beispiel?« Irabu warf drei Würfelzucker in seinen Kaffee und schlürfte genüsslich.

»Anscheinend wissen Sie recht wenig von mir. Ich bin der Vorstandsvorsitzende der *Dainippon Shinbun* und ansonsten auch sehr beschäftigt.«

»Wird ja jeden Tag im Fernsehen berichtet. Wie Sie die beiden Baseballligen zusammenlegen wollen und so.«

»Das ist noch das geringste meiner Probleme. Ohnehin ist

das nur Unterhaltung mit wenig Einfluss auf die Geschicke unseres Landes. Wichtiger ist die Verfassungsreform. Solange Japan an der von Amerika aufgezwungenen Verfassung hängt, werden wir in der UNO ewig ein Land zweiten Ranges bleiben. Ich für meinen Teil möchte alles in meiner Macht Stehende tun, dass sich das ändert.«

»Darüber weiß ich zu wenig.«

»Und die jetzige Regierung, das Kabinett Izumida, ist völlig unfähig. Die hat einzig und allein ein Interesse daran, sich durch geschickte Selbstinszenierung beim Volk lieb Kind zu machen, und praktiziert eine Politik der heißen Luft. Vor allem in wirtschaftlicher Hinsicht sind das Amateure. Wie kann man einen Wissenschaftler ohne jede praktische Erfahrung im Geschäft zum Wirtschaftsminister bestimmen? Man macht sich ja keine Vorstellung darüber, wie sehr diese Regierung dem Wohl unseres Staates Schaden zufügt.«

»Mit anderen Worten, Herr Tanabe, Sie sorgen sich um dieses Land.« Irabu trank seinen Kaffee aus und begann in aller Seelenruhe, Knabbereien in sich reinzustopfen.

»Hören Sie mal, Irabu. Sorgen macht sich auch Herr XY in seinem Reihenhaus. Ich dagegen habe zehn Millionen Leser. Wenn ich will, kann ich das meine tun, damit dieser und jener Möchtegernpolitiker nicht ins Parlament gewählt wird. Mit anderen Worten: Ich habe Einfluss. Und wenn ich den nicht entsprechend nutze, dann ist das unverantwortlich. Erst recht wenn ich Journalist bin.«

»Aha, so ist das also.«

»Was soll das heißen? *Aha?*«

»Na ja, Sie sind eben, wer Sie sind: Nabemann!«

»Was brabbeln Sie da? Ich versteh kein Wort.« Mitsuo seufzte und trank seinen Kaffee. Warum erzählte er diesem komischen Kauz das alles? »Was soll's? Verschreiben Sie mir die Medikamente. Irgendetwas muss doch gegen dieses Panikdingsda helfen.«

»Mehr als die Antidepressiva vom letzten Mal kann ich Ihnen nicht anbieten.«

»Das reicht mir. Ach ja, ich muss jeden Abend vor dem Eingang zu meinem Haus dieses Blitzlichtgewitter ertragen. Wüssten Sie dagegen vielleicht etwas?«

»Wie wär's mit einer Sonnenbrille? Oder Sie lassen den Eingangsbereich so hell erleuchten, dass die Blitze nicht mehr so stören.« Irabu warf eine Erdnuss in die Höhe und fing sie mit dem Mund auf. »Bin ich gut oder was! Hehe …« Er lachte wie ein Kind.

Mitsuo schüttelte den Kopf. Wie konnte ein Mensch vor ihm, Mitsuo Tanabe, ein derartiges Benehmen wagen?

Nachdem er die Medikamente erhalten hatte, verließ er das Krankenhaus, setzte sich in den bereitstehenden Wagen und schüttelte den wartenden Kinoshita ärgerlich.

»Was erzählen Sie diesem Viehdoktor eigentlich alles von mir!«

»Aber … nein, ich habe dem doch nur die Symptome geschildert, damit der Sie besser behandeln kann«, versuchte Kinoshita stotternd, sich zu rechtfertigen.

»Na ja, heute will ich mal nicht so sein.« Er ließ sich auf den Rücksitz sinken und sah nach draußen, wo die Menschen friedlich ihren täglichen Geschäften nachgingen. Er musste wieder an das Wort *Sarg* denken und murmelte es vor sich hin. Wie konnte dieser Mensch ihm das einfach ins Gesicht schleudern? Da hatte er jeglichen Gedanken daran zu verdrängen versucht, und plötzlich wurde er damit konfrontiert.

Gegen den Tod war nichts auszurichten, das war ihm klar. Aber noch durfte er nicht in die Grube hüpfen. Als Präsident der auflagenstärksten japanischen Tageszeitung hatte er eine Mission zu erfüllen. In Japan musste sich viel verändern, zu viel. Das konnte er noch nicht seinen zögerlichen Nachfolgern überlassen!

Der Wagen hielt an einer Ampel. Ein alter Mann mit Stock überquerte auf wackeligen Beinen den Zebrastreifen. Er konnte nicht viel älter als Mitsuo selbst sein. Mitsuo wandte die Augen ab.

Er musste es sich eingestehen: Er wollte den Stab noch nicht aus der Hand geben. Wenn man ihn nicht mehr brauchte, würde er von einem auf den anderen Tag ein alter Mann werden. Womit sollte er seine Zeit ausfüllen, wenn er keine Termine mehr hatte?

»Fahren Sie bei einem Optiker vorbei«, befahl er seinem Fahrer. »Und anschließend bei einem Elektrogeschäft.«

Der Wagen glitt weiter durch die Innenstadt von Tokio.

Als er am gleichen Abend nach einem Treffen in einem edlen japanischen Restaurant nach Hause zurückkam, warteten schon die Reporter auf ihn. Er ließ seinen jungen Sekretär zuerst aussteigen und eine Lampe auf den Rücksitz richten. Währenddessen setzte Mitsuo sich die Sonnenbrille auf.

Die Fahrzeugtür wurde geöffnet und er stieg im Strahl der Lampe aus. Die Reporter wunderten sich über dieses Schauspiel.

»Das dürfte ausreichend hell für euch sein, denke ich. Ein Dankeschön wäre angebracht, hohoho.«

Blitzlichter flammten diesmal keine auf, doch klickten die Auslöser heftiger als sonst.

»Herr Tanabe, Niiyama hat ganz konkret über die Art und Weise sowie den Ablauf des Spielerstreiks gesprochen.«

»Schon wieder dieses Thema. Der Vorsitzende der Spielergewerkschaft sollte ein bisschen mehr an die Fans denken. Denn die sind es, die unter einem Streik leiden.«

»Glauben Sie, die Fans würden unter einer Verringerung der Mannschaften nicht leiden?«

»Quatsch! In erster Linie geht es mir um eine Anhebung des Niveaus im Baseball. Dafür ist eine Verringerung nur Mittel zum Zweck. Ich sehe darin ein positives Angebot an die Fans. Von welchem Blatt sind Sie? *Asahi? Bunshun?* Sie schreiben ja doch, was Sie wollen. Und jetzt machen Sie den Weg frei.«

Er stolperte über ein Bein. Noch dazu eines mit Stöckelschuhen.

»Mensch! Ich habe doch gesagt, Sie sollen den Weg freigeben!«, brüllte er mit schmerzverzerrtem Gesicht.

Genau in diesem Moment drängten sich die Kameras an ihn heran.

»Ihr Idioten. Was seid ihr eigentlich? Affen?«

»Haben Sie gerade Affe gesagt?«, hielt ihm ein Reporter sein Mikrofon unter die Nase.

»Ja und?«

»Nehmen Sie das sofort zurück!«

»Tun Sie doch nicht so groß! Ist doch ein Gewimmel hier wie im Affenhaus!«

Unwillkürlich schwang er seinen Stock um sich, worauf die Reporter sofort zurückwichen. Mitsuo stand nun inmitten eines Kreises von Reportern, die eifrig auf ihre Auslöser drückten. Es war eine Szene wie beim Fotoshooting.

Er hatte sich erneut provozieren lassen. Er wusste es, doch konnte er sich nicht bremsen. Wie sollte man auch ruhig bleiben, wenn die Welt voller Narren war?

3

Mitsuos Reden und Handeln stand zunehmend im Blickpunkt der Öffentlichkeit. Das Foto, auf dem er stockschwingend die Reporter auf Distanz hielt, hatte es sogar in die Gesellschaftskolumnen der großen Zeitungen gebracht. Für die Blätter der Konkurrenz war es zusammen mit dem Bild eines Zigarre rauchenden Sonnenbrillenträgers ein gefundenes Fressen. Die *Rückkehr des Dons* untertitelte sogar eine Zeitung die Fotos und rückte ihn in die Nähe eines Mafiapaten, wie Mitsuo von seinem Sekretär vernehmen musste.

Was die Boulevardpresse betraf, so wurde über den Vorfall im großen Stil berichtet. Eine Zeitung hatte sogar im Affenzentrum in Inuyama einen Kommentar angefragt, der auch prompt kam: Dies sei ein unangemessener Vergleich, für den er sich eigentlich entschuldigen sollte. Für Mitsuo war das so grotesk, dass er keine Lust hatte, darüber ein weiteres Wort zu verlieren.

Wohl aus Angst um einen sinkenden Absatz, äußerte der Vertriebsleiter vorsichtig: »Herr Präsident, vom Vertrieb kommen schon Beschwerden …«

»Idiot! Ich habe nichts Falsches gesagt. Sollte ich etwa vor diesen Schmierfinken, die meine Worte entstellen, klein beigeben? Auch wenn ich mich damit nicht populär mache, am Schluss wird die Gerechtigkeit siegen«, schimpfte er und jagte den Verlaufsleiter raus. Aber als Unternehmer blieb er natürlich nicht tatenlos. Um mehr Tickets der *Powers* an den Mann zu bringen, ließ er entsprechende Vorbereitungen treffen. Die *Dainippon Shinbun* war eine Zeitung, die dank der Popularität der *Powers* ihren Absatz gesteigert hatte. Solange Ruhe in der Mannschaft herrschte, ging es auch der Zeitung gut.

Gerade deswegen konnte Mitsuo das nachlassende Interesse

an Baseball nicht gleichgültig bleiben. Wenn die Pacific League auf den Konkurs zusteuerte, würde die Central League mit in diesen Abwärtsstrudel gerissen werden, und dann wäre es am besten, alle Mannschaften an den Spielen der *Powers*, mit denen Geld zu verdienen war, teilhaben zu lassen. Das Eine-Liga-System mit zehn Mannschaften wäre insofern der angemessene Maßstab für eine Neuorganisierung. Warum begriffen die Menschen diese einfache Logik nicht? Nicht nur die Wünsche der Fans wurden beharrlich ignoriert, es kam auch keiner mit einem besseren Vorschlag.

Auch die selbsternannten Vertreter der Fans waren in der Mehrheit Wohnzimmer-Kiebitze, die noch nie ein Baseballstadion von innen gesehen hatten. Nicht bereit, auch nur einen Sen rauszurücken, aber vollmundige Kommentare abgeben, das sah diesen Leuten ähnlich.

Wie man es auch sah, er hatte Recht. Der Welt des Baseballs zuliebe durfte er seiner Überzeugung nicht untreu werden.

An diesem Tag wurde die Abschiedsparty für einen Firmendirektor, einen alten Bekannten von Mitsuo, veranstaltet. Mitsuo war als Ehrengast eingeladen. Er dachte zunächst, dass der ehemalige Direktor von nun an einen Sitz im Aufsichtsrat des Unternehmens einnehmen würde, doch er erzählte, man habe ihn als Professor an eine Universität in der Provinz berufen.

»Ja, Herr Tanabe, ich habe Ihnen viel zu verdanken«, sprach der erst achtundsechzig Jahre alte Exdirektor Mitsuo mit lächelndem Gesicht an.

»Sie sind zehn Jahre jünger als ich und gehen an eine Kleinstadtuni?«, wunderte sich Mitsuo, wobei er, nicht ganz ernst, die Stirn runzelte.

»Tja, die Universität liegt mitten in den Bergen. Ich darf sogar ein Feld frei bewirtschaften, und im nahen Fluss kann ich Forellen angeln.«

»Na, na, das klingt ja fast so, als wollten Sie sich aufs Altenteil zurückziehen.«

»Stimmt, ich setze mich sozusagen in Raten zur Ruhe, kann endlich die Bücher lesen, für die ich bisher keine Zeit hatte, in Ruhe Klassik-CDs hören und mit meiner Frau ... kurz und gut, ich kann mich entspannen.« Als er seine Frau erwähnte, unterbrach er sich hastig, wohl aus Rücksicht auf Tanabe, von dem er wusste, dass der seine Frau verloren hatte.

»Mindestens bei der Holding hätten Sie nach dem Rechten sehen können, meinen Sie nicht?«

»Das geht schon in Ordnung. Die ist in besten Händen«, antwortete der ehemalige Direktor und verstummte aus Sorge, dass man diese Bemerkung auch als Häme gegenüber Mitsuo auffassen konnte, der schon über zehn Jahre an der Spitze regierte.

Es gab eine einfache Zeremonie, bei der zuerst ein fünfzigjähriger Abgeordneter der Liberaldemokratischen Partei das Mikrofon ergriff und den ehemaligen Direktor für den Zeitpunkt seines Rückzugs lobte: »Wenn ich mich recht erinnere, hat Herr Yamamoto nie viel getrunken. Bei Sake war nach einer genau festgelegten Menge von dreihundertsechzig Millilitern Schluss, und wenn er mit Wasser verdünnten Whisky trank, dann nie mehr als drei Gläser. Herr Yamamoto ist ein Mensch, der weiß, wann man aufhört.«

Ganz anders als ich selbst, dachte Mitsuo mit einem Anflug von Selbstironie und lachte mit. Auch Alkohol war ihm eine tägliche Notwendigkeit.

»In der Politik dient man etwas oder einem Höheren ... aber das bleibt unter uns, es gibt einfach zu viele Leute, die einfach nicht aufhören können.«

Der ganze Saal lachte. Mitsuo war ärgerlich. Außer ihm gab

es hier noch genügend andere Topleute, die siebzig Jahre alt waren.

»Der Augenblick, einem davonschreitenden Menschen nachzusehen, hat etwas Bewegendes, Schönes an sich. Auch in dieser Hinsicht ist Herr Yamamoto ein Ästhet.«

Als ob jemand, der nicht aufhört, hässlich ist. Mitsuo beschloss, diesem Abgeordneten eine Abreibung zu verpassen. Letztendlich war er ohnehin nur ein bedeutungsloser Politiker unter den Fittichen von Premierminister Izumida.

Mehrere Leute hielten ihre Reden, bis schließlich die Reihe an Mitsuo kam, einen Toast auszubringen.

»Mein Name ist Tanabe. Einer von denjenigen, die einfach nicht aufhören können.«

Plötzlich kam Bewegung in die Menge.

»Es herrscht die Ansicht, dass ich mich allmählich zurückziehen sollte, doch gerade deswegen klebe ich noch mehr als vorher an meinem Posten, hahaha.«

Spärlicher Applaus regte sich. Alle starrten gespannt auf Mitsuos Gesichtsausdruck.

»Diejenigen, die mich gehen sehen wollen, müssen bis zu meinem Begräbnis warten. Wie auch immer: Ich möchte nun anstoßen auf Herrn Yamamoto und sein künftiges Leben auf dem Land. Zum Wohl!«

Da Mitsuo die Bemerkungen des Abgeordneten mit bitterem Humor aufzunehmen schien, lebte die Stimmung im Saal wieder auf. Als der unterhaltende Teil des Abends begann, kam als Allererster der Abgeordnete mit einer tiefen Verbeugung zu Mitsuo und versicherte ihm schwitzend, dass die Rede keinerlei Anspielungen enthalten habe. Anschließend kamen nacheinander jüngere Manager, die ihre Aufwartung machen wollten. Er empfing sie mit gewohnt majestätischer Pose.

Wer behauptete, er würde es nicht genießen, wie ein Fürst

behandelt zu werden, war ein Lügner. Doch dafür musste man in Kauf nehmen, seelisch und körperlich bis an seine Grenzen zu gehen. Ohne das Gefühl, eine Mission zu haben, war diese Bürde nicht zu tragen.

»Herr Tanabe, guten Abendschoppen!«

Als er sich nach der Stimme umdrehte, stand da Irabu in einer grellen Aufmachung, an der ein rotes Blümchenmuster vorherrschend war.

»Ganz der Angeber, wie üblich«, klopfte er Mitsuo gut gelaunt auf die Schulter.

»Was machen Sie denn hier?«, fragte Mitsuo stirnrunzelnd mit gesenkter Stimme.

»Wir sind die designierte Klinik für die Firma hier, unter anderem für die Gesundheitsuntersuchungen der Angestellten.«

»Ich hoffe, die führen nicht Sie persönlich durch.«

»Nein, ich bin Neurologe. Heute vertrete ich meinen Vati.«

Wieso nannte ein ausgewachsener Mann seinen Vater *Vati*? Widerlich!

»Wie steht's denn mit Ihren Panikattacken?«

»Mensch! Reden Sie nicht so laut!«

Nervös blickte Mitsuo sich um. »Unterliegen Sie nicht der Schweigepflicht?«, ermahnte er Irabu mit rotem Kopf.

»Bei Neurosen ist ein Coming-out der beste Weg zu einer Genesung, sagt man. So erhält man am ehesten Verständnis von seiner Umgebung«, sagte Irabu grinsend und zupfte ein gerade vorbeigehendes Vorstandsmitglied des japanischen Wirtschaftsdachverbandes *Keidanren* am Ärmel.

»Wissen Sie, dass der hier Panikattacken hat?«, sagte er fröhlich und zeigte auf Mitsuo.

Hastig hielt Mitsuo Irabu den Mund zu. »Ja, der Irabu, immer für einen guten Witz zu haben«, sagte er und würgte Irabus Hals mit seinem Stock, bis er anfing zu röcheln.

»Ach so, meinen Sie den Irabu vom Ärzteverband?«, grüßte der andere Mann und seine Gesichtszüge entspannten sich.

»Ja, ja, bis der mal in die Fußstapfen seines Vaters treten kann … hahaha«, antwortete Mitsuo anstelle von Irabu. Als der Mann sich wieder entfernte, ließ er Irabu los.

»Wie gemein von Ihnen, Herr Tanabe!«, beschwerte sich Irabu und schmollte.

»Warum muss ich mit Ihnen hier eine derartige Komödie abziehen, frage ich mich.« Mitsuo schüttelte den Kopf. Er war ja selbst schuld. Wieso musste er sich auch mit diesem Schwachkopf abgeben?

»Übrigens, Herr Tanabe. Vor dem Eingang ist ein Pulk von Presseleuten. Warten die alle auf Sie?«

»Ja, wahrscheinlich hat die Spielervereinigung den Streik beschlossen. Die werde ich im nächsten Leitartikel Mores lehren.«

Heute war der letzte Tag der Gespräche mit dem Baseballverband gewesen, und er hatte gehörte, dass man keine Einigung erzielt hatte.

»Da wird wieder ein Blitzlichtgewitter auf Sie einschlagen.«

Als er das hörte, wurde ihm wieder bange. Wenn er hier umkippte, würde das die Story für den nächsten Tag sein. Er hatte zwar seine Sonnenbrille dabei, doch ob die half, wenn die alle auf einmal blitzten?

»Fliehen Sie doch durch den Hinterausgang.«

»Hören Sie mal! So weit kommt es noch, dass ich mich hinausschleichen muss. Darauf warten die Schmierfritzen doch nur, und morgen heißt es dann *Flucht vor dem Feind*.«

»Wie stur Sie sind.«

Irabu dachte mit zusammengezogenen Augenbrauen angestrengt nach.

»Dann lassen Sie sich doch vom Hotel einen Rollstuhl bringen. Sie setzen die Sonnenbrille auf und müssen nur fest die Augen schließen.«

»Unmöglich. Dann entsteht sofort das Gerücht von meiner angeschlagenen Gesundheit. In meinem Alter möchte ich das auf jeden Fall vermeiden.«

»Ich kann Sie auch huckepack tragen.«

»Das kommt auf dasselbe raus.«

»Dann eben auf meinen Schultern wie beim Reiterkampf. Da können Sie sich fühlen wie ein General auf seinem Pferd.«

Mitsuo starrte Irabu an. Woher nahm dieser Mann nur seine Einfälle?

»Wenn Ihnen unterwegs schwindelig wird und Sie nicht mehr weitergehen können, dann sieht's schlimm für Sie aus.«

Da hatte er nicht ganz Unrecht. Der nächste Termin am Abend wartete schon. Nur widerwillig folgte er ihm, doch aus Verzweiflung wusste er nicht, was er sonst tun konnte. Man hatte ihn zu einer Art Volksfeind gemacht, und er wollte sich nicht unterkriegen lassen.

Als »Pferde« dienten zwei junge Sekretäre und Irabu. Irabu, der ganz begeistert war, wollte die Spitze übernehmen. Mitsuo schob sich die Sonnenbrille auf die Nase und saß auf. Die Teilnehmer der Feier sahen mit Verwunderung zu.

Jetzt war schon alles egal. Sollten Sie doch reden. Hauptsache, er musste sich nicht erklären. Ein Hotelangestellter öffnete ihnen die Tür, und sie traten in die Empfangshalle. Die wartenden Reporter drehten sich um und starrten mit offenen Mündern auf das Spektakel vor ihnen.

»Aus dem Weg! Hier oben erreicht mich sowieso kein Mikrofon«, fuchtelte Mitsuo mit dem Stock. »Das nennt man Vorwärtsverteidigung. Weil ihr mich ja am Gehen hindert oder mir auf die Füße tretet. Jetzt könnt ihr sehen, wo ihr bleibt! Hahaha.«

Er brach in helles Gelächter aus. Die Aussicht war viel besser, als er gedacht hatte. Die Reporter der drittklassigen Revolverblätter sahen zunehmend wie Kretins aus. Als jedoch ein Blitzlichtgewitter einsetzte, das alles bisher Dagewesene übertraf, meldete sich das übliche Unwohlsein wieder. Obwohl er schnell die Augen schloss, drang das grelle Licht bis hinter die Augenlider. Um Haltung zu bewahren, machte er den Rücken gerade, doch in dem Moment begann er das Gleichgewicht zu verlieren. Seine Sekretäre bemerkten es und stützten ihn von hinten. So gelangten sie mit Mühe zum Auto. Als Mitsuo auf den Rücksitz geschoben wurde, zitterte er schon am ganzen Leib. Der Wagen fuhr ab und ließ die Journalisten hinter sich.

»Hier, Medikamente. Eine Flasche Wasser habe ich auch mit.«

Irabu gab ihm ein paar Kapseln in den Mund.

»Danke«, murmelte Mitsuo. Vielleicht war Irabu doch nicht so schlecht, wie er gedacht hatte.

»Morgen bin ich vielleicht auch in einem von den Boulevardblättern! Die werde ich mir im Convenience Store besorgen.«

Irabu war als Einziger der Insassen in ausgelassener Stimmung. Mitsuo wollte etwas sagen, brachte jedoch kein Wort hervor. Was sollte nur aus ihm werden?

In der Endphase der Baseballsaison begann die Spielergewerkschaft mit ihrem Streik und Mitsuo wurde immer mehr zur Zielscheibe der allgemeinen Kritik, so dass man ihn fast schon als Staatsfeind Nummer eins bezeichnen konnte. Die Nachrichtenmedien droschen unisono auf ihn ein und bezeichneten ihn als die Ursache jeglichen Übels. Ein Boulevardblatt schämte sich nicht, das Foto des auf den Schultern von drei Männern reitenden Mitsuos als Poster zu verkaufen. Sie warteten nur darauf, dass er sie verklagte, damit sie ihre nächste Schlagzeile hätten.

Nur in seiner Zeitung, der *Dainippon Shinbun*, wurden Artikel abgedruckt, die sich kritisch mit dem Spielerstreik auseinandersetzten. Doch war dies nur ein Tropfen auf dem heißen Stein und resultierte in einer sinkenden Auflage. Eine Dringlichkeitssitzung wurde einberufen, auf der die Verantwortlichen der einzelnen Abteilungen sich die Haare rauften.

So sah also eine Massenhysterie aus, dachte Mitsuo. Nicht ein Einziger konnte in der Debatte Ruhe bewahren. Während die Spieler sich im Streik befanden, benutzten sie weiterhin das Wohnheim und den Trainingsplatz, der eigentlich im Besitz des Vereins war. Kurz gesagt: Es waren verwöhnte Kinder, die schicke Kleider trugen und mit einem Mercedes herumkutschierten. Sie waren sich nicht im Geringsten bewusst, dass sie ohne Baseball nichts weiter wären als Vorstadtlümmel.

»Da kann man nichts machen. Die wurden halt seit ihrer Oberschulzeit zu sehr verhätschelt«, versuchte ihn Irabu zu trösten.

Mitsuo konnte es selbst nicht glauben: Wieder hatte er Irabu in seiner Praxis aufgesucht. Aber er hatte sonst keinen, mit dem er offen darüber reden konnte.

»Die reden wie Menschen, die nie etwas aus der eigenen Tasche bezahlen mussten. Die sollten sich mal in die Lage eines Spielclubbesitzers versetzen, der sogar einem Ersatzspieler zig Millionen Yen bezahlen muss.«

»Nicht aufregen, Herr Tanabe, Ihr Blutdruck!«

Er nippte an dem Kaffee, den ihm die Krankenschwester gebracht hatte. Er hatte ihr dabei – aus alter Gewohnheit bei seinen Besuchen teurer Hostessenclubs in Ginza – den Hintern getätschelt und dafür von ihr das Serviertablett auf den Kopf bekommen. Furchtbare Frau.

»Was meine Panikattacken betrifft: In letzter Zeit ist es wieder schlimmer geworden«, beichtete er mit hängenden Schultern. »Seit voriger Woche werde ich schon in der Abenddämmerung schwermütig. Wenn ich sehe, wie der Himmel immer dunkler wird, wird mir ganz klamm in der Brust und ich bin dann so niedergeschlagen, dass ich nicht mehr still sitzen kann.«

»Hmm, das hört sich gar nicht gut an. Vielleicht sollten Sie zum Nordpol gehen. Da ist jetzt Sommer, und in den sogenannten weißen Nächten geht die Sonne dort nicht unter«, schlug Irabu vor, während er sich über die Backen strich.

»Prima Idee! Und die andere Hälfte des Jahres verbringe ich dann am Südpol, ja?«

»Genau, genau.«

»Wollen Sie mich auf den Arm nehmen, oder was? Ich habe Ihnen schon einmal gesagt, dass Sie mit mir keine Kabarettnummer abziehen sollen«, polterte Mitsuo.

»Alles wäre so einfach, wenn Sie nur bereit wären, sich zur Ruhe zu setzen. Danach brauchen Sie nur noch zu warten, bis die Götter Sie zu sich rufen. Da verlieren Sie bald die Angst vor dem Tod.«

»Wie können Sie es wagen ….? Hören Sie endlich auf, dummes Zeug zu reden! Ich trete nicht zurück, damit das klar ist. Noch gibt es genügend zu tun für mich.«

»Meinen Sie?«

»Und ob ich das meine! Ich habe keine Lust auf ein einsames Begräbnis, weil alle Welt mich vergessen hat.«

»Sieh an, sogar daran denken Sie.«

Mitsuo atmete einmal tief durch und fuhr, etwas ruhiger geworden, fort: »Vor kurzem ist ein ehemaliger Politiker, ein langjähriger Bekannter von mir, gestorben. Ich war über die Kaltherzigkeit von Finanzleuten, Anwälten und so weiter schockiert, die ihm viel zu verdanken hatten, aber sich damit begnügten, zur Beerdigung ihre Sekretäre vorbeizuschicken. Wer sich ins Privatleben zurückzieht wird nach einigen Jahren automatisch eine Person der Vergangenheit. Ich kann das nicht ertragen. Bei Gelegenheiten wie diesen zeigt sich das wahre Gesicht der Menschen.«

Irabu beugte sich nach vorne. »Jetzt verstehe ich, Herr Tanabe. Sie sind jemand, der nicht alleine sein kann.«

Mitsuo lächelte gequält. So war das wohl. Im Grunde seines Herzens war er ein einsamer Mensch. Auch wenn er den Sündenbock spielen musste: Hauptsache, jeder Tag war ausgefüllt mit Terminen oder Ereignissen. Nur wenn er von Menschen umgeben war, fühlte er, dass er lebte. Vor allem seit seine Frau gestorben war. Doch das sagte er Irabu nicht.

»Was fällt Ihnen ein, einem achtundsiebzig Jahre alten Mann so etwas ins Gesicht zu sagen!«

»Wie wäre es, wenn Sie noch vor Ihrem Tod ein Begräbnis für sich veranstalten? Dann wüssten Sie, wer kommt und wie viel jeder als Beileidsgeschenk gegeben hat.«

Mitsuo lachte auf. »Sich lebendig begraben lassen. Das wär was. Die Medien würden sich freuen.«

»Sie mieten eine große Halle, sagen wir das Budōkan, und selbst wenn Sie Eintritt nehmen, werden die Gäste sich auf die Füße treten.«

»Irabu, keinen Slapstick, das sagte ich doch.«

Mitsuo trank seinen Kaffee aus und stand auf. Durch das Reden war ihm ein wenig leichter geworden. Inzwischen war es schon eine Gewohnheit, einen Teil seiner Zeit mit Irabu zu verbringen.

»Herr Tanabe, Sie haben Ihre Spritze noch nicht bekommen …«

»Ach ja, stimmt.«

Willig fügte er sich. Die Krankenschwester Mayumi verbreitete einen angenehmen Duft.

4 ___

Der Spielerstreik fand unorthodoxerweise nur am Samstag und Sonntag statt. Ganz offensichtlich war man nicht bereit, aufs Ganze zu gehen und eine Totalkonfrontation zu wagen. Typisch japanische Konfliktaustragung. Der von den Fans viel Unterstützung erhaltende Führer der Spielervereinigung war nun eine Art Volksheld, während man Mitsuo inzwischen als *Achse des Bösen* bezeichnete.

Es schien, als sei die Zusammenlegung beider Ligen zum Scheitern verurteilt. Einige in der IT-Branche zu Wohlstand gekommene Größen erklärten vollmundig ihre Bereitschaft, krisengeschüttelte Baseballteams aufzukaufen, und wurden ebenfalls von den Fans begeistert gefeiert.

Die Leute verstanden einfach nicht, wie schlecht es tatsächlich um die finanzielle Situation der Pacific League bestellt war. Trotzdem schienen sie das dicke Ende willkommen zu heißen. Wieder einmal sah er sich in seiner Überzeugung bestätigt, dass das Volk blind für die Wirklichkeit sei. Nichtsdestoweniger hatte es noch keiner geschafft, das Volk erfolgreich für dumm zu verkaufen.

Aber nun hatte sich Mitsuo mit einem neuen Problem auseinanderzusetzen. In den Medien wurde ausführlich über die illegalen Zuwendungen diskutiert, die vielversprechende Jungspieler an den Universitäten von Talentsuchern der Clubs bekommen haben sollten. Als er deswegen vor kurzem mit dem Reporter eines Wochenmagazins aneinandergeraten war, hatte er dem keine große Bedeutung beigemessen, doch laut Berichten seines Sekretärs war diese Praxis seit jeher gang und gäbe und wurde in der Welt des Baseballs stillschweigend geduldet. Dass dieses Thema jetzt wieder aufgewärmt wurde, war einfach nur journalistische Trittbrettfahrerei.

»Sie Idiot wollen mir allen Ernstes erzählen, weil die anderen das machen, haben wir auch mitgemacht?«

Mitsuo hatte den Vertreter seines Teams rufen lassen und stellte ihn erbost zur Rede.

»Die *Powers* sind ein Team, von dem jeder Junge träumt. Haben Sie keine Ehre im Leib?«

»Es tut mir leid, aber die jungen Leute heutzutage … die *Powers* sind da nicht immer erste Wahl«, versuchte der Teamvertreter sich schweißüberströmt zu rechtfertigen.

»Wie bitte?«

»Ja, leider. Und wenn sie nicht Stammspieler werden können, dann fangen sie an, sich nach anderen Teams umzusehen …«

»Da hört sich doch alles auf! Memmen ohne jeglichen Ehrgeiz. Kein Wunder, dass es mit Japan bergab geht.«

Mitsuo befahl Kinoshita, den Besitzer eines anderen Baseballteams anzurufen, bei dem die gleiche Politik der heimlichen Zuwendungen gepflegt wurde, um in einem Gespräch rasch Gegenmaßnahmen zu entwickeln.

»Herr Tanabe, es tut mir außerordentlich leid«, ließ sich der Besitzer am anderen Ende der Leitung vernehmen. »Gestern gab es eine Aufsichtsratssitzung unserer Firma, auf der ich von meinem Posten als Manager zurückgetreten bin.«

»Was sagen Sie da?«, fuhr Mitsuo auf. »Aber Sie gehören doch zur Gründerfamilie der Firma. Da müssen Sie doch keine falschen Rücksichten nehmen!«

»Wir sind in einer wirtschaftlichen Talfahrt, deren Ende nicht abzusehen ist. Auch von den Banken gab es Forderungen, den Verein zu verkaufen. Und deswegen muss ich mich auf meine eigentliche Arbeit konzentrieren …«

Natürlich, dachte Mitsuo, die Nachkriegsgeneration der Erben. Diese Kerle hatten einfach keinen Mumm in den Knochen.

»Gut, ich habe verstanden. Dann wünsche ich Ihnen noch viel Glück für alles Weitere.«

Einen Wutausbruch unterdrückend, beendete er das Gespräch. Nun wurde es schwierig. Wenn der schon das Handtuch warf, verstand man den Rücktritt als Übernahme der Verantwortung, und dann würden auch die Rufe nach einem Rücktritt Mitsuos lauter werden.

In dem Moment kam Kinoshita ins Zimmer.

»Herr Präsident, ich muss Ihnen leider eine etwas bedauerliche Mitteilung machen …«, fing er mit düsterer Miene zu sprechen an.

»Wirklich nur ›etwas‹ bedauerlich? Wenn das mehr als nur ›etwas‹ ist, dann können Sie sich auf etwas gefasst machen.«

»Dann muss ich zugeben, dass es mehr als nur ›etwas‹ ist. Der Besitzer der *Osaka Jaguars* hat seinen Rücktritt bekanntgegeben.«

Die *Jaguars* waren ein altehrwürdiges Team aus Westjapan und bildeten zusammen mit den *Powers* das populäre Zweigestirn am Baseballhimmel. Auch die *Jaguars* hatten öffentlich die Praxis der heimlichen Zuwendungen eingestanden.

»Hahaha«, lachte Mitsuo trocken auf. Das alles war so lächerlich, dass einem gar nichts mehr übrig blieb, als zu lachen. Da wurde eine Lappalie zum Thema gemacht, und ein fähiger Mann wurde dadurch gestürzt. Man lebte in Zeiten der Pöbelherrschaft, wo die Dinge entweder weiß oder schwarz waren, eine differenzierte Sicht der Lage kam niemandem in den Sinn.

Dieses Land wurde immer kindischer. Die letzte Generation, die den Aufbau des Staates noch miterlebt hatte, war die von Mitsuo. Die Nachkriegsgeborenen wussten nicht mehr, was Hunger bedeutet, und deswegen waren sie so nachsichtig. Denen konnte man das Land nicht einfach so überlassen.

»Vor dem Haus stehen schon die Medien. Wollen Sie das anschließende Essen absagen?«, fragte Kinoshita vorsichtig.

»Nichts da, ich nehme teil. Das ist ja wohl klar!«, antwortete Mitsuo drohend.

»Fahren wir von der Tiefgarage ab?«

»Idiot. Glauben Sie, ein Löwe lässt sich von Affen hinten am Schwanz packen? Wir nehmen selbstverständlich den Haupteingang. Organisieren Sie die Träger!«

»Herr Vorsitzender, offen gesagt sind in der Firma die Meinungen zu diesem Punkt etwas gespalten …«

»Ich hör wohl nicht recht! Bin ich der Vorstandsvorsitzende der *Dainippon Shinbun* und der Besitzer der *Great Powers* oder nicht? Ich muss mich niemandem beugen!«

Mitsuo kochte vor Wut. War er denn nur von Weichlingen umgeben, die ihren Kopf aus der Schusslinie nehmen wollten? Geldgierig, ohne Überzeugung und den Leuten nur nach dem Mund redend. Er war da aus anderem Holz geschnitzt: ein japanischer Junge, der nach dem Krieg in der Trümmerwüste von Tokio geschworen hatte, den Staat wieder aufzubauen. Der japanische Kampfgeist, das war sein eigener Geist.

In der Eingangshalle standen schon einige junge Sekretäre bereit, die ihn auf ihre Schultern hoben. Er fuhr mit seinem Stock durch die Luft und rief: »Aus dem Weg da! Glaubt ja nicht, mich mit euren Kameras und Kugelschreibern unterkriegen zu können. Da müsst ihr schon schwerere Geschütze auffahren!«

Seine Stimme drang besser durch als sonst. Die Reporter kamen in Bewegung und drängten sich um sie. Von allen Richtungen flammten Blitzlichter auf.

»Herr Tanabe, andere Clubs haben ihre Führungsspitze schon ausgewechselt.«

»Denken Sie daran aufzuhören?«

»Platz da, Platz da! Euch Pack werde ich keinen Kommentar geben. Hehe …«

»Nabemann, jetzt sind Sie endgültig übergeschnappt!«, hörte er jemand rufen. Was interessierte es ihn? Sollten die doch schreiben, was sie wollten.

Die Entfernung bis zum Auto war nur gering, und so überstand er den Weg ohne eine Panikattacke. Er ließ sich auf den Rücksitz fallen und versuchte, ruhiger zu atmen. Doch das Einatmen bereitete ihm Schwierigkeiten. Er hatte das Gefühl, dass die Luft im Wageninneren zu dünn war.

»Machen Sie das Fenster auf!«, befahl er Kinoshita.

»Die Reporter sind uns mit Autos und Motorrädern auf den Fersen.«

»Ist mir egal.«

Er ließ den Kopf aus dem Fenster hängen und schnappte nach Luft wie ein Goldfisch auf dem Trockenen. Aus dem Tross, der neben ihnen fuhr, flammte ein Blitzlicht auf. Diese Affen, dachte er, und schloss resigniert wieder das Fenster.

»Kann man das Verdeck nicht aufmachen?«

»Dieses Auto hat leider kein Sonnendach.«

»Ich habe den Eindruck, die Decke in diesem Auto ist ganz schön niedrig.«

»Das ist aber Ihr Firmenwagen, den wir immer benutzen.«

Woher kam dann dieses Druckgefühl? Obendrein war es auch noch dunkel. Draußen ging allmählich die Sonne unter. Er ließ das Licht im Wageninneren einschalten, doch wurde er dieses Gefühl der Angst in seiner Brust nicht los.

Da fiel ihm auf einmal das Wort ein, das Irabu ihm gesagt hatte: *Sarg*. Die Decke und die seitlichen Türen des Autos schienen plötzlich bedrohlich näher zu rücken.

»Aaaah!«, ließ er einen Schrei ertönen, um gleich darauf am ganzen Körper heftig zu zittern.

»Ist was passiert, Herr Vorsitzender?«

Unfähig zu einer Antwort, kauerte sich Mitsuo zusammen.

»Bis zum Restaurant sind es noch fünf Minuten, versuchen Sie so lange auszuhalten.«

Er biss die Zähne zusammen und versuchte die herannahende Panikattacke zu unterdrücken. Was war nur los mit ihm? Jetzt konnte er noch nicht einmal Auto fahren. Wenn das so weiterging, könnte er bald überhaupt nicht mehr das Haus verlassen.

Am Restaurant angekommen, wurde er sogleich in einen Warteraum getragen. Die überraschte Restaurantchefin fragte, was denn vorgefallen sei. Er legte sich auf den Tatamimattenboden, und während er darauf wartete, dass es ihm wieder besser ging, befahl er Kinoshita, einen großen Reisebus zu organisieren. Bei so viel Platz im Wageninneren müsste er sich keine Sorgen machen. Die Presse würde sich natürlich die Hände reiben, doch das war ihm gleichgültig. So konnte er jedenfalls nicht nach Hause zurückkehren.

Zu seiner Enttäuschung war es an diesem Tag nicht mehr möglich, einen Reisebus aufzutreiben. Überall wurde ihre Bitte abschlägig beurteilt.

»Herr Vorsitzender, wenn alle Stricke reißen, dann tragen wir Sie nach Hause«, sagte der sichtlich mitgenommene Kinoshita.

»Damit die Reporter uns in aller Ruhe begleiten können? Ausgezeichneter Vorschlag.«

Auch Mitsuo war am Ende seiner Kräfte. Mit dem Gefühl, wie ein Ertrinkender nach dem letzten Strohhalm zu greifen, rief er Irabu an. Wenn er mit Medikamenten seinen gegenwärtigen Zustand nur um die Hälfte bessern könnte, wäre er schon zufrieden. Er erklärte ihm die Lage, worauf Irabu fröhlich meinte: »Nichts leichter als das! Fahren Sie doch in einem Cabrio. Wir haben einen Bentley, ein Wagen von Vati. Diese Woche ist er zum Golfspielen nach Australien eingeladen worden, und der Wagen ist frei. Soll ich Sie abholen?«

»Herr Doktor …!«

Es war Mitsuo, als sei ihm mitten in der Hölle Buddha erschienen. In dem Moment war Irabu für ihn die beste Beruhigungspille.

Als zwei Stunden später das Essen mit Größen aus der Finanzwelt beendet war, ließ er seine Sekretäre sich wie üblich am Eingang zum Gespann formieren, setzte seine Brille auf und sich selbst auf seine Untergebenen. Die anderen Gäste schauten mit offenen Mündern dem Schauspiel zu.

»Also, von den Gerüchten habe ich schon gehört …«, sagte einer, als er seine Sprache wiederfand.

»Vielleicht sollte ich das bei uns auch einführen«, witzelte ein anderer.

»Ja genau, folgt meinem Beispiel, und seht auf diese Schmierfinken herab.«

Jetzt war schon alles egal. Die *Grillen von Nabemann* würde wohl eine der Schlagzeilen von morgen sein, aber was kümmerte es ihn. Für ihn war jeder Tag ein Kampf mit sich selbst.

Als sie das Tor verließen, folgte das übliche Blitzlichtgewitter und sogleich wurde ihm schwindelig. Wie durch einen Schleier sah er einige Meter vor sich das Cabriolet mit offenem Verdeck. Vom Fahrersitz winkte Irabu ihm zu, und am Auto angekommen, wurde er, ohne die Tür zu öffnen, einfach von oben hineingesetzt. Irabu trat aufs Gaspedal, und sie fuhren los.

»Alles klar, Herr Tanabe? Wollen Sie ein Medikament?«

»Nein, geht schon irgendwie.«

»Ein ganzer Trupp von denen ist uns auf den Fersen.«

»Ich biete denen gutes Bildmaterial an. Fragen stellen die schon gar keine mehr, sondern sind nur darauf aus, mich mit ihren Verfolgungsjagden unter Druck zu setzen.«

Als sie auf die Hauptstraße kamen, fuhr neben ihnen eine große Limousine auf gleicher Höhe. Das hintere Fenster öffnete sich, und ein Kameraobjektiv schob sich heraus. Irabu wendete sich zur Seite und machte mit der freien Hand das Victoryzeichen.

»Was machen Sie denn da?«

»Vielleicht komme ich wieder in die Zeitung.«

Kraftlos fiel Mitsuo in den Sitz zurück. Aus diesem Menschen wurde er nicht schlau.

Mehrere Autos waren inzwischen zu ihnen aufgeschlossen. An beiden Seiten und hinter ihnen waren sie nahezu eingekreist. Obwohl auch noch andere Autos auf der Straße fuhren, gab es Paparazzi, die vollkommen sinnlos mit ihren Kameras blitzten.

»Man wird ja richtig geblendet«, rief Irabu aus und versuchte seine Augen mit der Hand zu schützen, woraufhin das Auto ins Schlingern kam.

»Jetzt unterlasst das endlich, ihr Rabauken!!«, schrie Mitsuo in Richtung der Fotoreporter.

»Jetzt haben die mich wütend gemacht!«, sagte Irabu, riss das Steuer herum und fuhr dicht an den Wagen des Blitzers heran. Der Fahrer der schwarzen Limousine war so überrascht, dass er eine Vollbremsung machte und der Wagen zur Seite ausbrach. In dem Moment hörten sie ein lautes Scheppern, als das Auto hinter ihnen in ein anderes Fahrzeug hineinkrachte.

»Meine Güte, was machen Sie da?«, rief Mitsuo und erhob sich leicht. »Was, wenn jemand zu Schaden kommt?«

»Das haben die sich selbst zuzuschreiben. Wer sich in Gefahr begibt…«

»Trotzdem…«

»Keine Sorge, die sind bestimmt versichert.«

Irabu schien das nicht im Geringsten zu berühren. Als die

Paparazzi wieder herangekommen waren, trat Irabu das Gaspedal durch. Der Bentley röhrte auf und machte einen Satz. Mit quietschenden Reifen passierten sie eine Straßenecke.

»Hehe, ob die einem Turbo mit 400 PS folgen können?«

»Hören Sie mal. Dafür habe ich Sie aber nicht angerufen. Es reicht, wenn Sie mich nach Hause bringen«, protestierte Mitsuo und hielt sich mit einer Hand am Türgriff fest.

»Da kommen schon wieder welche. Die legen es wirklich auf eine Verfolgungsjagd an.«

Irabus Augen funkelten.

»Sind Sie meschugge? Lassen Sie den Quatsch, ich bitte Sie.«

Ausgerechnet in dem Moment fuhr Irabu auf die Stadtautobahn. Wieder machte der Bentley einen Satz nach vorne.

»Wow, der geht ab, was?«, jauchzte Irabu. Mitsuo hatte einen solchen Irren noch nicht gesehen. Mit beiden Füßen stemmte er sich gegen das Armaturenbrett, während der Fahrtwind ihm die Haare durchwirbelte. Warum musste er mit seinen achtundsiebzig Jahren das mit sich machen lassen?

Der Wagen fuhr auf der Autobahn mit rasender Geschwindigkeit. Bei dem Rennen wurde Mitsuos Körper hin und her geworfen, sein Trommelfell vibrierte vom heulenden Motor. Vor seinen Augen flog in einem 360-Grad-Winkel die nächtliche Großstadtlandschaft an ihm vorüber. Ansammlungen von riesigen Hochhäusern standen wie Wälder nebeneinander und unzählige Lichter ließen den Himmel über der Stadt hell erstrahlen. Er hatte den Eindruck, inmitten der Kulisse eines Sciencefictionfilms zu sein. Trotz des Tempos verfiel Mitsuo in eine Art Trance. Die in allen Farben funkelnden Neonlichter, die immer wieder rot aufblinkenden Bremslichter der Autos vor ihnen, die abends bunt angestrahlte Rainbow Bridge über dem Hafen von Tokio: Jeden Abend war die Stadt ein einziges Lichtermeer.

Plötzlich kam er wieder zu sich. War das die Zukunft? War das die fortschrittliche Stadt, die er sich früher vorgestellt hatte?

Mitsuo war neunzehn Jahre alt, als der Krieg zu Ende ging. Tokio war damals völlig zerstört. Wenn es Nacht wurde, legte sich ein pechschwarzer Himmel über die Stadt. Der Oberschüler träumte davon, die Stadt wieder neu aufzubauen. Es würde seine eigene Generation sein, die ein neues Japan schuf. Er brannte vor Ehrgeiz. Den Beruf des Zeitungsjournalisten ergriff er, weil er dachte, so am ehesten an der Gesellschaft teilhaben zu können. Er bemühte sich, unrechtes Tun von Politikern bloßzustellen, den Schwachen zu helfen und dem Land zu dienen. Er wollte Japan zu einer der führenden Nationen in der Welt machen.

Während die grellen Lichter an ihm vorbeizogen, erschienen vor ihm seine Jugendtage wie in einem Kaleidoskop.

Als 1960 der Premierminister Hayato Ikeda großartig seinen Einkommensverdoppelungsplan angekündigt hatte, war Mitsuo bei der Pressekonferenz anwesend, schrieb mit und konnte kaum seiner Aufregung Herr werden. Bei der Entscheidung für Tokio als Austragungsort der Olympischen Sommerspiele 1964 stieß er zusammen mit den Abgeordneten, die sich für die Werbekampagne abgemüht hatten, auf den Erfolg an. Bei der Eröffnung der Stadtautobahn oder der Inbetriebnahme des Shinkansen war er so froh, als wäre es um ihn persönlich gegangen. Er selbst hatte sich ein Haus gebaut, denn auch Normalbürger konnten sich damals schon ein Eigenheim leisten. Der Plan von Premierminister Kakuei Tanaka für eine völlige Neugestaltung des japanischen Archipels Anfang der Siebziger betrachtete er einerseits mit Misstrauen, doch irgendwo in seinem Herzen fand er auch seine Zustimmung. Ganz Japan wurde durch Straßen und große Brücken verbunden. Als man in Shinjuku begann, Hochhäuser zu bauen, und er vor einem in den Himmel emporragenden Eisengerüst stand, empfand er großen Stolz: Japan war wieder wer! Es hatte die vollständige Kriegsniederlage überwunden. In jenem Moment spürte er dieses Gefühl in sich wie nie zuvor.

Doch irgendwann verflüchtigte sich dieses Hochgefühl über den Fortschritt seines Landes. Als die Ära des Showa-Kaisers zu Ende ging, verschwand auch das Wort *Nachkriegszeit* aus dem Vokabular des Alltags. Die Gegenwart hatte seine einstigen Vorstellungen schon überstiegen. Das verwüstete Tokio war nun ein weltberühmtes Babel. Die Bürger waren wohlhabend, aßen gut, kleideten sich elegant. Kaum einer wusste noch, wie dankbar man für Frieden sein musste. Er selbst stellte keine Ausnahme dar. Die Erinnerung an den Krieg war zwar nicht verschwunden, doch war er nicht mehr täglich dankbar für Ruhe und Frieden.

»Was ist denn mit Ihnen, Herr Tanabe? Auf einmal so still?«, sagte Irabu plötzlich vom Fahrersitz her.

»Ach, es ist nichts. Ich dachte nur, wie Tokio sich verändert hat.«

»Sie sind aber komisch. Wo Sie doch hier leben!«

»Leben? Ich versuche Schritt zu halten. Tokio ist wie ein Kind in der Pubertät. Verliert man es für eine Weile aus den Augen, erkennt man es beim nächsten Mal kaum wieder.«

»Wir sind halt im einundzwanzigsten Jahrhundert. Das moderne Tokio hat sozusagen eine Runde hinter sich gebracht, und nun hat die nächste begonnen.«

Wieder blickte Mitsuo auf die Lichter der Stadt. Ach ja, es war das 21. Jahrhundert. Das hatte er ganz vergessen. Die Zukunft, die er sich in seinen jungen Jahren erträumt hatte, war schon lange da.

»Die Zeiten ändern sich eben.«

Offensichtlich. Die Alten hatten schon lange ausgedient. Und was war mit der Stadt? Eine andere Art von Energie pulsierte in ihr, die sich von der Nachkriegszeit unterschied. Eine neue Generation hatte das Ruder übernommen. Das war ihm bewusst, mehr als ihm lieb war, aber trotzdem …

Hinter sich hörten sie auf einmal das Heulen einer Polizeisirene.

»Oh, da habe ich wohl etwas übertrieben. Bin wohl etwas zu flott gefahren.«

»Schon gut. Fahren Sie runter von der Autobahn.«

»Was ist mit den Paparazzi?«

»Ist egal. Ich bin müde.«

Eine Ruhe durchströmte Mitsuo. Ja, warum nicht aufhören, mit allem.

Er sah den beleuchteten Fernsehtum von Tokio. Der große Eisenturm, der für lange Zeit eigentlich der Gulliver in der Stadt sein sollte, war schon längst von Hochhäusern eingekreist und hatte sich der Umgebung angepasst. Ja, die Zeiten hatten sich geändert.

Am nächsten Tag sah sich Mitsuo nach langer Zeit wieder einmal andere Tageszeitungen an. Vor allem die Boulevardblätter hatte er seit fünf, sechs Jahren nicht mehr in die Hand genommen. Nicht, weil er kein Interesse an Nachrichten hatte. Er hatte sie bewusst gemieden, aus Angst, gleich auf der Titelseite mit einem Schnappschuss von sich konfrontiert zu werden. *Nabemann*, der kein Blatt vor den Mund nahm, hatte schon seit über zehn Jahren bei den Zeitungen die Rolle des idealen Bösewichts inne. Von Anfang an war Mitsuo das zuwider. Wer mochte es mit über sechzig Jahren schon, sein Konterfei in der Zeitung zu sehen? Selbst wenn er jünger ausgesehen hätte, konnte man kaum leugnen, dass seine Gesichtszüge im Vergleich zu früher schlaff geworden waren. Menschen leben immer mit einem Bild ihrer Jugend in sich. Wer will schon mit dem der Wirklichkeit konfrontiert werden?

Nabemann – Raserei auf der Stadtautobahn.

Er seufzte. Was war denn mit den Reportern, die ihn gejagt hatten?

Nabemann dreht durch – Rennfahrt auf öffentlicher Straße.

Er hasste den Boulevardjournalismus, wie man nur etwas hassen konnte.

Ein Foto von Irabu, wie er gerade das Victoryzeichen macht, war in der Zeitung. Was für ein merkwürdiger Mensch. Aber gestern hatte ihm die Polizei gehörig den Kopf gewaschen, und er war ziemlich niedergeschlagen gewesen.

Endlich fand er ein Foto von sich. Ohne den Blick abzuwenden, betrachtete er es aufmerksam. Fünf Sekunden, zehn Sekunden, ließ seine Augen über jedes Detail schweifen. Er sah auch die Fotos in den Tageszeitungen. Es waren Schnappschüsse, auf denen er den Eindruck machte, als würde er es darauf anlegen, fotografiert zu werden. Ihm wurde heiß, und am liebsten hätte er sich irgendwo verkrochen.

»Hmm, alt und hässlich bleibt man am Leben«, murmelte er vor sich hin. Er hatte genug. Das war das letzte Mal gewesen.

Er knüllte die Zeitungen zusammen und warf sie in die Ecke. Über die Sprechanlage rief er Kinoshita zu sich.

»Beraumen Sie für den Nachmittag eine Pressekonferenz an. Ich werde heute von allen Ämtern zurücktreten, Zeitung und Vereine, alles.«

Kinoshita wurde blass und blieb wie angewurzelt stehen.

»Herr Vorsitzender, das kommt ein bisschen plötzlich. Die Zustimmung vom Vorstand haben Sie auch noch nicht.«

»Jetzt seien Sie schon still. Ich habe mich entschieden und damit basta. Ich danke Ihnen jedenfalls für die bisherige Arbeit.«

Mitsuo lehnte sich tief in seinen Bürosessel und blickte Kinoshita an. Seit er Direktor geworden war, arbeitete Kinoshita unter ihm.

»Das meine ich aufrichtig. Ich habe Ihnen viel zugemutet.«

»Nicht doch, Herr Vorsitzender …«

Kinoshita, dessen angegrautes Haar zeigte, dass auch er in die Jahre gekommen war, wusste nicht, was er sagen sollte.

Das war jetzt das Ende eines langen Weges. Von nun an konnte er nur noch ruhig warten, bis die Götter ihn zu sich beriefen. Oder würde man ihn in die Hölle schicken?, fragte er sich und quittierte diese Überlegung mit einem säuerlichen Lächeln.

Zur Pressekonferenz erschienen mehr als dreihundert Medienvertreter. Da er damit rechnen musste, wegen der Blitzlichter eine Panikattacke zu erleiden, bat er Irabu, anwesend zu sein. Doch es bestand dafür nicht die geringste Notwendigkeit, wie sich herausstellen sollte. Das Blitzlichtgewitter ertrug er mit stoischer Gelassenheit. Irabu hatte wohl Recht gehabt: Man musste dem Tod nur ins Auge sehen.

Die Fragen der Reporter waren wie üblich ordinär: ob sein Rücktritt nur vorgeschoben sei, damit er im Hintergrund weiterhin die Fäden spinnen könne.

»Aus dem Baseballgeschäft werde ich mich vollständig zurückziehen. Was die Zeitung betrifft, werde ich nur noch als Berater fungieren. Die Hälfte meiner Aktien werde ich verkaufen, mit anderen Worten: Ich gehe in Rente. Ich werde gar nichts mehr machen.«

»Wenn Ihr Nachfolger für den Verein Sie um Rat bittet, werden Sie ihm helfen?«

»Meine Beraterfunktion ist auf die Zeitung beschränkt und ohnehin nur pro forma. Ich habe doch schon gesagt, dass ich mit Baseball nichts mehr zu tun haben werde.«

»Wenn der Bevollmächtigte oder der Ligaverbandschef Sie um Rat fragen, sagen Sie auch nein?«, fragte ein aufdringlicher Reporter, der nicht locker lassen wollte.

»Warum sollte mich jemand um Rat fragen, nachdem ich keinen Verein mehr habe?«

»Und wenn doch?«

»Sie sind aber wirklich hartnäckig. Ich betone noch einmal: Ich ziehe mich aus dem Geschäft zurück. Am besten denken Sie, ich wäre gestorben. Ja, genau: Ich werde meine Beerdigung noch zu Lebzeiten zelebrieren. Sie alle sind herzlich dazu eingeladen. Sind Sie nun zufrieden? Aber wenn Sie kommen, bringen Sie gefälligst das Beileidsgeld mit.«

Die Reporter gerieten bei diesen mit großem Nachdruck gesprochenen Worten in helle Aufregung. Seinen Untergebenen von der Zeitung, die seitlich vom Podium standen, fielen fast die Augen aus dem Kopf. Irabu dagegen gähnte unverhohlen.

»Sie scheinen geheilt«, meinte er fröhlich nach der Pressekonferenz.

Wenn es notwendig war, könnte er sich auch in einen Sarg legen. Nun hatte er vor nichts mehr Angst.

Zu Mitsuos vorab veranstalteter Trauerfeier kamen mehr als dreitausend Menschen und knapp fünfhundert Journalisten. Und das war nur die Spitze des Eisbergs. Ununterbrochen gab es Anfragen von Menschen, die teilnehmen wollten, oder Fernsehsendern, die sich die Exklusivrechte für die Übertragung dieses bis dahin beispiellosen Spektakels in der Geschichte Tokios zu sichern versuchten.

Der Veranstaltungsort war die große Halle des *Tokyo International Forum*, des Messezentrums. Auf der Bühne stand ein Altar, neben dem Sarg ein Sofa, auf dem Mitsuo schweigend in einem weißen Anzug saß. Da das Ganze auf Irabus Mist gewachsen war, wurde er auch zu einem der Organisatoren berufen.

»Hey, Irabu, bringen Sie auch Mayumi-chan mit«, meinte Mitsuo.

»Alles klar!«, war dessen Antwort.

Mayumi nahm mit einem kleinen Schwarzen an der Feier teil.

Mitsuo war besonders erstaunt über die Teilnahme des Premierministers Izumida, der in seiner Zeitung Objekt hämischer Kritik gewesen war. Es war anscheinend ein Mann, der die Sache mit Humor zu nehmen wusste. Da er schon einmal hier war, fragte ihn Mitsuo, ob er nicht seinem Beispiel folgen und zurücktreten könne.

»Herr Tanabe, Sie haben mich nicht gemocht. Es gibt keinen Grund, jemanden, den man nicht mag, zu mögen, und insofern habe auch ich Sie nicht gemocht«, sagte der Premier in seiner kleinen Ansprache.

Der Saal bebte vor Gelächter. Auch Mitsuo wurde auf der Bühne von einem Lachanfall geschüttelt.

»Aber trotzdem: Jemanden wie Sie zu verlieren, macht einen traurig, und nicht nur mich. Ich glaube, die ganze Gesellschaft sieht Sie mit Wehmut scheiden. Es ist, wie wenn ein Vulkan auf Japan plötzlich erloschen ist, wie eine Insel, die auf einmal vom Wasser überschwemmt und versunken ist, mit anderen Worten, ein großer Verlust. Es mag vielleicht daran liegen, dass ein Mensch mit großen Verdiensten ganz natürlich die Herzen der Menschen bewegt.«

Mitsuo musste zugeben: Reden konnte der Mann. Der ganze Saal hörte gebannt zu.

»Wir haben uns kennengelernt, als ich zum ersten Mal Abgeordneter im Unterhaus geworden bin. Damals war Herr Tanabe noch politischer Ressortleiter bei der *Dainippon Shinbun,* und er sagte mir, der von Tuten und Blasen keine Ahnung hatte, mit freundlichem Blick: ›Izumi, ein Politiker, der bei den Journalisten einen Stein im Brett hat, kann auf eine steile Karriere hoffen. Wenn ein Reporter zu Ihnen zwecks Recherche kommt, dann sollten Sie immer eine Story auf Lager haben, und wenn's nur eine kleine ist. Sind Sie endlich ein Politiker geworden, von dem man sagen kann, dass er immer für eine interessante Unterhaltung gut ist, dann wächst Ihre Popularität ganz natürlich. Ein Langweiler kann noch so moralisch sein, zuhören tut ihm keiner. Ab und zu mal eine aufsehenerregende Bemerkung schadet nicht, im Gegenteil. Ein schlechter Ruf ist immer noch besser als gar kein Ruf. Ein Politiker muss sich immer bewusst sein, Dienst an der Gesellschaft zu tun!‹ Wenn das stimmt, Herr Tanabe, dann bin ich der festen Überzeugung, dass Sie die Seele eines solchen Bewusstseins sind. In Ihren letzten Jahren haben Sie als Besitzer der *Great Powers* eine ganze Reihe von kontroversen Bemerkungen fallengelassen und haben so die Herzen der Journalisten höher hüpfen lassen. Herr Tanabe, ich glaube, Sie liebten es, die Menschen froh zu stimmen, und Sie freuten sich, wenn Sie Menschen mit fröhlichen Gesichtern sehen. Mitsuo Tanabe war ein reizender Mensch, ein Mensch mit einem unersetzlichen Charme. Wenn es ein Jenseits gibt, dann wünsche ich mir nichts sehnlicher, als Sie dort zu treffen und einfach so als Mensch mit Ihnen nach Herzenslust über Politik zu quatschen. Ich hoffe, dass so ein Tag kommt und wir uns wiedersehen!«

Ein großer Beifall brauste auf. Es gab sogar welche, die aufstanden und applaudierten. Izumida wendete sich zu Mitsuo und verbeugte sich schelmisch vor ihm.

Mitsuo rieb sich mit versteinertem Gesicht die Nase.

Unverschämtheiten wurden ihm hier an den Kopf geworfen.... Doch war ihm leicht ums Herz geworden. Wie lange hatte er sich so schon nicht mehr gefühlt?

Der Duft von Weihrauch und Beileidsblumen hielt noch einige Stunden an. Die Gäste wollten nicht so schnell nach Hause gehen.

Nachdem er mit seinen Sekretären zum Abschluss noch ein kleines Nachtmahl eingenommen hatte, kehrte er zu seiner Wohnung zurück. Vor dem Hauseingang lungerten einige Reporter herum.

»Was wollt ihr denn noch hier? Ich habe doch gesagt, dass ihr so tun sollt, als hätte ich schon das Zeitliche gesegnet«, rief er scharf. »Wozu habe ich denn diese Trauerfeier veranstaltet?«

Seinem Schwips freie Bahn lassend, fuchtelte er mit dem Stock herum. Doch diesmal war die Reaktion anders als sonst. Die Reporter machten ihm Platz. Weder Mikrofone noch Notizblöcke waren zu sehen. Und jetzt fiel Mitsuo auch auf, dass keine Blitzlichter aufflammten.

»Herr Tanabe ....«, sprach ihn ein junger Journalist verlegen an. »Ich weiß, dass es Ihnen vielleicht nicht recht ist, aber wäre es möglich, dass wir uns mit Ihnen etwas unterhalten könnten? Ein oder zwei Mal im Monat würden uns schon reichen.«

»Wie ...? Über was denn?«

»Über alles Mögliche. Politik oder Baseball ...«

»Was reden Sie da! Ich habe doch gesagt, dass ich dazu keine Kommentare mehr abgebe.«

»Nein, wir würden das, was Sie sagen, nicht veröffentlichen, das versprechen wir Ihnen. Wir sind eine Gruppe von jungen Journalisten, die eine unabhängige Studien-AG gegründet haben, und wir würden es sehr schätzen, wenn Sie uns etwas beibringen könnten.«

Mitsuo bemerkte nun, dass die Gruppe der Reporter aus jungen Leuten zwischen zwanzig und dreißig bestand. Sogar einige Frauen waren darunter, die gut und gerne seine Enkelinnen hätten sein können.

»Jetzt auf einmal kommen Sie mir mir so etwas«, erwiderte Mitsuo und bemühte sich um einen strengen Blick.

»Wir wären Ihnen wirklich außerordentlich dankbar. Sie gehören zur letzten Journalistengeneration, die sich mit den Politikern gestritten und auch über deren Privatleben gründlich recherchiert hat.«

»Wir wollen mehr wissen über die Zeitungsverlage von früher oder Anekdoten, die sich bei Ihren Recherchen zugetragen haben.«

Einer nach dem anderen brachte sein Anliegen vor, und gemeinsam verbeugten sie sich tief vor Mitsuo.

»Wir haben gehört, dass auch die Fernsehstationen Interesse an Ihnen haben, und deshalb sind wir so schnell wie möglich hergekommen. Wer zuerst kommt, mahlt zuerst, dachten wir«, sagte eine Reporterin etwas verschmitzt.

Mitsuo zog die Nase hoch. Ganz schön geschickt, dachte er. Aber gut, für die jungen Leute heutzutage schienen die hier gut erzogen zu sein. Trotzdem …

»Also gut. Dann stehen wir hier nicht so am Eingang herum. Kommen Sie doch alle hoch in mein Apartment. Wein und so weiter habe ich genügend da. Alleine kann ich das ohnehin nicht trinken, und deswegen lade ich Sie heute ausnahmsweise zu mir ein. Von Ihrem geringen Gehalt könnten Sie sich diesen Wein sowieso nicht leisten«, sagte Mitsuo schließlich mit leiser Stimme.

Die Augen der Journalisten glänzten vor Freude, und hier und da hörte man einen unterdrückten Jauchzer.

Mit den jungen Leuten im Schlepptau passierte er den Hauseingang. Na ja, so schnell kam er wohl doch nicht zu seiner wohlverdienten Ruhe, dachte er, und ein bisschen entspannte sich seine Miene.

Anponmann

1 ___

Als der Mietwagen vor der Buchhandlung hielt, in dem die Signierstunde standfinden sollte, hatte sich schon eine lange Schlange junger Leute bis vor dem Eingang gebildet. Auf dem Rücksitz des Autos lachte Takaaki Anpo zufrieden in sich hinein. Am Schaufenster klebte ein Poster, auf dem in großer Schrift prangte: *Heute Signierstunde: »Was ist schlecht am Geldverdienen?« von Takaaki Anpo. Autor ist persönlich anwesend.*

»Sollen wir den Seiteneingang nehmen?«, schlug sein Sekretär vor. »Ist schon recht hier«, erwiderte Takaaki und ließ sich die Wagentür öffnen. Als die wartenden jungen Leute ihn bemerkten, kam es zu einem kleinen Aufruhr, und einige Mädchen stießen verzückte Schreie aus.

Vorübergehende Passanten sahen sich neugierig um, und aus einer Gruppe unbefangener Studenten ertönte ein »Ey, guck mal, *Anponmann*!«. Das war sein Spitzname, den er wegen seiner rundlichen Erscheinung trug. Als Student hatte er den Namen gehasst, doch nun machte ihm das nichts mehr aus. Er war nun eine Art Markenzeichen von ihm und seiner Firma geworden.

Unzählige Hände, die geschüttelt werden wollten, reckten sich ihm entgegen, als er an den Wartenden vorbeischritt. Mit einem gewinnenden Lächeln nahm er die Huldigungen entgegen. Während die nervösen Ladenangestellten die Warteschlange wieder ordentlich auszurichten versuchten, kam ihm ein sich die Hände reibender Mann entgegen, der allem Anschein nach der Geschäftsführer der Buchhandlung war.

»Lieber Herr Anpo, wir haben für Sie oben ein Zimmer vorbereitet, wo Sie sich erst einmal ausruhen können …«

»Nicht nötig. Das wäre nur Zeitverschwendung. Fangen wir lieber gleich an.«

»Die Tickets sind alle schon weg. Sie haben also zweihundert Leute vor sich.«

»Kein Problem. Pro Nase fünfzehn Sekunden macht bei zweihundert Leuten dreitausend Sekunden, also fünfzig Minuten. Wenn darunter noch zehn Leute sind, die mit mir ein Erinnerungsfoto schießen möchten, für die ich jeweils dreißig Sekunden veranschlage, dann kommen noch fünf Minuten hinzu. Da wir eine Stunde haben, bleiben noch fünf Minuten übrig. In denen trinke ich vielleicht einen Eiskaffee«, antwortete Takaaki mit demonstrativer Gelassenheit. Dann wurde er in den Veranstaltungsraum geführt. Er setzte sich an einen Tisch im rückwärtigen Teil des Erdgeschosses und blickte wieder in die erwartungsvollen Gesichter der jungen Leute, die in einer Reihe vor ihm standen.

War das die Macht des Fernsehens?, dachte er. Vor einem Jahr war er noch ein Mensch gewesen, der außer Arbeit und Freundschaften nichts kannte. Während er eine Million nach der anderen verdiente, wurde er von der Geschäftswelt geringschätzig behandelt, weil er jung war und ohne Schlips auftrat.

Wenn er jetzt durch die Straßen lief, drehten sich alle nach ihm um und im Restaurant bekam er stets den besten Platz. Seine Bücher waren garantierte Bestseller.

»Meine sehr verehrten Gäste. Anlässlich der Publikation seines neuesten Werkes *Was ist schlecht am Geldverdienen?* beehrt uns der Autor, Takaaki Anpo, mit seiner Anwesenheit und ist bereit, für die ersten zweihundert Käufer sein Buch zu signieren.«

Ein Angestellter der Buchhandlung kündigte mit lauter Stimme den Beginn der Signierstunde an und animierte die Wartenden, zur Begrüßung zu applaudieren. Auch die anderen Kunden im Laden wurden nun aufmerksam und kamen näher. Es gab im gegenwärtigen Japan wohl keinen, der nicht Interesse an Takaaki gehabt hätte.

Er war längst daran gewöhnt, angestarrt zu werden, und fand es eigentlich geradezu angenehm.

Der nun 32-jährige Takaaki gründete in seiner Zeit als Student der Universität von Tokio eine Firma, die Internetbenutzern eine Website anbot, auf der sie ihre eigene Homepage erstellen konnten. Er war zwar an der literarischen Fakultät eingeschrieben, doch Computer waren sein Hobby, und einen Sinn fürs Geschäft hatte er auch. Die Firma, die in einem Zimmer seiner Wohnung begann, wuchs so schnell an wie ein Luftballon, und ein nicht für möglich gehaltener Geldsegen prasselte auf ihn nieder. Auch wenn er damit gerechnet hatte, erfolgreich zu sein, hätte er nie gedacht, einen derart steilen Aufstieg zu schaffen. Er versuchte, die Ursache seines Erfolges zu ergründen, und kam zu dem Schluss, dass es seiner Umgebung an Elan mangelte. Da fiel einem sozusagen Aladdins Wunderlampe in den Schoß und die Menschen merkten das in ihrer Tranduseligkeit nicht. In dieser Zeit hatte sich Takaaki ein Ziel gesetzt: Geld scheffeln solange es genügend Dumme in der Welt gab.

Seine Firma *Livefast* wuchs durch fortgesetzte Firmenaufkäufe weiter, und auch die rasche Notierung an der Börse trug dazu bei, dass sie nicht nur in der IT-Branche, sondern in der ganzen Welt der Wirtschaft die Aufmerksamkeit auf sich zog. Der Firmensitz wechselte in ein avantgardistisches Superhochhaus in Azabu, und seine neue Wohnung, die ihn zwei Millionen Yen pro Monat kostete, lag in ebendiesem von allen bewunderten Megakomplex namens *Azabu Hills.* Als Inkarnation eines Selfmademan schmückte er die Titelseiten der Wirtschaftsmagazine, und der Unternehmensgründer Takaaki konnte behaupten, dass seine Karriere mit vollen Segeln einen erfolgreichen Kurs fuhr.

Der günstige Rückenwind entwickelte sich erst in den Wirren um den Kauf einer Baseballmannschaft zu einem Orkan. Als er gegenüber den Clubbesitzern, die eine Reduzierung der Mannschaften ins Auge gefasst hatten, seine diesbezüglichen Pläne bekanntgab, stand er auf einmal als junger Retter der Baseballwelt im Rampenlicht der Öffentlichkeit. Nahezu täglich erschien er in den Medien, und seinen Spitznamen kannte bald jedes Kind. Vor allem als der berühmte Clubbesitzer Tanabe ihn zu seinem persönlichen Feind auserkor, schnellte Takaakis Bekanntheitsgrad sprunghaft nach oben. Die Massenmedien läuteten Sturm bei Takaaki, um ihn zu seiner Meinung zu befragen. Alle möglichen Firmen wollten mit ihm über profitable Geschäfte reden. Wie bei einem Othellospiel die Steine *klack-klack-klack* umgewendet werden, änderte sich seine Welt schlagartig. Er hatte sich bis dahin nicht vorstellen können, wie viel Spaß einem das Leben als Prominenter machen konnte und nun befand er sich ganz unerwartet auf dem Höhepunkt seines bisherigen Lebens.

Da ihn die Besitzer der anderen Clubs nicht leiden konnten, fanden seine Baseballambitionen ein jähes Ende, aber als ein charismatischer Unternehmer blieb er den Leuten in Erinnerung. Seit einiger Zeit tauchte er wieder täglich in den Schlagzeilen auf wegen des Ankaufs von Radiosender-Aktien. Es gab Leute, die ihn nicht mochten, doch in der heutigen Welt blieben diejenigen die Sieger, die auffielen. Takaaki war es angeboren aufzufallen. Er liebte es, mit provokanten Bemerkungen Aufsehen zu erregen.

Und er hasste Dummköpfe, die nicht logisch argumentieren konnten.

Über ein Titelblatt nach dem anderen ließ er seinen Signierstift sausen. Schon seit seiner Grundschulzeit hatte er fleißig signieren geübt, denn schon immer hatte er fest daran geglaubt, dass so ein Tag kommen würde.

»Verzeihung, ich habe eine Bitte. Könnten Sie vielleicht noch etwas dazuschreiben?«, bat ihn die Stimme einer jungen Frau. Er sah auf und sah in ein grobes Gesicht, das wohl zu einer Büroangestellten gehörte.

»Was zum Beispiel?«

»Das können Sie entscheiden.«

»Da bringen Sie mich jetzt aber in die Bredouille. Machen Sie einen Vorschlag. Zeit, mir etwas auszudenken, habe ich leider nicht«, antwortete er schroff.

»Na gut, dann: *Man hat nur eine Chance im Leben.*«

»Alles klar.«

Er war gerade dabei, den Satz neben seine Unterschrift zu schreiben, als seine Hand mit dem Stift in der Luft erstarrte.

»Wie waren noch einmal gleich die Schriftzeichen für dieses Sprichwort? *Ichi-go ichi-e*, richtig?«, fragte er seine neben ihm stehende Sekretärin Miyuki.

Seit über zehn Jahren schrieb er praktisch nur noch mit dem Computer und kaum noch etwas mit dem Stift. Es passierte ihm ständig, dass ihm die Schreibweise eines Kanji nicht einfiel.

»*Ikki ikkai*«, gab die Sekretärin ihm mysteriös zur Antwort.

»Wie? Schreiben Sie das auf Ihre Handfläche«, befahl er ihr.

Die Sekretärin schrieb mit einem Stift die Zeichen auf ihre Handfläche und zeigte sie ihm.

»Ach ja, richtig«, fiel es ihm wieder ein.

Als Nächste stand eine Oberschülerin mit brünett gefärbtem Haar vor ihm.

»Würden Sie bitte *Für Mai-chan* schreiben?«

»Mit welchen Kanji?«

»Hiragana, bitte.«

Er setzte zum Schreiben an, als in seinem Kopf alles wie ausgelöscht war. Er hatte vergessen, wie man die Silbe *ma* (ま) schrieb. In dem Moment erstarrte sein Körper.

»Herr Direktor, was haben Sie denn auf einmal?«, sagte Miyuki mit besorgter Stimme und sah ihm über die Schulter.

»Ich weiß nicht mehr, wie man *ma* schreibt.«

Weil die Oberschülerin dachte, er mache einen Scherz, fing sie an zu kichern. Miyuki schrieb mit blass gewordenem Gesicht auf ihre Handfläche まいちゃん und zeigte es ihm.

Während er den Namen in das Buch schrieb, empfand er in sich eine merkwürdige Leere. So als ob ein Teil seines Gehirns von einer Lähmung befallen sei.

»Verzeihen Sie bitte, von nun ab wird Herr Anpo nur noch mit seinem Namen, ohne Zusatz, signieren«, teilte Miyuki dem Ladenangestellten mit. Der gab die Anweisung an die wartenden Kunden weiter.

Bis zum Ende schrieb Takaaki seinen Namen nur noch mechanisch auf die ihm dargebotenen Bücher. Seine Signatur war so flüchtig geschrieben, dass man sie nicht entziffern konnte.

Da er sich nun auf die reine Schreibtätigkeit konzentrieren konnte, war die Signierstunde fünfzehn Minuten früher zu Ende als geplant.

Während sie auf dem Rückweg zur Firma im Wagen saßen, nahm Miyuki ihren ganzen Mut zusammen und sagte: »Herr Direktor, ich glaube, Sie sollten doch mal einen Spezialisten aufsuchen.«

»Jetzt fangen Sie schon wieder damit an. Ich habe nichts!«

Lachend winkte Takaaki ab. Seit dem letzten Monat riet sie ihm ständig zu einem Arztbesuch.

»Aber heute konnten Sie noch nicht einmal Hiragana schreiben.«

»Das kann schon mal passieren. Es ist mir ja auch sofort wieder eingefallen.«

»Dass Sie ein einfaches Silbenzeichen vergessen haben, ist an sich schon schlimm genug. Als Sie vor kurzem bei einem Seminar auf dem Podium standen, brachten Sie noch nicht mal die Begrüßung *Guten Tag* heraus. Sie sagten nur *Ääh*… und verfielen dann in Schweigen. Mir ist der kalte Angstschweiß ausgebrochen, als ich das sah.«

»Eine Denkblockade hat doch jeder irgendwann einmal.«

Mit einem Lachen wollte er die Sache abtun, doch Miyukis Miene blieb ernst.

»Ja schon, aber in der Regel nur bei Namen von Personen. Aber Sie, und da entschuldigen Sie bitte meine Ausdrucksweise, sind seit einiger Zeit ziemlich komisch. Sie sehen eine Teetasse und fragen ›Wie nennt man das noch mal?‹. Oder Sie kauen einen Kaugummi und wollen wissen: ›Wie heißt das, was ich gerade im Mund habe?‹.«

»Zugegeben, aber die Arbeit leidet darunter nicht. Wenn ich nicht mehr rechnen könnte, das wäre ein großes Problem.«

»Hiragana zu vergessen, finde ich problematisch genug.«

»Für einen Arztbesuch habe ich eigentlich keine Zeit.«

»Jedenfalls lassen Sie sich mal untersuchen. Sonst müssen wir alle Auftritte in Funk und Fernsehen absagen.«

»Auf keinen Fall!«

Takaaki schmollte wie ein kleines Kind. Seine Auftritte in den Massenmedien bedeuteten für ihn eine Erholung, wie er sie sonst nirgendwo haben konnte.

»Entweder Neurologie oder Neurochirurgie, denke ich. Am besten wäre zunächst ein Neurologe in der Nähe. Ich suche mal ein Krankenhaus mit einem guten Ruf.«

»Am liebsten wäre mir eine Ärztin, jung und hübsch dazu.«

»Sie bekommen einen männlichen Arzt.«

Miyuki öffnete ihr Notebook, das auf ihrem Schoß lag, und trug einen neuen Termin ein. Takaaki genoss diesen Anblick. Unter seinen Kommilitonen besaß nur er eine 22-jährige Sekretärin, die obendrein noch eine Schönheit war. Er war halt erfolgreich.

Der Mietwagen mit dem jungen IT-Millionär fuhr weiter durch die Innenstadt von Tokio.

Seine Sekretärin hatte schließlich die Irabu-Poliklinik gefunden, die von einem Vorstandsmitglied der Japanischen Ärztevereinigung betrieben wurde. Der Sohn des Klinikleiters war dort Neurologe, und sich dessen Gunst zu sichern, konnte vielleicht von Nutzen sein. Die Neurologie lag im Untergeschoss, in dem fahle Lampen ein dämmeriges Licht verbreiteten. Ein saurer Geruch stach unangenehm in die Nase. Ah, hier ist das Behandlungszimmer, sagte er zu sich und klopfte an die Tür, worauf sogleich eine schrille Stimme »Nur herein!« rief. Er betrat den Raum und sah einen dicken Mann mittleren Alters vor sich sitzen. Auf seinem Namensschild stand *Dr. med. Ichirō Irabu*. Er hatte sich ein Gesicht vorgestellt, das mehr nach Elite aussah, und war enttäuscht. Einen überkandidelten Klinikerben hätte er mit Fragen bombardiert und ihm so den Schneid abgekauft.

»Tach, ich heiße Anpo.«

Zunächst einmal wollte er die Lage sondieren und deutete eine Verbeugung an.

»Weiß schon Bescheid. Anpotan, richtig? Hihi«, ließ Irabu ein undefinierbares Lachen hören.

»Sie meinen wohl Anpo*man*! Vertrödeln wir unsere Zeit nicht mit Witzen. Bringen wir das hier schnell hinter uns.«

Er war etwas eingeschnappt, behielt seinen Ärger aber für sich. Seit einiger Zeit war er der Auffassung, dass Ärger unnötige Energieverschwendung sei.

»Herr Anpo, ich habe gehört, Sie sollen reich sein. Ich frage mich, wer von uns wohl reicher ist.«

Irabu fing an zu plaudern, als wären sie alte Bekannte. Was fiel dem Typen ein? Selbst wenn ein Arzt reich war, so konnte er sich doch kaum mit einem Unternehmer wie ihm messen.

»Ich habe drei Ferienhäuser. In Karuizawa, Hayama und Hawaii«, brüstete sich Irabu und machte eine Gesicht wie ein Kind, das mit seinen Sachen vor Spielkameraden angeben möchte.

»Ist das schon Teil der Behandlung? Wenn ja, dann antworte ich gerne.«

»I wo, ich schwätze nur gern.«

»Dann lassen wir das Thema lieber. Pure Zeitverschwendung. Ich habe übrigens keinen Grundbesitz, weil ich so etwas nicht brauche. Im *Azabu Hills* gibt es eine Lobby mit einem Empfangsservice wie in einem Hotel, und im Urlaub gehe ich zu einem Ferienort, wo genügend Hotels sind, die ich praktischer finde. Ich verstehe ohnehin nicht, warum Japaner so darauf versessen sind, Immobilien zu besitzen. Alles Quatsch!«

»Ach wie langweilig!«, brummelte Irabu mit spitzem Mund vor sich hin. »Zeitverschwendung scheint Ihr Lieblingswort zu sein, Herr Anpo.«

»Das entspricht eben meiner Überzeugung. Wissen Sie, warum ich keine Krawatte trage?«

»Weil Ihr Hals so dick ist?«

»Also bitte! Das müssen gerade Sie sagen. Sehen Sie sich mal Ihren an. Nein, eine Krawatte ist etwas Überflüssiges, sie hat keine praktische Funktion. Ihr Erfinder muss ein Idiot gewesen sein.«

»Da haben Sie wohl Recht. Auch der Hemdkragen ist in dieser Hinsicht sinnlos.«

»Sie sagen es. Deswegen bin ich auch der T-Shirt-Direktor«, nickte Takaaki, was er in der Regel nur tat, wenn etwas seiner innersten Überzeugung entsprach. Unter den Größen der Wirtschaftswelt gab es viele, die Takaakis wilden Kleidungsstil scharf kritisierten. Diese Leute nahm er nicht ernst und verspürte auch nicht die geringste Lust, ihnen das zu erklären.

»Und Sie leiden also jetzt an einem verfrühten Alzheimersyndrom, richtig?«, sagte Irabu gelangweilt, während er die Patientenakte studierte.

»Einen Moment mal! Was soll denn das heißen: ›verfrühtes Alzheimersyndrom‹? Das ist doch absurd«, sagte Takaaki und winkte zum Zeichen der Verneinung hastig mit der Hand. »Bei mir ist jeden Tag die Hölle los. Auf dem Aktienmarkt muss man aufpassen wie ein Schießhund und durch eine in einem Augenblick getroffene Entscheidung werden zig Millionen Yen bewegt. Ich führe täglich Gespräche mit mindestens zehn Kunden, die ich mir alle behalten muss. Das ist wie bei einer Barhostess in Ginza, die alle halbe Stunde zum nächsten Kunden weiterrückt. Einen Schnitzer kann ich mir da nicht leisten, und ich kann Ihnen sagen: Deren Daten habe ich alle im Kopf. Sie glauben doch nicht, dass ich eine solche Arbeit mit Alzheimer bewältigen könnte.«

»Aber Hiragana vergessen Sie.«

Der Typ ließ einfach nicht locker, ärgerte sich Takaaki. War der begriffsstutzig, oder was?

»So was passiert eben mal. Ich habe Ihnen doch gerade geschildert, wie's bei mir zugeht, und da ist ein vergessenes Schriftzeichen das Geringste meiner Probleme. Schlimmer wäre es, wenn ich mein Passwort für den Computer vergessen würde.«

»Begrüßungen sind auch nicht Ihre starke Seite.«

»Na und? ›Tach‹, reicht doch vollkommen.«

»Stimmt auch wieder«, nickte Irabu mit verschränkten Armen.

Unter Takaakis Kommilitonen gab es viele Ärzte, die allesamt zu den Besten ihres Jahrgangs gehörten. War die Neurologie etwa die Fachrichtug der Versager, die es nicht bis zum OP geschafft hatten? Takaaki zweifelte nicht eine Sekunde, dass er es hier mit einem solchen zu tun hatte.

»Na gut, geben wir Ihnen erst einmal eine Spritze«, sagte Irabu plötzlich mit fröhlicher Stimme. »Mayumi-chan, kommst du mal eben?«

Der Vorhang im Behandlungsraum öffnete sich, und heraus kam eine aufreizende Krankenschwester in weißem Minirock und mit Tablett, auf dem eine Spritze lag.

»Also, ich weiß nicht …«

Takaaki war verdattert und ehe er es sich versah, waren auch schon Injektionstisch und Desinfektionslösung bereitgestellt.

»Bestens«, lachte Irabu übers ganze Gesicht und streckte seinen massigen Körper nach vorne.

»Moment mal.« Takaaki machte eine abwehrende Handbewegung und fuhr mit entschlossener Stimme fort: »Ich möchte erst einmal wissen, für was diese Spritze gut sein soll.«

»Keine Sorge, die wirkt gegen Vergesslichkeit«, antwortete Irabu mit einem Gesicht wie eine Tunte auf Kundenfang und streckte seine Hand nach Takaakis Arm aus.

»Nee, mit mir nicht!«

Takaaki versteckte seinen Arm hinter seinem Rücken.

»Ich verlange eine Erklärung. Ohne ›informierte Einwilligung‹ lasse ich mich auf nichts ein. Heutzutage ist es üblich, den Patienten über die Behandlungsmethode aufzuklären, und erst, nachdem dieser sich einverstanden erklärt hat, damit zu beginnen.«

»Sie sind aber gar nicht lieb.« Irabu zog die Stirn kraus. »Können Sie nicht ohne was zu sagen einfach die Spritze akzeptieren?«

»Natürlich nicht. Sagen Sie mir, was für eine Spritze das ist.«

»Na ja, das ist eigentlich nur eine Traubenzuckerlösung.«

»Und warum wollen Sie mir die injizieren?«

Irabu schwieg, zog eine Schnute und sah Takaaki an wie ein Kind, das bei einem Streich erwischt worden war.

»Herr Doktor, warum versuchen wir nicht die bewährte Methode?«, hörte er von der Seite die schläfrige Stimme der Krankenschwester.

Bewährte Methode? Takaaki stutzte.

Irabu blickte auf die Krankenschwester und nickte eifrig. »Ja, ja, so machen wir's!«

Was waren das für Leute? Während er noch überlegte, wie er sich verhalten sollte, bückte sich auf einmal die Krankenschwester mit einem gewinnenden Lächeln zu ihm hinunter. Der Duft der jungen Frau wehte zu ihm. »Herr Direktor«, zwinkerte sie ihm zu. Ihr Ausschnitt näherte sich seinem Gesicht und zog ihn in seinen Bann.

Im nächsten Augenblick ergriff Irabu seinen Arm. »Hab dich, haha«, lachte er und ehe Takaaki sich versah, wurde sein Arm auf den Injektionstisch geschnallt.

»He, was soll denn das?«, empörte sich Takaaki. Von oben hielt ihn der massige Irabu fest, so dass er sich nicht rühren konnte.

»Das kann doch nicht wahr sein! Unterlassen Sie das gefälligst. Finden Sie das etwa in Ordnung, was Sie hier machen?«

»Sie sind vielleicht nervig. Ein IT-Millionär sollte nicht so kleinlich sein. Also, Mayumi-chan, dann mach mal schnell.«

Die Krankenschwester lächelte ihn von oben kalt wie eine Domina an und fuhr sich mit der Zunge über die Lippen. Da stach die Nadel durch seine Haut.

»Autsch!«, schrie er mit einer jämmerlichen Stimme auf. Wo war er hier nur hingeraten?

Nach der Injektion sagte die Krankenschwester nachlässig: »Das macht dann einen Bonus im Gegenwert von dreißig Überstunden.«

»Wie …? Letztes Mal musste ich aber nur für zwanzig Überstunden zahlen.«

»Ich bin dabei, einen Kredit für eine neue Gitarre abzuzahlen.«

Takaaki versuchte verzweifelt, sich zu überzeugen, dass er wach war und nicht träumte.

»Aus diesem Grund kommen Sie eine Weile zur Behandlung her, Herr Anpo.«

»Was soll das heißen: ›aus diesem Grund‹? Das können Sie mit mir nicht machen, Herr Doktor.« Endlich fand Takaaki wieder zur Sprache zurück. »Wollen Sie mit unnötigen Spritzen die Behandlungskosten in die Höhe treiben?«

»Na gut, dann bekommen Sie die umsonst.«

»Ziemlich nachlässige Haltung, muss ich sagen.«

»Sie sind wirklich pingelig, Herr Anpo. Wir in der Neurologie sehen die Dinge nicht so eng, da wir Krankheiten behandeln, die keiner Logik folgen.«

Takaaki fehlten die Worte.

»Also, ich meine … das stimmt nicht.«

»Was stimmt nicht?«

»Alle Krankheiten haben eine Ursache. Auch Nervenkrankheiten haben irgendwo ihren Ausgangspunkt, bis sie sich zu dem entwickeln, was sie sind. Eine Therapie, die das nicht analysiert, kann zu keinem Ergebnis kommen.«

»Meine Güte, Sie sind vielleicht spitzfindig«, meinte Irabu mit betrübtem Gesicht. »Sie können gehen, wenn Sie wollen.« Irabu winkte ihn mit einer kurzen Handbewegung nach draußen.

»Und wie lautet Ihrer Meinung nach die Diagnose?«, versuchte Takaaki noch einmal unaufgeregt zu kontern.

»Wie gesagt, frühes Alzheimersyndrom. Ich verschreibe Ihnen etwas.«

»Nein, das ist nicht logisch. Wenn Sie mir das nicht vernünftig erklären können, dann akzeptiere ich das nicht.«

Auf einmal fühlte er sich erschöpft. Er sah auf seine Armbanduhr. Jetzt hatte er schon zwanzig Minuten an diesen Dummkopf verschwendet. Es war wohl besser, diesen Ort so schnell wie möglich zu verlassen.

»Offen gesagt, ich sehe nicht ein, was Hiragana mit Logik zu tun hat«, meinte Irabu nasepopelnd auf seinem Sessel. »Was besteht zum Beispiel für eine Logik zwischen den Silben *me* (め) und *nu* (ぬ), die sich nur in einem Häkchen unterscheiden, aber unterschiedlich ausgesprochen werden.«

Takaaki, der schon am Aufstehen war, hielt in der Bewegung inne. Was sollte er darauf antworten?

»Oder wie wäre es mit dem Aufsatzthema *Erklären Sie den Unterschied zwischen wa (わ) und ne (ね) in fünfzig Zeichen*?«

Irabu machte schmale Augen und lachte. Wieder hatte Takaakis Kopf einen Filmriss. Wie sah das Hiragana *ne* noch mal aus? Nein, nein. Dafür hatte er keine Zeit. Er hatte heute einen Terminplan im Minutentakt. Er streifte sich sein Jackett über und ging zur Tür. »Sagen Sie der da, sie soll den Unterschied zwischen *ro* (ろ) und *ru* (る) erklären«, warf er ihm beim Rausgehen mit verkniffenem Gesicht hin. Er hatte genug.

Doch gleichzeitig war er bestürzt, dass er sich diese beiden Zeichen nicht vorzustellen vermochte.

2

Am nächsten Tag hatte Takaaki morgens mehrere Auftritte im Fernsehen. Seine Firma hatte bekanntgegeben, eine private Rundfunkstation zu kaufen, und damit Aufsehen in der Öffentlichkeit erregt. Der Radiosender *Nippon Hōsō* war der größte Aktionär des Fernsehsenders *Edo-TV,* und der Besitz der Rundfunkanstalt würde automatisch bedeuten, dass er auch seine Finger nach dem Fernsehgeschäft ausstrecken wollte. Eine bessere Methode, sein Internetunternehmen auszuweiten, gab es nicht.

»Herr Anpo, haben Sie vor, die Vorherrschaft über die Medien zu übernehmen?«, fragte ein schon alternder Moderator, der früher Rundfunkjournalist gewesen war, angriffslustig.

»Nein, überhaupt nicht. Durch die Vereinigung der schon bestehenden Medien und des Internets möchte ich den gegenseitigen Unternehmenswert steigern.« Takaaki sprach ruhig und mit einem Lächeln auf dem Gesicht. Er trug mit Jackett und T-Shirt sein übliches legeres Outfit, das zu seinem Markenzeichen geworden war.

»Sie haben aber in Ihrer letzten Pressekonferenz das Wort ›Herrschaft‹ benutzt. Medien haben aber in erster Linie die Pflicht und die Verantwortung, zu berichten. Das heißt, sie dienen dem Recht des Volkes auf Information. Insofern ist es ein grundsätzlicher Irrtum zu glauben, man könnte alleine nach Gutdünken schalten und walten. Als Journalist bin ich zutiefst empört über Ihre Wortwahl.«

»Na na, jetzt regen Sie sich mal nicht so auf. Gut, ich habe ›Herrschaft‹ gesagt. Das war nur eine rhetorische … äh, wie sagt man noch gleich …?«

»Eine rhetorische Figur?«

»Ja, genau, eine rhetorische Figur. Ich habe nicht vor, als Diktator aufzutreten. Aber jeder Fernsehsender, jede Zeitung hat ihr eigenes Profil, richtig? Und es bestehen mehr oder weniger auch gewisse Präferenzen in der Programmgestaltung, könnte man sagen. Zum Beispiel kann man anstelle sinnloser Dokumentarfilme die Unterhaltungsschiene stärker profilieren.«

»Das ist ein Punkt, der mir nicht gefällt. Was soll denn das heißen: ›sinnlose Dokumentarfilme‹? Es sind genau solche trockenen Umfragesendungen, die die Korrumpiertheit der Mächtigen ans Licht gebracht haben.« Der Moderator hieb mit Nachdruck auf den Tisch. Auch wenn er zur Hälfte schauspielerte, war es nicht Takaakis Stil, sich in der gleichen Weise öffentlich zu erregen.

»Diese Sicht von Fernsehen ist doch völlig überholt. Wir leben im Zeitalter der Vielfältigkeit, und da frage ich mich, warum terrestrisches Fernsehen so etwas senden muss. TV soll die Menschen packen und für weitere Informationen auf das Internet verweisen. Warum kommen die Verantwortlichen nicht auf diese Idee? Das Netz ist ein effektives Medium für Nischenbedürfnisse.«

»Mit dieser Denkweise bin ich nicht einverstanden. Die Funk- und Printmedien sind etwas ganz anderes als das Internet. Das Internet kennt keine Verantwortung. Es ist ein Übel, das nicht nachprüfbare Information je nach Interesse beliebig fließen lässt.«

»Das Internet ein Übel? Das kann ich so nicht stehen lassen!«

Takaaki hatte es allmählich satt. Dieser Moderator war bekannt für sein Geschick, die Studiogäste zu provozieren.

»Wenn es kein Übel ist, was ist es dann?«

»Sie sind doch der festen Überzeugung, dass Fernsehen und Zeitungen Medien mit Sonderrechten sind. Das ist die Arroganz einer Elite, die glaubt, sie allein hätte das Recht gepachtet, das Volk mit Nachrichten zu versorgen.«

»Nein, Herr Anpo, das sehen Sie falsch.«

Der seine Stirn in tiefe Falten ziehende Moderator hatte Schaum in den Mundwinkeln.

Mist, seufzte Takaaki innerlich, es war ein Fehler, in diese Sendung zu gehen. Eine Unterhaltungssendung wäre besser gewesen. Er hatte den Eindruck, in den letzten Tagen vergeblich versucht zu haben, Dinosauriern die moderne Kultur zu erklären. Als das Streitgespräch im Wesentlichen zu Ende war, bat der Moderator Takaaki, eine Art Botschaft an die Zuschauer auf eine Tafel zu schreiben, was anscheinend Brauch in dieser Sendung war. Er bekam Stift und Brett in die Hand gedrückt, um einen zuvor ausgedachten Satz zu schreiben. Beim letzten Zeichen stockte er. Wie schrieb sich das Zeichen noch gleich? Er versuchte angestrengt, sich die Computertastatur bildlich vorzustellen, und tippte mit den Fingern in die Luft. Da es ein Liveprogramm war und er keine Zeit hatte, blieb ihm nichts anderes übrig, als den Satz um dieses eine Zeichen unvollständig zu lassen.

時代は変わ *RU – Die Zeiten ändern sich.*

Der Moderator machte ein Gesicht, als hätte er Essig getrunken.

»Herr Anpo, was soll denn dieses *RU* am Ende bedeuten?«

»Ich wollte 変わる schreiben, aber mir fiel das letzte Silbenzeichen in dem Moment nicht ein.«

»Was sagen Sie da? Sie wollen sich wohl über diese Sendung lustig machen?«

Wieder schlug der Moderator auf den Tisch.

»Aber nein, ich hatte nicht die Absicht …«

Takaaki versuchte zu beschwichtigen, doch vor lauter Aufregung konnte er sich nicht kontrollieren. Die Zuschauer hielten ihn bestimmt für einen jungen Mann, der seinen Spaß mit dem

Moderator trieb. Aber was hätte er anderes tun können, wenn ihm dieses Silbenzeichen nicht einfiel?

Nach der Sendung sprach ihn der Moderator auf einmal ganz jovial an. »Sie sind wirklich ein Ausbund an Ruhe, Herr Anpo. Sie hätten schon noch etwas ärgerlicher für mich werden können.«

»Ärger halte ich für Energieverschwendung«, antwortete Takaaki gelassen. Tatsächlich hatte er schon seit Jahren nicht mehr die Stimme erhoben, weil er dafür nicht seine wertvolle Energie verbrauchen wollte.

»Energieverschwendung? Aber was machen Sie, wenn Sie sich über etwas ärgern?«

»Ich widerspreche. Untergebene ermahne ich. Aber wütend werde ich nicht, da das kontraproduktiv ist.«

»Das mag sein, aber wenn man wütend ist, ist man eben wütend.«

Nein, sollte er auf einen kläffenden Köter zornig sein? Das hätte er am liebsten gesagt, hielt sich aber zurück. Wenn er sein Gegenüber nicht für gleichwertig hielt, wurde er nicht wütend.

»Ihre Generation, Herr Anpo, ist viel zu rational«, meinte der Moderator mit einem Blick in die Ferne. »Der Computer ist eine Art Spielzeugersatz und Ihr Denken digital.«

Takaaki zuckte schweigend die Achseln. Die Reden der analogen Greise hatte er schon bis zum Überdruss gehört. Die Welt war schon längst durch das Internet eins geworden. Diejenigen, die das noch nicht gemerkt hatten, mussten halt sehen, wo sie blieben.

Als er wieder im Auto saß und zu seinem nächsten Termin fuhr, machte sich Miyuki wieder Sorgen um ihn.

»Herr Direktor, Sie haben heute schon wieder ein Hiragana vergessen«, seufzte sie mit düsterem Gesicht.

»Kein Problem. Ich wurde trotzdem verstanden.«

»Das ist nicht das Problem ...«

»Nein, genau darum geht es. Wenn man Weiß als Schwarz übermittelt, dann läuft etwas falsch, aber solange Weiß ganz ordentlich als Weiß gesendet wird, dann ist alles im Lot. Ohnehin sind Hiragana an sich doch ziemlich unklar. Wissen Sie eigentlich, dass der Westen auf Japan deshalb herabsieht, weil wir keine Buchstaben, sondern ein auf Ideogrammen basierendes Schriftsystem haben? Für die sind das nur Hieroglyphen, mit anderen Worten, noch nicht rationalisierte Zeichen.«

»Aber diese Zeichen sind unsere Kultur ...«

»Schwachsinn, sage ich nur. Das ist das Gegenteil von Globalisierung. Was steht eigentlich als Nächstes auf dem Terminplan?«

»Das Irabu-Hospital.«

»Das ist doch nicht Ihr Ernst! Auf keinen Fall.« Takaaki verdrehte die Augen.

»Sie müssen gehen. Der Arzt hat das schließlich angeordnet«, sagte Miyuki mit bitterernstem Gesicht.

»Sie wissen doch gar nicht, was das für ein Arzt ist.«

»Ich bitte Sie: Gehen Sie da hin. Eine Therapie wie diese zeigt nicht über Nacht Wirkung, habe ich gelesen.«

Miyuki war überraschend hartnäckig. Takaaki schwieg und zog ein verdrießliches Gesicht. Da sie sich ja um ihn Sorgen machte, konnte er ihr nicht widersprechen.

»Hihihi.«

Als er wieder in Irabus Praxis war, lachte dieser wie ein tief in den Wäldern hausender Dämon. Takaaki bereute es, gekommen zu sein.

»Ich habe Sie heute im Fernsehen gesehen. Jetzt weiß ich den Grund für Ihr Hiragana-Alzheimersyndrom.«

Irabu beugte sich in seinem Sofa nach vorne und knackte mit den Fingern.

»Bitte schön, verpassen Sie mir wieder eine neue Krankheit.«

Er verzog das Gesicht und setzte sich auf den Hocker.

»Wenn Ihnen ein Hiragana nicht einfällt, dann tippen Sie mit Ihren Fingern in der Luft wie auf einer Computertastatur.«

»Tue ich das? Daran kann ich mich nicht erinnnern.«

»Ich hab's gesehen, wie Sie auf dem Tisch Piano gespielt haben.«

Irabu demonstrierte ihm gestenreich seine Beobachtung.

»Da Sie zu viel am Computer sitzen, hat sich in Ihrem Kopf die alphabetische Eingabe der Hiragana festgesetzt. Das Zeichen る fällt Ihnen erst dann ein, wenn Sie vor Ihrem geistigen Auge R und U eingetippt haben.«

»Das scheint Sie ja mächtig zu amüsieren, Herr Doktor. Und! Was wollen Sie damit jetzt sagen?« Takaaki streckte angriffslustig sein Kinn vor.

Irabu machte ein Gesicht wie ein Grundschüler, der für seine Leistung nicht gelobt worden war. »Sie sind wirklich langweilig, Herr Anpo. Tun Sie doch wenigstens so, als seien Sie überrascht! Das ist schon eine Art von psychosomatischer Störung.«

»Wieso? Ich kann lesen und schreiben. Wo ist das Problem?«

»Sie können keine Hiragana schreiben.«

Takaaki räusperte sich kurz. Nun wollte er dem dicken Doktor die Sache logisch darlegen. »Jetzt hören Sie mir mal zu. Das Schreiben mit der Hand gehört praktisch schon der Vergangenheit an. Geschäftsbriefe werden heutzutage auf dem Computer getippt, genauso wie firmeninterne Dokumente oder Memos. Wer keine Zeichen mit der Hand schreiben kann, hat inzwischen keine Nachteile mehr. Ich wage die Prognose, dass innerhalb der nächsten zehn Jahre die staatlichen Prüfungen für sino-japanische Zeichen abgeschafft werden.«

»Tja, dann müssten Sie sich ja gar keine Sorgen machen.«

»So ist es. Es reicht, wenn ich meine Kreditkartenunterschrift kann.«

Irabu machte ein unwilliges Gesicht. »Keine Freude hat man mit Ihnen als Patient!«, brummte er und kratzte sich mit einem Kugelschreiber am Kopf. »Aber daher kommt doch Ihre Vergesslichkeit bei Bezeichnungen für Dinge oder bei Begrüßungen.«

»Auch das sind nur Lappalien. Angenommen, ich würde die Bezeichnung für Ihr Stethoskop vergessen, hätte ich wohl kaum einen Nachteil davon. Und eine Begrüßung ist wie eine Vorspeise zum Hauptgericht. Mit dem eigentlichen Anliegen hat sie nichts zu tun.«

»Hmm«, nickte Irabu mit verschränkten Armen. »Mit anderen Worten: In Ihrem Gehirn ist die Rationalisierung der Dinge schon weit fortgeschritten.«

»Sie sagen es. Weg mit allem Überflüssigen. Ach ja, damit Sie es gleich wissen: Kommen Sie mir bitte nicht mit irgendwelchen angestaubten Weisheiten über die Freuden des Lebens oder ›der wahre Reichtum liegt im Überflüssigen‹.«

Irabu schwieg.

»Mir ist jeder Tag vergnüglich und anregend zugleich, und auch wenn ich das vielleicht nicht an die große Glocke hängen sollte: Ich verdiene mehr als genug.«

Irabu schmollte und blickte nach unten.

»Ich denke, dass ich unter diesen Umständen wohl kaum noch hierherkommen muss.«

Irabu schaute auf.

»Wie wär's mit einer Spritze?«

»Die brauche ich auch nicht.«

Irabu strich mit den Fingern über die Armlehne seines Sessels. »Sehr ärgerlich«, sagte er niedergeschlagen.

Ah, das tat gut, einen Dummkopf einzutüten, lachte sich Takaaki ins Fäustchen. Eigentlich sollte er sich ein Krankenhaus kaufen, um auch in der Welt der Medizin die Rationalisierung des Denkens und Handelns voranzutreiben.

In dem Moment öffnete sich der Vorhang, und wie schon beim letzten Mal erschien wieder diese Krankenschwester. Mayumi hieß die, wenn er sich recht erinnerte. In ihrer linken Hand hielt sie eine Spritze, in der rechten einen kleinen Wascheimer aus Blech. Mit dieser merwürdigen Kombination kam sie näher. Ohne Vorwarnung schlug sie den Wascheimer scheppernd auf seinen Kopf.

»Herr Doktor, wie können Sie zulassen, dass dieser freche Patient sich hier so arrogant verhält?«, sagte sie in ihrer schläfrigen Stimme. »Dem verpassen wir eine Spritze, ohne groß zu fragen.« Sie nahm die Spritze in die rechte Hand.

»Stimmt, wo du Recht hast, hast du Recht.«

Von Mayumi angetrieben erhob sich Irabu. Er bog seinen Hals kurz nach links und nach rechts, machte die Augen weit auf, grinste und packte Takaakis Arm.

»Tja, so sieht's aus.«

»Mo … Moment mal …«

»Na na, nur nicht aufregen.«

»Warum soll ich mich nicht aufregen? Wenn Sie gewalttätig werden, verklage ich Sie! Und Sie können sich darauf verlassen, dass ich das in meinem Blog veröffentliche. Wenn das im Internet bekannt wird, dann sind Sie und Ihre Klinik erledigt.«

»Es mag Ihnen vielleicht etwas brutal erscheinen, doch so sind die Methoden in der Psychiatrie.«

»Nie im Leben!«

»Doch, doch«, beharrte Irabu mit rötlichem Gesicht.

Mayumi zog die Mundwinkel nach oben und brachte die Spritze näher.

»Tut mir leid, doch hier bekomme ich für Spritzen eine Zulage. Ich habe seit kurzem mit einer eigenen Rockband angefangen und hatte einige Ausgaben.«

Sie desinfizierte eine Stelle auf seinem Arm und stach zu.

»Au!« Takaaki verzog das Gesicht, ohne aber seine Augen von Mayumis Ausschnitt zu lassen.

»Das war's auch schon.« Sie streichelte ihn an der Stelle, auf der eben der Eimer gelandet war. Mit ihren wohlgeformten Hüften wackelte sie wieder hinter den Vorhang. Takaaki wusste nicht, wie er sich jetzt verhalten sollte.

»Das nennt man übrigens Zwangstherapie. Ist in der modernen Medizin zur Zeit ziemlich populär«, erklärte Irabu mit bemüht unschuldigem Gesicht.

»Erzählen Sie mir doch nicht so etwas! Davon habe ich noch nie gehört«, protestierte Takaaki mit rotem Gesicht.

»Das macht man doch auch bei Bewerbungsgesprächen. Die Bewerber unter Druck setzen, um zu sehen, wie sie reagieren. Das hier ist genau dasselbe.«

»Aha, mit Blecheimer und Spritze!«

»Na ja, das geschah mit der Absicht, Sie in eine absurde Situation zu versetzen. Hat doch gut geklappt, oder nicht?«, meinte Irabu selbstzufrieden mit stolzgeschwellter Brust.

Takaaki wollte etwas erwidern, doch fiel ihm nichts ein. Was ging hier eigentlich vor sich, und warum musste er sich mit diesem bekloppten Arzt abgeben?

»Aber wissen Sie, was ich denke, Herr Anpo? Sie haben in Ihrem Leben noch nie unter jemandem gearbeitet und haben deswegen eine übertriebene Art entwickelt, alles nur noch unter rationalen Gesichtspunkten zu sehen.«

»Was meinen Sie?«

»Wer bei einer Firma als ganz normaler Firmenangestellter arbeitet, hat in der Regel immer irgendwo einen dämlichen

Vorgesetzten. Dem würde er gerne widersprechen, doch das kann er nicht, weil er eben der Vorgesetzte ist und der Untergebene auch unvernünftigen Anweisungen Folge leisten muss. Sie, Herr Anpo, kennen eine solche Erfahrung doch gar nicht.«

»Umso besser. Da blieb mir eine Menge erspart.«

»Sie haben ohne einen Umweg Erfolg gehabt, und deswegen denken Sie zu direkt. Wenn ich Sie mit einem Auto vergleiche, dann sind Sie wie ein Rennauto mit einem Lenkrad ohne Spielraum.«

»Würden Sie es bitte unterlassen, mit solch absurden Vergleichen zu kommen?«

Takaaki rieb sein Gesicht. Er hatte so viel zu tun, und da verschwendete er seine Zeit ausgerechnet hier.

»Mit einem Rennwagen auf öffentlichen Straßen zu fahren ist gefährlich. Sie sollten vielleicht etwas zurückschalten.«

Takaaki sah Irabu an. Der Vergleich entbehrte nicht einer gewissen Logik. Seine Umwelt war zu langsam und das erschöpfte ihn.

»Dann sehe ich Sie bald wieder hier, ja?«, meinte Irabu.

Takaaki rutschte ein »Ja« heraus.

Wie war das möglich, dass er hier mit einem Blecheimer geschlagen wurde und trotzdem nach seiner Pfeife tanzte?

Er hatte das Gefühl, als ob sich in seinem Kopf ein nutzloses Insekt eingenistet hätte.

3 ___

Der von Takaaki begonnene Kauf von Aktien des Radiosenders schlug in den Medien immer höhere Wellen. Als Gegenmaßnahme beschloss der Sender *Nippon Hōsō* ein Vorkaufsrecht für neue Aktien, um so den Prozentsatz der von *Livefast* gehaltenen

Aktien herunterzudrücken. Das war eindeutig ein Verstoß gegen das Aktienrecht, das die Herausgabe neuer Aktien verbot, wenn damit die Stimmrechtsanteile manipuliert oder ein freier Wettbewerb unterdrückt werden sollte.

Was um aller Welt war nur aus der japanischen Wirtschaft geworden? In gewisser Hinsicht hatte Takaaki damit gerechnet, dennoch war er enttäuscht. Die hingen noch einem alten Paradigma an und verstanden grundsätzlich nicht, dass ein Unternehmen nur im Auftrag der Aktienbesitzer die Geschäfte führte. Selbstverständlich reichte er unverzüglich beim Landgericht eine vorläufige Unterlassungsklage ein. Deswegen nahmen Takaakis Fernsehauftritte inzwischen den Großteil seines Terminplans ein.

»Herr Anpo, Sie kritisieren das neue Aktienvorkaufsrecht, doch eigentlich sind Sie es, der außerhalb der offiziellen Handelszeiten einen Überraschungsangriff inszeniert.«

Wieder war es der erregte Moderator, der Takaaki provozierend zur Rede stellte. Auch wenn seine Sekretärin das entschieden hatte, war es beschämend für ihn, in dieser Sendung aufzutreten.

»Das kann man wohl kaum als eine neue Methode bezeichnen. Das Problem ist nur, dass es in diesem Land zu wenig Leute gibt, die etwas wagen.« Es war ihm zwar lästig, doch antwortete Takaaki so höflich wie möglich.

»Wollen Sie damit sagen, solange es keine juristischen Probleme gibt, ist alles erlaubt?«

»In Amerika ist der Ankauf von Firmen etwas völlig Normales. Warum sollte so etwas nur in Japan nicht möglich sein?«

»Weil hier nicht Amerika ist!« Wieder hieb der Moderator auf den Tisch.

»Jetzt hören Sie mal zu. Ich weiß nicht, wie oft ich das schon gesagt habe: Durch das Internet ist die Welt schon lange eins geworden. Wäre es Ihnen lieber, wenn wir durch ausländisches

Kapital Schaden erleiden? Schon lange ist es eine japanische Unsitte, dass Geschäftspartner sich gegenseitig unterstützen, indem sie Aktien der jeweils anderen Firma halten. Die haben doch nur Angst, dass es immer mehr aufmerksame Aktionäre gibt und damit unfähige Unternehmer obsolet werden.«

»Wollen Sie damit die Führer der Finanzwelt als unfähig bezeichnen?«, geiferte der Moderator.

»Das habe ich nicht gesagt.«

»Es klang aber ganz danach.« Wieder hämmerte der Moderator auf den Tisch. Die Zurschaustellung seiner Empörung gewann immer mehr an Intensität.

In der Sendung wurden auch Zuschauermeinungen, die per Fax hereinkamen, vorgestellt. Die Meinungen von Takaakis Unterstützern und Gegnern wurden gleichermaßen vorgelesen, wobei Erstere vor allem junge Leute waren und Letztere Vertreter der mittleren und älteren Generation.

»Was halten Sie von diesem Ergebnis, Herr Anpo?«

»Na ja, das war wohl zu erwarten. Die Generation der Zukunft setzt große Erwartungen in mich, während diejenigen im Herbst ihres Lebens Veränderungen fürchten.«

Genauer gesagt waren die kleinen, emsig ihre Arbeit verrichtenden Angestellten erbost über junge Menschen, die ihnen an Findigkeit und Einfallsreichtum überlegen waren.

»Was meinen Sie mit ›im Herbst ihres Lebens‹!«, erregte sich der Moderator wieder.

Erneut bekam Takaaki die obligatorische Tafel in die Hand gedrückt, auf der er seine Botschaft an die Welt schreiben sollte. Er nahm den Stift in die Hand und schrieb das Motto, das er sich ausgedacht hatte:

騒 *GI* 杉 *– Viel Lärm um nichts.*

Der Moderator runzelte die Stirn. »Was soll das denn bedeuten?«

»Ich will damit sagen, dass die Leute sich zu sehr aufregen«, erwiderte Takaaki und errötete etwas.

»Ich glaube eher, Sie übertreiben es mit Ihren Späßen! Sie wollen wohl mit dieser flamboyanten Haltung die Leute zum Widerspruch herausfordern.« Der Moderator hämmerte auf den Tisch wie auf einer Trommel.

Im Wagen machte Miyuki wieder ein düsteres Gesicht. »Herr Direktor, jetzt sagen Sie mir doch bitte, was mit Ihnen los ist. Kanji können Sie noch schreiben, aber Hiragana scheinen ja völlig aus Ihrem Gedächtnis verschwunden zu sein.«

»Das kann man so nicht sagen. Die Hälfte von denen kann ich schon noch schreiben.«

»Die Hälfte? Das ist doch nicht normal. Ich kann nicht begreifen, wie Sie das so gelassen hinnehmen können. Es ist mir ein Rätsel.«

»Sie machen sich zu viel Sorgen. Solange das Geschäft nicht darunter leidet …«

»Wenn man Kanji vergisst, könnte man das ja noch verstehen, aber Hiragana …!«, murrte sie neben ihm weiter.

»Miyuki, jedes Kanji hat eine eigene Bedeutung. Das *Mi* (美) in Ihrem Namen bedeutet zum Beispiel ›schön‹. Das kann ich noch akzeptieren. Aber das Hiragana *mi* (み) hat nicht die geringste Bedeutung. Das kann ich genausogut mit den Buchstaben M und I wiedergeben.«

»Jedenfalls gehen Sie auch heute wieder zu Herrn Irabu.« Sie klappte das Notebook auf und änderte den Terminplan.

»Alles, nur das nicht! Dieser Doktor ist nicht ganz dicht.«

»Ich habe schon mit dem Doktor telefoniert, der meinte, ich soll Sie auf jeden Fall mitbringen, auch wenn Sie sich sträuben.«

Dieser dumme Mensch! Irabus Gesicht tauchte vor ihm auf, dazu sein fleischig wabbelndes Kinn.

»Keine Widerrede, Sie gehen!«

Takaaki seufzte und schwieg.

»Ich habe aber auch eine gute Nachricht für Sie. In der Rangliste der Zugriffe auf Webseiten haben wir es jetzt auf den siebten Platz geschafft.«

»Na, sieh mal an! Sind wir endlich unter den Top Ten.«

»Wegen der vermehrten Zugriffe baut sich allerdings unsere Webseite langsamer als vorher auf.«

»Gut, dann müssen wir die Netzwerkumgebung verbessern. Veranlassen Sie alles Nötige.«

Takaaki ballte die Faust wie ein Tennisspieler nach einem gewonnenen Ballwechsel.

»In fünf Jahren haben wir Yahoo überholt«, murmelte er.

Auch wenn er von allen Seiten angegriffen wurde, es lohnte sich Medienpräsenz zu zeigen. Dieselbe Wirkung hätte er mit Werbung nur durch den Einsatz von zig Millionen Yen erreicht. Zumindest dafür waren die alten Medien gut. Sein Ziel war es, seine Firma zur globalen Nummer eins zu machen.

»Hihihi.«

Wieder ließ Irabu sein gemeines Lachen hören, kaum dass Takaaki die Praxis betrat, und winkte ihn mit dem Zeigefinger zu sich.

»Ich habe Sie heute wieder im Fernsehen gesehen. Herr Anpo, Sie haben *sugi* von *sawagisugi* mit dem Zeichen für ›Zeder‹ geschrieben.«

Hatte dieser Tunichtgut keine anderen Patienten? Takaaki unterdrückte das in ihm aufkommende Gefühl der Geringschätzung und ließ sich auf dem Hocker nieder.

»Das Zeichen fiel mir in dem Moment gerade ein. Ich habe natürlich nicht den Baum gemeint, sondern nur den nächstbesten Ersatz für dieselbe Lesung genommen.«

»Aha, sozusagen ein Umwandlungsfehler«, leckte sich Irabu die Lippen.

»Umwandlungsfehler?«

»Ja. Wie schon gesagt, wenn Ihnen Hiragana nicht einfallen, gehen Sie in Ihrem Kopf die Computertastatur durch, bis Sie die richtigen finden. Heute waren es SUGI, die dann als Kanji 杉 erschienen.«

»Aha.« Takaaki zuckte mit den Schultern. So gesehen lag Irabu nicht falsch.

»Glauben Sie, mit einem ›Aha‹ sei es abgetan?«

»Nein?«

»Wie langweilig!« Irabu zog die Nase kraus. »Ein bisschen nervös sollte Sie das schon machen.«

»Ich bin nicht nervös. Solange das nicht über Sieg oder Niederlage entscheidet.«

»Na gut, jedenfalls gibt's erst einmal 'ne Spritze. Mayumi, sei ein Schatz und komm doch mal!«

»Schon wieder eine Spritze?«

Der Vorhang ging auf, und wieder erschien Mayumi mit den Utensilien vom letzten Mal. Heute schien sie besonders schlechte Laune zu haben.

»Alles klar. Ich lasse mich spritzen. Traubenzuckerlösung, richtig?«

Da er nicht noch einmal geschlagen werden wollte, folgte er bereitwillig. Dafür ließ er es sich auch nicht nehmen, ausgiebig Mayumis Ausschnitt zu genießen.

»Mayumi-chan, wollen Sie nicht meine Sekretärin werden?«, neckte er sie, und wieder schepperte der Blecheimer auf seinen Kopf. So grob hatte man ihn schon lange nicht mehr behandelt.

»Herr Anpo, was halten Sie davon, wenn wir dem Kindergarten hinter dem Gebäude einen kleinen Besuch abstatten?«, fragte Irabu.

»Zu einem Kindergarten? Wozu das denn?«

»Zum Hiragana lernen.«

»Sie nehmen mich auf den Arm, ja? Warum soll ich gerade jetzt Hiragana lernen?«

»Kommen Sie, seien Sie kein Spielverderber. Der Kindergarten gehört zu uns, und ich habe den Kindergärtnerinnen versprochen, dass ich Anponmann mitbringe. Sie sind doch zur Zeit so populär.«

Irabu zupfte Takaaki schelmisch am Ärmel.

»Nein danke. Zunächst einmal bin ich viel zu beschäftigt.«

»Nur ein bisschen, bitte, bitte!«

Irabu zog ihn hoch und hinter sich her aus der Praxis. Wieso ließ er sich darauf nur ein?, fragte sich Takaaki.

»Das ist doch gar nicht Anpanmann!«

Das war das Erste, was die um sie herumtobenden Kinder schrien, als sie zum Kindergarten gingen, der sich »Irabu-Privatkindergarten« nannte.

»Sch-sch, der hier heißt ja auch Anp*o*nmann. Kinderchen, spielt mal schön da drüben«, scheuchte Irabu sie weg und zog Takaaki in den Unterrichtsraum. Die dort versammelten jungen Kindergärtnerinnen schrien entzückt auf, kaum dass sie den illustren Gast erkannten, und wurden rot, als wäre ein Filmstar zu Besuch gekommen.

»Hallo, zusammen«, begrüßte Takaaki sie jovial. Er war an derartige Reaktionen zwar gewöhnt, doch empfand er in Augenblicken wie diesen eine große Freude, berühmt geworden zu sein. Seit einiger Zeit häuften sich auch die Kennenlernpartys mit Fernsehprominenten und Ansagerinnen. Was die übrigen jungen Frauen anbetraf, so war er sicher, dass er jede bekommen könnte, die er haben wollte.

»Sehen Sie! Ich hab's doch gesagt. Jetzt darf ich aber auch wie abgesprochen die Spritzen zur Vorbeugung im Frühling geben, ja?«

Irabu warf sich selbstzufrieden in die Brust. Takaaki fühlte sich auf einmal sehr matt. Er wurde anscheinend hier für eine Wette missbraucht. Inzwischen sammelten sich die Kinder im Unterrichtsraum. Sie waren überraschend niedlich. Mit seinen zweiunddreißig Jahren hätte auch er schon Vater sein können. Jetzt, wo er schon einmal da war, wollte er sich auch den Unterricht anschauen. Sie waren gerade beim Hiraganalernen.

»Also, wer von euch kann *mikan – Mandarine* schreiben?«

»Ich!«, schrien mehrere Kinder gleichzeitig und streckten die Arme nach oben. Ein Junge wurde aufgerufen und kam nach vorne an die Tafel. Er schrieb die drei Silben des Wortes in einer krakeligen Schrift, die Ähnlichkeit mit einem sich windenden Wurm hatte. Noch dazu war die letzte Silbe seitenverkehrt.

»Mit wie viel Jahren fangen die Kinder mit Lesen und Schreiben an?«, fragte er Irabu.

»Ich denke, mit durchschnittlich fünf Jahren.«

So war das also. Der Mensch war ein Lebewesen, das bis zum fünften Lebensjahr nicht schreiben konnte.

»Und wer kann *gohan – Reis* schreiben?«

»Hier!«, rief neben ihm Irabu und reckte die Hand. »Lassen Sie ihn mal schreiben«, zeigte er auf Takaaki. »Er befindet sich gerade in einer Therapie gegen Hiragana-Alzheimer.«

»Wer hat hier Alzheimer!«, empörte sich Takaaki.

»Na gut, dann schreiben Sie doch mal.«

Auch die Kinder feuerten ihn an: »Schreiben! Schreiben!«

Auf einmal wurde ihm heiß. Wie war das nur möglich, wo er doch sonst so beherrscht war? Da er keinen Rückzieher machen konnte, ging er vor die Tafel und nahm die Kreide in die Hand. Hmm, wie sah *ha* noch mal aus? Bei runden Hiragana schien er unsicher zu werden. Gütiger Himmel!

An der Tafel stand nun *gosun*.

»Das stimmt nicht, das stimmt nicht!«, schrien die Kinder wild durcheinander. »Wieso weiß das ein Erwachsener nicht?«, rief eines dazwischen.

Takaaki schwitzte am ganzen Körper. Die Kindergärtnerin spannte die Backen und ermahnte die Kinder.

Nun gaben die Kinder jede Zurückhaltung auf und betrachteten Takaaki als einen der ihren. Einige riefen sogar »Doofkopp, Doofkopp!«.

Das durfte doch nicht wahr sein! Er, der als Absolvent der Universität von Tokio zur Elite seiner Generation gehörte, ein Dummkopf?

Als Nächstes spielten sie das Spiel *Anpanman-Karuta*. Auf dem Boden des Zimmers wurden Karten ausgebreitet und die Kindergärtnerin las einen Satz vor, dessen erste Silbe auf einer der Karten stand, die derjenige aufnehmen durfte, der sie zuerst fand.

»Du sollst auch mitmachen!«, rief ein besonders vorlauter Junge und stieß Takaaki von hinten in den Rücken.

»Nein, nein, der Onkel ist doch ein Erwachsener«, versuchte er so beherrscht, wie es ihm möglich war, zu antworten.

»Du hast doch nur Angst zu verlieren!«

Takaakis Backen zitterten. Wer hatte behauptet, Kinder seien Engel? Kleine Teufel waren sie!

Auch diesmal musste er sich seinem Schicksal ergeben und nahm zwischen den im Kreis sitzenden Kindern Platz. Auch Irabu drängte sich aus welchem Grund auch immer dazwischen.

Die Kindergärtnerin begann zu lesen: »*Seigi no mikata anpanman – Anpanman, ein Freund der Gerechtigkeit.*«

Sofort beugten sich die Kinder über die Karten und murmelten »se, se, se« vor sich hin.

»Gefunden«, rief ein Mädchen und riss die Karte an sich. Juchhu!«, freute es sich.

Takaaki klatschte wie alle anderen, doch in seinem Innern rumorte es. Mit dem Lesen hatte er keine Probleme, doch wenn ihm jemand die Silbe *se* ohne jeden Kontext vorsetzte, dann bräuchte er eine Weile, bis er es entziffert hätte.

Die Kindergärtnerin las weiter. »*Minna de buranko tanoshii na – Allen macht es Spaß zu schaukeln.*«

Und wieder sprang die erste Silbe von Mund zu Mund: »Mi, mi, mi.«

»Hab sie!« Irabu war diesmal der Erste. Stolz wedelte er mit der Karte und sang fröhlich: »Ich hab eine, Anpo keine! Hören Sie, wer verliert, der überlässt dem Gewinner die Aktien seiner Firma.«

Langsam stieg Takaaki das Blut zu Kopf. Kam diesem Menschen nicht in den Sinn, dass die Aktien von *Livefast* höher gehandelt wurden als die eines Krankenhauses?

»*Ijimeru warui ko wa dare? – Wer ärgert die anderen immer?*«

»I, i, i«, riefen alle wieder durcheinander.

Auf einmal streckten sich mehrere Hände gleichzeitig zur selben Karte aus, doch Irabu war der Schnellste von allen.

»Jawohl! Und wieder ich!«

»Frau Kindergärtnerin, Onkel Irabu hat mich geschubst!«, beschwerte sich ein Mädchen.

»Stimmt doch gar nicht!«, verteidigte sich Irabu mit Unschuldsmiene.

Wurde der jemals erwachsen? Abgesehen davon: Warum war er hier, wunderte sich Takaaki, er, ein Geschäftsmann, der die Welt erschütterte.

Letztendlich war es ihm nicht vergönnt, auch nur eine Karte aufzunehmen.

»Verlierer, Verlierer!«, wurde er von einigen Kindern aufgezogen. »Noch nicht mal eine Karte als Erwachsener!«, patschte ihm der naseweise Junge auf den Kopf.

Da er sich nichts anmerken lassen wollte, grinste er so angestrengt, dass er fast einen Backenkrampf bekam.

»Onkel, du tust mir wirklich leid. Ich geb dir eine Karte von mir ab«, sagte ein Mädchen mitfühlend und reichte ihm eine.

»Nicht doch. Der Verlierer geht leer aus«, stoppte Irabu sie. Takaakis Gesicht verhärtete sich und er stand auf.

»Wie? Sie wollen schon gehen?«

»Was denken Sie denn? Ich habe schließlich noch etwas anderes zu tun!«, antwortete Takaaki mit vor Wut zitternder Stimme.

Die Kinder stoben aus dem Zimmer. Was machte er sich Gedanken über *Anpanman-Karuta*? Bei so etwas zu verlieren machte ihm nichts aus! Er war ein Millionär auf der Höhe seiner Macht. Er gehörte zu den Gewinnern im heutigen Japan. Schließlich lebte er im *Azabu Hills*!

Er stapfte durch den Kindergarten in Richtung Ausgang. Lange war er schon nicht mehr so wütend gewesen, doch langsam beruhigte er sich wieder.

4

An dem Dauerbeschuss, dem sich *Livefast* wegen des Aktienankaufs von *Nippon Hōsō* ausgesetzt sah, beteiligte sich nun auch das japanische Parlament. Konservative Politiker begannen Takaaki öffentlich zu kritisieren.

»Das ist einer von der Generation, die glaubt, es reiche, wenn man bei Prüfungen eine hohe Punktzahl erreicht«, gab einer sogar seine persönliche Meinung zum Besten. Warum musste er sich das sagen lassen, obwohl er sich doch eigentlich nur an die Spielregeln des Geschäfts hielt?, wunderte sich Takaaki. Zudem hatte das zur selben Firmengruppe gehörende *Edo-TV* öffentlich seine Bereitschaft angedeutet, Aktien kaufen zu wollen, worauf die großen Unternehmer, die viele Aktien hielten, loyal mit Aktienverkäufen reagierten. Das Ziel war, *Livefast* keine Beteiligung am Unternehmen zu ermöglichen. *Edo-TV* besaß schon jetzt ein Drittel der Aktien von *Nippon Hōsō,* und insofern würde es schwierig für Takaaki werden, Einfluss auf wichtige Entscheidungen der Unternehmensführung zu nehmen.

Wieder einmal musste Takaaki am eigenen Leib erfahren, in welch veraltetem Zustand sich dieses Land befand, nach der Devise: »Neuankömmlingen ist der Zutritt nicht gestattet«. Auch im Jahr zuvor ließen die Besitzer der Baseballvereine jeden wissen, dass sie kein Interesse daran hätten, neue und ihnen unbekannte Firmen zuzulassen, und schlugen ihnen die Tür vor der Nase zu. Japan mochte keinen freien Wettbewerb.

Takaaki hatte tatsächlich nicht damit gerechnet, dass der Wind ihm so stark ins Gesicht blasen würde. Das alte Machtsystem saß fest und unverrückbar wie Seepocken auf einem riesigen Küstenfelsen.

Nun konnte auch Takaaki nicht mehr auf seinem Standpunkt beharren. Mit seinem Vorstand sprach er täglich, um Gegenmaßnahmen in die Wege zu leiten, wobei auch ein Worst-Case-Szenario durchgespielt wurde. Er hatte diese Firma aus dem Nichts hochgezogen, und auch der Gedanke, mit zweiunddreißig Jahren alles zu verlieren, machte ihm keine Angst.

»Herr Direktor, was machen Sie denn da?«, fragte Miyuki, als sie in sein Büro kam und auf seinen Notizblock auf dem Schreibtisch sah.

»Das ist mein Übungsheft für *Anpanman-Hiragana*«, antwortete Takaaki trocken. Miyuki war sprachlos.

»Hiragana sind ein Vermächtnis der Geschichte. Es gibt fünfzig von ihnen, die aber nicht alle Laute wiedergeben können.

Das englische R kann man zum Beispiel damit nicht schreiben. Und was soll das Hiragana ん (n). Man fühlt sich von diesem ん geradezu auf den Arm genommen.«

Auf einem dünnen Manuskriptpapier mit Kästchenmuster trug er sorgfältig die einzelnen Hiragana ein.

»Herr Direktor, mit Ihnen ist alles in Ordnung, ja?«, fragte Miyuki vorsichtig.

»Mir geht's gut. Ich gehe auch heute wieder in den Irabu-Kindergarten. Für eine Revanche.«

»Sie gehen in einen Kindergarten?«

»Ach ja, ich meine ins Irabu-Hospital. Sie wissen doch, der Quacksalber. Die betreiben da auch einen Kindergarten.«

Miyuki runzelte die Stirn. »Also, heute fällt eigentlich das Gericht sein Urteil und deswegen wartet draußen der Anwalt.«

»Ach ja, dann bitten Sie ihn rein.«

Nach einer kurzen Vorbereitung saß er dem jungen Anwalt gegenüber.

»Wie sieht's denn nun mit unserer vorläufigen Unterlassungsklage in Bezug auf die Herausgabe neuer Aktien aus? Können wir gewinnen?«

Auf Takaakis Frage hin machte der Anwalt ein ernstes Gesicht und meinte: »Die Chancen stehn fünfzig-fünfzig.«

»In juristischer Hinsicht liegt von deren Seite eindeutig ein Gesetzesverstoß vor, aber die Richter sind im Allgemeinen konservativ. Darüber hinaus hat das Innenministerium eine Novellierung des Rundfunkgesetzes angekündigt, und auch das wird wohl nicht ohne Folgen bleiben.«

»Meine Güte. Jetzt sollen sogar schon Gesetze geändert werden. Aber wenn unsere Klage abgewiesen wird, dann ist Japan endgültig ein Paradies für die alte Unternehmerklasse geworden. An die Folgen auf internationaler Ebene scheint keiner zu denken.«

»Deswegen haben wir gerade diesen Punkt besonders betont.«

»Was passiert, wenn wir verlieren?«

»Dann sollten wir als Aktionär auf Schadensersatz klagen. Das kann ganz bis nach oben zum Obersten Gerichtshof gehen.«

Eine mögliche Niederlage? Takaaki blieb angesichts dieses Gedankens überraschend gelassen. Er war wohl zwanzig Jahre zu früh geboren.

Nach der Unterredung kam wieder Miyuki ins Zimmer. »Die Presse läuft Sturm. Sie wollen, dass Sie eine Pressekonferenz geben, um das Urteil zu kommentieren.«

»Was ist mit meinem Termin bei Irabu?«

»Den sage ich natürlich ab.«

»Auf keinen Fall. Den will ich wahrnehmen. Meine Therapie geht vor.«

Mit einem schiefen Blick auf die verwirrte Miyuki veranlasste er, den Wagen vorzufahren.

Als er beim Irabu-Hospital angekommen war und mit Irabu zum Kindergarten ging, warteten die Medien dort schon mit gezückten Kameras.

»Herr Anpo, was wollen Sie denn in einem Kindergarten?«

»Haben Sie etwa ein Kind?«

In schneller Folge prasselten die Fragen auf ihn ein.

»Ich will in Zukunft einen Kindergarten betreiben. Und dafür inspiziere ich den hier, hahaha«, log Takaaki, um die Journalisten zu verwirren. Irabu neben ihm grinste in jede sich darbietende Kamera und machte das Victoryzeichen.

»He, ist das nicht der Arzt von Nabemann …? Ja, genau, derselbe!«, hörte er einige Pressevertreter sagen.

Wie bitte? War Irabu etwa ein bekannter Arzt?

Als sie den Kindergarten betraten, rief Takaaki mit fröhlicher

Stimme: »Hallo! Hier ist wieder euer Anponmann. Spielen wir wieder etwas zusammen?«

Sofort wurde er von den Kindern umringt. Der Duft von süßer Milch stieg in seine Nase. Vielleicht mochte er Kinder ja?

»Du! Hast du auch Hiragana gelernt?«, sagte derselbe vorlaute Bengel und versetzte ihm einen Tritt.

Da gerade keine Kindergärtnerin zugegen war, packte Takaaki den Jungen an der Nase und drehte sie so kräftig, dass der Kleine in lautes Geheul ausbrach.

Weil Mayumi anscheinend nichts anderes zu tun hatte, war sie diesmal auch mitgekommen. Auch vor den Kindern legte sie ihr barsches Benehmen nicht ab. Sie griff sich einen der Jungen, der ihren Mini etwas gelupft hatte, und schwang ihn in Catchermanier an den Beinen um sich herum, ohne dabei auch nur einen Funken Kindlichkeit zu zeigen. Doch kam das bei den Jungen ganz groß an, die nun »Mich auch, mich auch!«, durcheinanderschrien und schon eine Schlange bildeten.

»Kinder, jetzt spielen wir wieder *Anpanmann-Karuta*!«, klatschte die Kindergärtnerin in die Hände und ließ die Kinder auf dem Boden einen Kreis bilden, zu dem sich auch Takaaki und Irabu gesellten. In der Mitte wurden die Karten ausgebreitet. Takaaki prägte sich zuerst die ein, die in seiner unmittelbaren Nähe lagen. あ (a), と (to), な (na) und き (ki). Gut, die erkannte er problemlos. Die Vorbereitung war also nicht umsonst gewesen.

Die Kindergärtnerin las den ersten Satz: »*Mushi yori kiraina baikinman – Bazillenmann, den er mehr hasst als Insekten.*«

Mu (む), mu, mu. Die runden Hiragana machten ihm die meisten Probleme. Er beugte sich nach vorne und starrte auf die Karten. Da war sie! Noch bevor er weiter nachdachte, hatte er auch schon die Hand ausgestreckt.

»Da!«, rief ein Mädchen mit geflochtenem Haar grell. »Toll, ich hab eine, ich hab eine!«, freute sie sich unbändig.

Takaaki war um den Bruchteil einer Sekunde zu spät gewesen. Na gut, das Spiel hatte ja gerade erst begonnen.

»Yoi ko wa hodō wo arukimasu – Ein braves Kind geht auf dem Fußweg.«

Yo, yo, yo. Alle Hände griffen gleichzeitig nach der Karte, doch Irabu war der Schnellste.

»Ich hab eine, Anpo keine, hihihi«, grinste Irabu über das ganze Gesicht.

Wieder stieg Takaaki das Blut zu Kopf. Nicht aufregen, sagte er zu sich selbst. Er schloss kurz die Augen und holte tief Luft. Er hatte dafür ordentlich gelernt. Seit seiner Kindheit war er ein Büffler und hatte bei Prüfungen stets die Punkte geholt, die im Bereich des ihm Möglichen lagen. Nicht ein einziges Mal musste er eine »Niederlage« hinnehmen.

»Tanoshii na. Oyatsu no jikan – Etwas Süßes am Nachmittag macht Spaß.«

Ta, ta, ta ... da war sie! Wie die Zunge eines Chamäleons schnellte sein Arm nach vorne, und er packte die Karte. Endlich war es ihm gelungen, eine zu ergattern!

»Toll gemacht!«, wurde er von der Kindergärtnerin gelobt, und er fühlte sich gut dabei.

»Ashita wa kitto ii tenki – Morgen ist das Wetter sicher schön.«

A, a, a ... jawohl, wieder eine geschnappt! Das war ja eine richtige Gewinnsträhne.

»Onna no ko ni yashiku ne – Immer lieb zu Mädchen sein.«

O, o, o ... wieder war er der Schnellste. Seine Konzentration wurde immer besser. Schließlich hatte er fünf Karten hintereinander an sich gebracht. Seine und Irabus Augen trafen sich. Der hatte ein rotes Gesicht und ertrug die Schmach.

»Haha, was sagen Sie dazu, wenn ich Ihr Krankenhaus

kaufe!«, rief Takaaki mit schrillem Lachen. Die Kinder sahen ihn böse an.

»Merkt euch das Kinder: In dieser Welt herrschen die Gesetze des Dschungels. Fressen oder gefressen werden«, erteilte er den Kindern eine Lehre.

In dem Moment erhielt er einen Schlag gegen den Hinterkopf, der ihm das Trommelfell dröhnen ließ. Er drehte sich um und sah Mayumi mit einem Blecheimer und bösem Gesicht hochaufgerichtet dastehen. Wo hatte diese Frau auf einmal den Blecheimer her? Aus ihren Augen schlugen Blitze. Sie bückte sich und sagte ihm drohend ins Ohr: »Herr Direktor, Sie sind doch erwachsen. Was denken Sie sich eigentlich dabei, gegen Kinder gewinnen zu wollen?«

»Aber wieso … Ihr Chef hat doch auch …« Er stockte.

»Der ist ein hoffnungsloser Fall. Da kann man noch so viel reden, der hört nicht zu.«

»Aber das letzte Mal habe ich doch verloren ….«

»Na und? Das kann man doch auch anders regeln. Wenn nur einer gewinnt, verlieren die anderen die Lust, sich mit ihm abzugeben.«

Wieder machte es *klong*, als sie den Eimer noch einmal gegen seinen Kopf schlug. Mit wackelnden Hüften ging sie davon. Die Kinder brachen in brüllendes Gelächter aus. Warum wurde ihm jedes Mal so übel mitgespielt? Er schüttelte fassungslos den Kopf.

»Maiasa hamigaki wasurenai – Jeden Tag die Zähne putzen!«

Vor Aufregung konnte er sich nicht auf die Karten konzentrieren. Jemand nahm die entsprechende Karte an sich. Auch die nächste und die übernächste waren schnell weg. Die Kinder wurden wieder munter, und schon bald ging es hoch her im Unterrichtsraum. Als Takaaki die lachenden Gesichter sah, kam er allmählich wieder zu sich.

Wenn nur einer gewinnt, verlieren die anderen die Lust, sich mit ihm abzugeben. Mayumis Worte rumorten in seiner Brust. Kraftlos sackten seine Schultern nach unten, und er stieß einen leisen Seufzer aus. Sie hatte nicht ganz Unrecht. Für ihn ging es grundsätzlich darum, immer der Erste zu sein. Verlieren konnte er ums Verrecken nicht ausstehen. Wohl auch deswegen hatte er inzwischen keinen Freund mehr aus seinen Studententagen. Mit den Kameraden zu teilen, war nicht seine Sache. Seine jetzigen Freunde waren nur Reiche und Prominente. Wie man mit Normalsterblichen umging, hatte er völlig vergessen. Sein Maßstab für die vergangenen zehn Jahre war stets, was bei einer Sache für ihn herausspringen würde und inwiefern sie zweckmäßig war.

Das Spiel ging weiter.

»*Sensei*, Irabu hat mir eine Karte geklaut!«, beschwerte sich ein Mädchen.

»Stimmt doch gar nicht!«, rechtfertigte sich der Angegriffene.

Da ein Streit auszubrechen drohte, griff Takaaki ein. Was er denn überhaupt für ein Mensch sei, wollte er von ihm wissen, als das Fenster zum Unterrichtsraum aufging und Miyuki mit blassem Gesicht reinschaute.

»Herr Direktor, das Urteil wurde gerade eben verkündet«, sagte sie mit zitternder Stimme.

»Aha. Und, wie lautet es?«

»Das Gericht hat die einstweilige Verfügung verhängt. Unserer Klage wurde stattgegeben.«

Takaaki glaubte seinen Ohren nicht zu trauen. »Das gibt's doch gar nicht!« Unwillkürlich sprang er auf.

»Wir haben gewonnen!« Miyuki hatte Tränen in den Augen.

»Jawoll!«, stieß er mit geballter Faust aus. Er war sich sicher gewesen, zu verlieren. Die alten Knacker würden sicher die Gelegenheit nutzen, um mit den Jungen abzurechnen, hatte er geglaubt. Doch anscheinend galt das Recht in diesem Land noch etwas. Der Geist des Gesetzes erlaubte keine Absprachen der Mächtigen untereinander.

»Herr Direktor, am Eingang warten die Medien schon auf Sie.«

»Alles klar. Ich komme sofort.«

Als er rasch das Zimmer verlassen wollte, sprach ihn ein Mädchen an.

»Onkel Anponmann, wann kommst du wieder zum Spielen?«

»Hmm, der Onkel kann vielleicht für eine Weile nicht kommen, da er viel zu tun hat«, antwortete er sanft.

»Dann schreib uns einen Brief!«

»Einen Brief? Geht auch eine Mail?«

»Was ist denn eine Mail?«

Ach so, er hatte es ja mit einem Kleinkind zu tun. Er lächelte gequält.

»Okay, dann schreibe ich eben einen Brief. Auf Hiragana.«

Er schlüpfte in seine Schuhe und lief durch den Garten, als schon die ersten Blitzlichter aufflammten.

Auch für die Medien kam dieses Urteil anscheinend überraschend, denn sie warteten mit gespannten Mienen auf ihn. Darunter waren auch Reporter, die es am liebsten gesehen hätten, wenn ein IT-Millionär eine herbe Schlappe eingesteckt hätte, und er spürte ihre herausfordernden Blicke auf sich. Zuerst fragte man ihn, wie er sich jetzt fühlte.

»Ich habe nichts anderes erwartet. Wir waren von Anfang an vom Erfolg unserer Klage überzeugt und mit Recht, wie man sieht. Das ist ein Beweis dafür, dass unsere Justiz gut funktioniert. Damit hat sich Japan eine Blamage gegenüber der internationalen Gemeinschaft erspart.«

Er stand da, mit entspanntem Gesicht und stolz geschwellter Brust, als wolle er sagen, wer zuletzt lacht, lacht am besten.

»Herr Anpo, Sie werden wohl auch weiterhin Aktien von *Nippon Hōsō* ankaufen, richtig? Damit werden Sie dann den Radiosender effektiv unter Ihre Kontrolle bringen. Könnten Sie vielleicht dazu etwas sagen?«

»Wenn ich Reformen auf den Weg bringe, dann mit dem Ziel, den Wert des Unternehmens zu steigern. Jedenfalls werden durch mich niemandem Nachteile entstehen, was ja wohl auch selbstverständlich ist.«

»Die Angestellten von *Nippon Hōsō* haben die Ablehnung Ihrer Person sehr deutlich zum Ausdruck gebracht, Herr Anpo.«

Nicht zu fassen. Was wollten diese Relikte einer längst vergangenen Zeit überhaupt?

»Dazu möchte ich Folgendes ...« Hinter sich hörte er Schritte auf dem Kiesweg. Er drehte sich um und sah Mayumi mit einem Blecheimer in der Hand auf sich zukommen. Instinktiv zog er den Kopf ein. Sie passierte die Gruppe von Reportern, ohne ihnen die geringste Beachtung zu schenken, und verließ das Gelände durch das Tor.

Meine Güte, dachte Takaaki, die soll mich nicht so erschrecken. Schließlich erschien auch Irabu, der wie üblich in die Kameras grinste und sein Victoryzeichen machte.

»Sie, jetzt reißen Sie sich aber etwas zusammen«, richtete sich Takaaki wieder auf und wartete, bis Irabu verschwunden war.

Er atmete auf und wendete sich wieder den Mikrofonen zu. Über den Köpfen der Reporter sah er in einiger Entfernung Mayumi. Sie drehte sich um und warf ihm einen flüchtigen Blick zu. Er hatte den Eindruck, als würde sie ein spöttisches Gesicht machen. Er fasste sich an den Kopf, wo er Bekanntschaft mit ihrem Blecheimer gemacht hatte.

»Ääh, wie ich gerade sagen wollte, habe ich vor, als Erstes mit den Angestellten zu sprechen«, sagte er ganz unbewusst mit ausgesuchter Höflichkeit. »Ich möchte mich an dieser Stelle auch zutiefst für den unangemessenen Ausdruck ›Herrschaft‹ entschuldigen, den ich in der Vergangenheit verwendet habe. Ich bitte vielmals um Verzeihung.«

Ein Raunen ging durch die Reporterschar. Die ausgestreckten Mikrofone senkten sich etwas.

»Ich glaube an den Zusammenschluss der herkömmlichen Medien und des Internets, und ich denke, der einzige Weg für den Radiosender zu überleben ist die Ankoppelung an das Internet. Diese Zukunft suche ich und möchte natürlich gerne wissen, was die Angestellten dazu zu sagen haben. Zurzeit bin ich natürlich nur ein Aktionär und nicht in der Position, der Firma Leitlinien aufzuzeigen. Ich möchte mich durch meine Beteiligung an der Unternehmensführung nicht persönlich bereichern, sondern ich möchte, dass alle davon profitieren. Ich bitte Sie darum, nicht die Tür zuzuschlagen, sondern erst einmal zu hören, was ich zu sagen habe. Auch ich werde Ihnen gegenüber offen sein.«

Die Reporter schwiegen konsterniert. War er verrückt geworden?

»... also, die *Edo-TV*-Gruppe wird auch weiterhin die Strategie verfolgen, die Beteiligung von *Livefast* zu verhindern, denke ich. Glauben Sie, dass der Kampf schon beendet ist?«, fragte ein Reporter.

Natürlich ging der Kampf weiter. Das alte System würde nicht einfach die weiße Flagge schwenken.

»Das kann ich nicht sagen. Was ich aber noch einmal betonen möchte, ist: Wären Sie nicht bereit, *Livefast* als Partner von Ihnen allen zu akzeptieren? Es wird nicht zu Ihrem Nachteil sein, das verspreche ich.«

Takaaki verbeugte sich tief, worauf ein Blitzlichtgewitter über ihn hereinbrach. Er bemerkte, dass die Haltung der Journalisten nun eine andere war. Sie hielten Abstand und bestürmten ihn nicht mit Fragen.

»Das wäre dann alles für heute, meine Damen und Herren«, beendete Miyuki die improvisierte Pressekonferenz, packte Takaaki am Arm und ging mit ihm durch das Tor nach draußen. Sie stiegen sofort in den dort schon bereitstehenden Wagen.

»Herr Direktor, das war ja richtig erwachsen, wenn ich das mal so sagen darf. Sie haben eine gute Figur gemacht«, sagte sie im Spaß und mit offensichtlichem Vergnügen.

»Jetzt hören Sie schon auf«, sagte er und versetzte ihr einen sanften Nasenstüber.

Er sank in den Rücksitz und sofort wich die ganze Anspannung aus seinen Schultern. Langsam machte sich in ihm ein Gefühl der Freude breit.

»Jaah!«, brach es aus ihm heraus.

Takaakis Verneigung hatte eine Wirkung, die nicht vorauszusehen war. Die Größen der Wirtschaftswelt zeigten sich milde gestimmt, und der einhellige Tenor war, dass man ihn jetzt besser verstehen würde. Auch der Ton in den Medien schlug um. Einst als vorlauter IT-Millionär angesehen, wurde er nun als weitblickender IT-Unternehmer gehandelt.

Wenn allein durch eine Verbeugung der Wind sich in dieser Weise drehte, war das ein Beweis dafür, dass die menschliche Gesellschaft nicht auf rationalen Prinzipien beruhte. Das waren alles Dummköpfe, die nicht fähig waren, logisch zu denken.

Hahaha, lachte sich Takaaki ins Fäustchen. Sich verbeugen kostete ihn nichts, und er bekam, was er wollte. Es war kaum zu glauben.

Erneut bekam er eine Einladung in die Fernsehsendung.

»Herr Anpo, was ist denn seit einiger Zeit mit Ihnen los? Sie waren doch angetreten, um dem alten System die Fangzähne zu ziehen. Es ist doch langweilig, wenn Sie nicht mehr jugendlich-wild daherkommen. Das ist ja schon fast ein Verrat an den Erwartungen, die man gegenüber einem Venture-Unternehmer wie Ihnen hegt«, moserte der aufgedrehte Moderator.

»Also das finde ich nicht fair. Wenn ich argumentiere, wirft man mir vorlautes Benehmen vor, wenn ich mich entschuldige, bin ich ein Langweiler. Wie man's macht, macht man's falsch.«

»Also keine ›Die Alten sollen abtreten, jetzt sind wir dran‹-Sprüche mehr?«

»So etwas würde ich doch nie… Sie vergessen wohl, dass ich ein Unternehmer bin. Unter meinen Kunden befinden sich auch Menschen in gesetztem Alter.«

»Aha! Da ist also auch ein Stück weit Berechnung dabei!«, hämmerte der Moderator auf den Tisch. Takaaki blieb nur ein saures Lächeln.

Und wieder wurde er gebeten, ein Motto auf die Tafel zu schreiben, das seine neue Unternehmenspolitik auf den Punkt bringen sollte.

Kyōchō rosen – Weg der Harmonie. schrieb er in Hiragana.

»*Kyōchō rosen*? Warum schreiben Sie das nicht in Kanji?«, fragte der Moderator mit hochgezogenen Augenbrauen.

»Tja, ehrlich gesagt hatte ich eine Weile Probleme mit Hiragana, aber jetzt kommen sie wieder wie aus der Pistole geschossen, hahaha«, antwortete er kopfkratzend.

»Wollen Sie mich schon wieder verschaukeln!?« Das Studio hallte wider vom Gewummer des Moderators.

Die Prominente

1

Als sie aus dem Bad kam und in den Spiegel der Ankleidekommode schaute, entdeckte sie unter ihren Augen wieder eine Falte mehr. Dies versetzte ihr einen Stich in die Brust, und das Blut wich ihr aus dem Gesicht. Unwillkürlich wandte Kaoru Shiraki den Blick ab und kämpfte gegen das Schwindelgefühl an, das sich ihrer bemächtigte.

Um ruhiger atmen zu können, spannte sie ihren Bauch an. Sie durfte den Blick nicht von der Wirklichkeit abwenden. Wenn man damit erst einmal anfing, dann sah man nur noch das, was einem angenehm war. Sie war eine Schauspielerin! Ob sie wollte oder nicht, sie wurde stets mit kritischen Augen geprüft.

Nachdem sie sich auf diese Weise selbst überzeugt hatte, blickte sie wieder in den Spiegel. Sie fixierte ihr Gesicht und nahm die Falte wahr. Sie berührte sie mit dem Finger. Kein Grund zur Panik, die Falte war ja gar nicht so auffällig, sprach sie sich Mut zu.

Mit beiden Händen zog sie ihre Wangen nach oben und ließ los. Ein nennenswerter Unterschied war nicht festzustellen, dachte sie beruhigt. Das hätte sie am liebsten ihren gleichaltrigen Schauspielerkolleginnen gezeigt, die sich schon lange hatten liften lassen. Sie selbst hatte das nicht nötig, und eine Schönheitsoperation kam für sie nicht in Betracht – vorerst jedenfalls nicht.

Sorgfältig trug sie ihre Nachtcreme auf, durch die während des Schlafs der Blutfluss angeregt wurde. Ihr Falten verschwindet!, dachte sie beschwörend. Als Nächstes stand ihre Haarkur auf dem Programm. Das voluminöse schwarze Haar war ihr ganzer Stolz. Um mehr Fans unter den fernsehenden Hausfrauen zu bekommen, bevorzugte sie das Haar kurzgeschnitten. Das sah einfach zu pflegen aus, war aber tatsächlich nicht so.

Nachdem sie diesen Teil ihrer Abendroutine beendet hatte, wechselte sie zum Bett und setzte sich dort in Yogapositur. Von der korrekten Yogasitzposition beugte sie sich langsam zurück, bis ihr Oberkörper flach auf dem Rücken lag. Sie hob das Becken an und atmete mehrmals tief ein und aus. Das regulierte die Verdauungsorgane und verhinderte eine Zunahme des Fettgewebes. Ihr Mann bezweifelte das zwar, aber was wusste der schon. Schönheit begann mit dem Glauben daran.

Die Schlafzimmertür ging auf, und ihre Tochter Nao steckte ihren Kopf herein. »Mama, du weißt, dass übermorgen ›Lunchpaket-Tag‹ ist?«

»Sag das dann auch Frau Yamamoto, damit sie die entsprechenden Zutaten kauft«, antwortete sie in ihrer Yogapose verharrend.

Frau Yamamoto war die Haushälterin, die bei ihnen wohnte.

»Aber warum bist du eigentlich noch auf? Geh schlafen!«

»Ja, sofort«, antwortete die Tochter folgsam und verschwand in ihr Zimmer.

Nao, die seit diesem Jahr auf eine berühmte Privatgrundschule ging, war Kaorus einziges Kind. Vor den Medien ließ sie Nao nicht auftreten, da ihr die Privatsphäre heilig war.

Nach einer Weile kam auch ihr Mann von der Firma nach Hause. Er arbeitete für eine große Werbeagentur, aber auch das hielt sie vor der Öffentlichkeit geheim.

»Bin wieder da«, rief er nur kurz, bevor er in sein Zimmer

ging. Kaoru und er schliefen in getrennten Zimmern. Wenn sie sich auf die Schauspielerei konzentrierte, war sie als Ehefrau nicht zu gebrauchen. Außerdem war Schlaf wichtig für sie. Sie wollte ohne Störung schlafen wie ein Murmeltier.

Nachdem ihre Abendroutine beendet war, stellte sie neben sich ein Duftschälchen, das während des Schlafes entspannend auf ihre fünf Sinne wirkte. Sie schlüpfte unter die Decke und machte alle Lichter aus. Je dunkler es war, desto mehr erhöhte sich die Hormonsekretion, hatte sie in einer Zeitschrift gelesen.

Sie schloss die Augen und versuchte, innere Ruhe zu finden. Es war ein anstrengender Tag gewesen. Dreharbeiten für eine Fernsehserie, eine Aufnahme für das Titelblatt eines Magazins und die Teilnahme an einer Radiosendung mit Zuhörerbeteiligung. Überall wurde sie behandelt wie ein Mitglied des kaiserlichen Hauses, und Blumensträuße bekam sie praktisch täglich.

Was stand eigentlich morgen auf dem Programm? Wahrscheinlich wurde es ein Tag wie der heutige. Im grellen Studiolicht würde sie in die Kamera blicken, ein gewinnendes Lächeln aufsetzen, die Fragen des Interviewers beantworten und ihren Fans zuwinken …

Es wurde Zeit, dass sie einschlief. Schlafmangel war der größte Feind einer schönen Haut. Als sie noch jung war, hatte sie lange aufbleiben können, doch in ihrem Alter würde man ihrer Haut sofort den mangelnden Schlaf ansehen.

Sie drehte sich um und zog sich die Federbettdecke über den Kopf. Ein Schäfchen, zwei Schäfchen …, begann sie zu zählen.

Da fiel ihr gerade ein, dass heute im Studio hinter der Glaswand einige Oberschülerinnen gestanden hatten, die meinten, dass sie »süß« aussehen würde. Diese Erinnerung ließ sie lächeln. Sie war wohl die einzige Vierzigjährige in Japan, die so etwas von Teenagern gesagt bekam.

Egal wen sie traf, überall pries man ihre Schönheit und Jugendlichkeit. Schon zu ihrer Zeit als Mitglied im Tokyo-Musicalensemble war ihr Aussehen ihr Hauptkapital gewesen, aber jetzt hatte sie den Eindruck, als wäre es noch wichtiger als früher. Man konnte behaupten, dass es eine Art Boom war, in dessen Mittelpunkt sie stand.

Oje, wenn sie so weiterdachte, würde sie nie einschlafen. Also, Schäfchen Nummer zweiundzwanzig, dreiundzwanzig …

Obwohl sie erschöpft war, schien das Reich der Träume heute fern. Vielleicht weil sie heute nicht zum Fitnessstudio gegangen war? Wenn es die Zeit erlaubte, trainierte sie fleißig. Ohne Muskelaufbautraining würden Brust und Gesäß erschlaffen und ihr Kalorienverbrauch pro Tag sinken.

Mist! Sie hätte heute nicht an dieser peinlichen Radiosendung teilnehmen sollen, sondern stattdessen besser trainiert. Fünfundsechzig, sechsundsechzig … Hoffnungslos, sie wurde einfach nicht schläfrig. Ob es an der Aromaessenz lag? Sie stand auf und tauschte das Duftwasser gegen eines aus, das eine noch beruhigendere Wirkung hatte. Sie befeuchtete auch ein Papiertaschentuch damit, legte es auf das Nachtschränkchen neben sich und kroch wieder unter die Decke.

Sie schlief nicht ein. Das Schäfchenzählen gab sie auf. Sie hatte das Gefühl, unnötig ihre Gedanken schweifen zu lassen. Sie seufzte. Was für eine Verschwendung kostbarer Schlafenszeit. Aber nein: Wichtiger war ihr Aussehen. Ob sie die vorhin entdeckte Falte mit Schminke kaschieren konnte? Im Studio war es kein Problem, mit geschickter Kosmetik über Problemzonen hinwegzutäuschen, doch draußen in freier Natur bei natürlichem Licht war das kaum noch möglich. Ein ungeschickter Fotograf würde das Gesicht einer Schauspielerin bei direktem Sonnenlicht aufnehmen, ohne sich etwas dabei zu denken. Die vor kurzem für die Fotoserie in einer Zeitschrift aufgenommenen Bilder waren furchtbar. Kaum sah sie die Fotos, wandte sie sofort den Blick ab und verweigerte ihre Veröffentlichung. Die Falten am Hals versetzten ihr einen Schock. Wenn sie nur ein bisschen nachlässig wurde, dann kam ihr wahres Alter zum Vorschein. Während sie sich fest in ihre Decke wickelte, kam ihr ein düsterer Gedanke. Wie lange würde sie ihre Jugend und ihre Schönheit noch erhalten können?

Sie griff hinter sich und kniff in ihren Po. Er war nicht so fest, wie sie es gerne hätte. Sie wurde noch schwermütiger. Es war doch ein Fehler gewesen, heute nicht in das Fitnessstudio gegangen zu sein.

Sie öffnete die Augen und stieg aus dem Bett. In ihrem Schlafzimmer stand ein jederzeit benutzbarer Heimtrainer. Sie bestieg das Fahrrad ohne ihren Schlafanzug auszuziehen. Anstatt ihre Zeit damit zu verschwenden, Schlaf zu finden, schwitzte sie lieber etwas. Körperlich erschöpft schlief es sich bestimmt leichter. Den Blick auf die Anzeige mit den verbrauchten Kalorien geheftet, strampelte sie auf dem Heimtrainer, bis auf einmal die Schweißperlen auf den Boden tropften.

Am nächsten Tag fühlte sie sich entsetzlich. Erst um vier Uhr morgens hatte sie etwas Schlaf gefunden und war natürlich nicht ausgeruht. Nur ihr Körper war irgendwie wach, wohl wegen der nächtlichen Bewegung. Kaoru verfluchte ihre Nachlässigkeit. Der gesunde Menschenverstand hätte ihr das sagen können.

Ihr Körper verschwieg nichts. Die Schminke ließ sich auf die Haut nicht so gut auftragen wie sonst, und ihr Haar war schwer zu bändigen. Von Frau Yamamoto ließ sie sich nur ein einfaches Frühstück, bestehend aus Salat und Joghurt, zubereiten und nahm danach einige Vitaminpräparate zu sich. Ihr Mann und ihre Tochter waren schon lange aus dem Haus.

»Für Naos Lunchpaket morgen machen Sie bitte gebratene Hackfleischbällchen, Rollomelette, gekochten Brokkoli und kleine Fruchttomaten. Tun Sie bitte so wie immer, als ob ich das gemacht hätte.«

»Sehr wohl, Madame.«

Das war eine kleine Lüge, um der Beziehung zu ihrer Tochter keinen Schaden zuzufügen. Auch die Stickereien auf der großen Tasche ihrer Tochter waren offiziell von ihr.

Sie stieg in den Mietwagen, der gekommen war, um sie abzuholen. Auf dem Beifahrersitz saß Kumi und daneben Mitsuyo Inaba, der Chef der Firma Inaba-Promotions. Das war eine kleine Produktionsgesellschaft für Künstler, von der sich die Hälfte der Belegschaft um Kaoru kümmerte.

»Gestern konnte ich nicht einschlafen und habe die halbe Nacht auf dem Heimtrainer verbracht«, klagte sie. Sie hatte zu dem zehn Jahre älteren Mitsuyo vollstes Vertrauen und konnte mit ihm über alles reden. Das Verhältnis zu ihm war fast schon inniger als das zu ihrem Mann.

»Schon wieder?« Mitsuyo machte große Augen. »Plagt dich etwas?« Mit besorgter Miene beugte er sich zu ihr.

»Ich habe schon wieder eine neue Falte unter den Augen.«

»Wo?« Er schaute ihr aufmerksam ins Gesicht. »Ich sehe nichts.«

»Hier.« Sie deutete mit dem Finger auf die Stelle.

»Ich bitte dich. Die muss man doch mit einem Mikroskop suchen, um sie zu entdecken. Das ist wirklich kein Grund zur Aufregung.«

Sie wusste, dass er sie trösten wollte, doch machten ihr seine Worte Mut. Eine Schauspielerin brauchte diese Art von Zuspruch von ihrer Umgebung, um bestehen zu können.

»Aber mein Make-up hält nicht richtig. Die Haut ist zu rau.«

Nach dieser Bemerkung schwieg Mitsuyo für eine Weile.

»Heute steht ein Interview mit *Cosmopolitan* auf dem Programm. Soll ich das absagen?«

»Geht das?«

»Kein Problem. Die sind ja schließlich auf uns zugekommen.«

Mitsuyo nahm sein Handy und rief das Magazin an. »Die Dreharbeiten zu der Serie dauern länger als geplant, und wir haben deshalb keine Zeit für das Interview«, log er. Manchmal musste man etwas zahlen, wenn man einen Aufnahmetermin absagte und dem Fotografen und Stylisten einen plötzlichen Verdienstausfall bescherte, doch Mitsuyo war in dieser Hinsicht standhaft. Kaoru plagten bei einer Absage auch keine Schuldgefühle. Wer zu allem ja sagte, wurde irgendwann ausgenutzt. Wenn ihr etwas nicht passte, ließ sie es durch Mitsuyo deutlich mitteilen.

Eine Schauspielerin mit labiler Psyche gab es nicht. Und wenn es tatsächlich mal eine gab, dann hatte sie in der Regel einen diabolischen Manager. Mitsuyo war ein Manager, gegen den man nichts sagen konnte.

»Dein Schlafmangel ist allerdings ein Problem. Wenn dein Rhythmus einmal aus dem Tritt gekommen ist, dann ist es nicht einfach, ihn wiederzufinden. Vielleicht solltest du es mal mit Beruhigungsmitteln versuchen?«

»Nein, keine Pillen!«

»Mach dir keine Sorgen. Es gibt auch leichte Medikamente ohne Suchtgefahr oder Nebenwirkungen. Das sollten wir so schnell wie möglich in den Griff kriegen. Du, Kumi-chan, fahr mal rasch zum nächsten Krankenhaus, und lass dir die entsprechenden Medikamente verschreiben. Sag einfach, du könntest nachts nicht schlafen.«

»Ich habe eine Freundin, die in derselben Band wie ich spielt und die als Krankenschwester in der Neurologie einer Klinik arbeitet. Sollen wir's da mal versuchen?«, antwortete Kumi.

»Hervorragend. Dann erledige das bitte, ja?«

Mitsuyo ließ das Auto halten und die junge Kumi zur Klinik laufen. Kaoru fühlte sich einerseits etwas überrumpelt, andererseits war es ihr nicht unangenehm, selbst keine Entscheidung treffen zu müssen. Ihre Umgebung nahm ihr den ganzen Kleinkram ab, so dass sie sich auf die Schauspielerei konzentrieren konnte.

An diesem Tag fand in der Stadt eine Drehbuchprobe für ein zweistündiges Liebesdrama statt, natürlich mit Kaoru in der Hauptrolle.

Als sie ankam, lief ihr schon der Produzent des Fernsehsenders entgegen und machte eine so tiefe Verbeugung, dass man Angst bekam, er würde entzweibrechen.

»Ich bin wirklich erfreut, Sie zu sehen. Leider haben wir zur Zeit so ein nass-trübes Wetter, haha«, versuchte er ihr zu schmeicheln.

Ach ja, die Regenzeit hatte ja inzwischen begonnen. Das hatte sie bei ihrem geschäftigen Terminplan gar nicht richtig mitbekommen.

Sie betrat den Übungsraum und begrüßte den Regisseur in vertraulicher Manier: »Herr Kobayashi. Bitte ärgern Sie mich heute nicht, ja?«

»Das wollte ich *Sie* gerade bitten!«

Es war besser, sich mit dem Regisseur gut zu stellen, da er es in der Hand hatte, sie auf der Leinwand besser aussehen zu lassen.

Nachdem sie ihre Begrüßungsrunde bei den älteren Schauspielern beendet hatte, setzte sie sich auf ihren Platz. Nun war die Reihe an den jüngeren und sonstigen Schauspielern, ihre Aufwartung bei Kaoru zu machen. Alle verbeugten sich vor ihr mit nervösen Gesichtern. Das waren für Kaoru Momente, die sie genoss: So weit hatte sie es inzwischen gebracht.

Nur eine von ihnen, Kotomi Kawamura, ignorierte Kaoru und las an ihrem Platz im Drehbuch.

Sie, die im gleichen Alter wie Kaoru war, hatte den Sprung vom Studentenstarlet zur Schauspielerin geschafft. Früher war sie eine Weile populär in Fernsehserien und Werbespots. Und in der Zeit hatte sie sich Kaoru gegenüber sehr gehässig verhalten.

Es war deutlich, wie sehr sie in Kaoru ihre Rivalin sah. Kaoru hingegen hatte es nicht nötig, sie als Konkurrentin zu sehen. Sie spielte ja nun in einer höheren Klasse.

Im Bewusstsein, den Wettstreit längst gewonnen zu haben, konnte sie sich herablassen, den ersten Schritt zu tun und die andere zu begrüßen. »Frau Kawamura, tut mir aufrichtig leid wegen der späten Begrüßung. Es ist mir eine Ehre, diesmal mit Ihnen zusammenarbeiten zu dürfen«, lächelte sie artig und verbeugte sich.

»Oh, nicht doch, die Ehre ist ganz meinerseits«, antwortete die Kawamura mit hochrotem Kopf, als sie so auf dem falschen Fuß erwischt worden war.

»Ich hoffe, auch diesmal wieder viel von Ihnen lernen zu können«, fuhr Kaoru fort.

»Wie …? Ach … nein …«, stammelte diese wie eine Idiotin.

Als Kaoru wieder an ihren Platz zurückging, sah sie aus den Augenwinkeln, wie Kawamuras Backen zuckten. Es tat gut, dieser früher so hochmütigen Frau die gegenwärtigen Machtverhältnisse aufzuzeigen. Kaoru freute sich diebisch.

Die Drehbuchprobe lief mit Kaoru im Mittelpunkt, weiter. Wohl wegen des Schlafmangels fehlte es ihrer Stimme heute an Festigkeit. Es war merkwürdig, wie schon eine kleine Änderung des Alltags einen solchen Einfluss hatte. Aber gut, solange es nur eine Probe war, ging es ja noch, redete sie sich ein und sprach ihren nächsten Text.

In der Mittagspause trafen die vom Sender bei einem Lieferservice bestellten Lunchpakete für alle Anwesenden ein und wurden auf dem Tisch bereitgestellt. Der Inhalt bestand hauptsächlich aus Frittiertem, was für Kaoru natürlich zu kalorienhaltig war. Sofort kam Kumi mit einer kleinen Tragetasche angerannt, aus der sie ein Lunchpaket zog, das von einem professionellen Diätassistenten nach gesundheitlichen Gesichtspunkten zusammengestellt wurde.

»Ich habe vom Krankenhaus die Medikamente mitgebracht. Nehmen Sie die bitte nach dem Abendessen ein«, sagte sie Kaoru leise ins Ohr.

»Ach ja, danke.«

»Dafür musste ich aber eine Spritze in Kauf nehmen.«

»Bitte?«

»Ich verstehe das auch nicht. Das scheint eine Vorliebe des dicken Psychiaters dort zu sein. Meine Freundin von der Band meinte, dagegen könne man nichts machen.«

»Verschonen Sie mich mit so einem Unsinn. Danke jedenfalls für die Medikamente.«

Als sie an den Tisch kam, öffnete die Kawamura gerade ihr mitgebrachtes Lunchpaket. In der Schachtel waren Salat, in Essig eingelegtes Gemüse und ein Reisbällchen.

»Frau Kawamura, reicht Ihnen das fürs Mittagessen?«, rief ein älterer Schauspielerkollege überrascht aus.

»Völlig. Die Kalorien sind genau berechnet.«

»Aha, ich verstehe. Das Geheimnis, seine Jugend zu bewahren, ist Maßhalten.«

»Wenn ich zu fett und zu süß esse, dann bekomme ich einen Bauch wie gewisse andere Leute, hahaha.«

Nun sprachen alle über das Mittagessen der Kawamura. Erst vor kurzem hatte sie ein Buch über Anti-Aging herausgegeben. Kaoru hatte den Inhalt in einer Buchhandlung kurz überflogen.

Gesundes Essen, Schönheitsgymnastik, mentale Einstellung, kurz und gut: der übliche nichtssagende Ratgeber. Auch die Kawamura verkaufte sich als »vierzig Jahre, aber jung geblieben«.

Irgendwie hatte Kaoru nun wenig Lust, ihre eigene Lunchbox zu öffnen. Das Essen darin war mit noch weniger Kalorien zubereitet. Außerdem wollte sie nicht mit dieser Frau verglichen werden.

»Das sieht ja überraschend lecker aus«, rief sie mit freudiger Stimme und blickte auf das angelieferte Essen. Sie rührte die von Kumi hingehaltene Tragetasche nicht an und schickte sie mit einer Handbewegung weg.

»Heute werde ich mir auch ein Lunchpaket genehmigen«, sagte sie und setzte sich an den Tisch. Sie hob den Deckel und stopfte sich eine frittierte Garnele in den Mund.

»Hmm, lecker!« Sie schenkte allen Seiten ein Lächeln. Mit einem Schlag wuchs die Anspannung in ihr.

»Frau Shiraki, ich wusste gar nicht, dass Sie so etwas essen«, wunderte sich ein Kollege.

»Ja, ich liebe frittierte Garnelen oder Schnitzel«, antwortete sie und führte mit den Stäbchen einen kleinen Ballen Reis zum Mund.

»Und trotzdem sind Sie so schlank? Ich habe nie gesehen, dass Sie einmal zugenommen hätten.«

»Ja, warum wohl? Ist bestimmt meine körperliche Veranlagung«, antwortete sie in bewusst entspannter Haltung. Die Kawamura verzog angewidert das Gesicht.

»Frau Shiraki kommt vom Tokyo-Musicalensemble, und da hat das harte Tanztraining bestimmt zu einem regelmäßig hohen Kalorienverbrauch pro Tag geführt«, suchte ein weiterer Kollege nach einem plausiblen Grund, der für die Anwesenden wohl überzeugend klang, wie man an ihrem Nicken sehen konnte.

So ein Unsinn! Es war schon mehr als einen Monat her, seit sie Frittiertes gegessen hatte.

»Es gibt eben manchmal Leute, die ohne etwas zu tun jung bleiben.«

Wohl kaum. Alle bemühten sich, im Verborgenen die überflüssigen Pfunde loszuwerden, koste es was es wolle.

»In Akasaka gibt es ein hervorragendes Schnitzelrestaurant. Nächstes Mal lassen wir unser Essen von da kommen!«

»Toll, ich bin dafür!«, rief sie wie ein kleines Schulmädchen mit gestrecktem Arm.

Natürlich dachte sie nicht im Traum daran. Wehe, jemand würde das wahr machen, giftete sie still vor sich hin.

Da sie schon einmal mit Essen angefangen hatte, blieb ihr nichts weiter übrig, als weiterzuessen. Mit Gewalt zwang sie sich zu einem fröhlichen Gesichtsausdruck, der davon kündete, wie sehr ihr das Essen mundete, doch im Innern würgte sie das Essen in einem Tal der Tränen hinunter. Währenddessen stand Kumi mit düsterer Miene in einer Ecke des Probenraumes.

Bei der Fortsetzung der Probe am Nachmittag hatte Kaoru Schwierigkeiten, ruhig zu bleiben. Der Verdauungsprozess ihres Mittagessens hatte eingesetzt, und sie glaubte zu spüren, wie die Fette in alle Poren ihres Körpers drangen. Sie hatte schon lange kein Fett mehr zu sich genommen, und deshalb würden die ausgetrockneten Zellen geradezu danach lechzen. Auf diese Weise nahmen auch Sumoringer zu. Sie trainierten auf leeren Magen, und mit ausgetrocknetem Körper nahmen sie Unmengen von proteinhaltiger Nahrung auf.

Allein die Gedanken daran ließen Kaoru jedwede Konzentration verlieren. Wie viele Kalorien hatte dieses Mittagessen wohl gehabt? Eine frittierte Großgarnele, zwei Stücke Schnitzel und Reis ergaben gut und gerne 250 Gramm, dazu noch Soße und

Mayonnaise. Das alles überstieg garantiert tausend Kilokalorien. Ihre Fingerspitzen begannen zu zittern.

»Frau Shiraki, was ist denn mit Ihnen? Sie sind jetzt dran«, sagte der Regisseur zu ihr.

»Entschuldigung, ich habe einen Moment nicht aufgepasst.« Sie setzte ein Lächeln auf und las ihre Stelle.

Das war nicht gut. Während sie hier las, machte sich das Fett in ihrem Körper breit. Einmal angesetztes Fett wieder loszuwerden war eine Heidenarbeit. Kaoru konnte nicht mehr still sitzen bleiben und sprang plötzlich auf.

Alle starrten sie an. »Ja, bitte?«, erkundigte sich der Regisseur.

»Kann ich im Stehen weitermachen?«, bat Kaoro. Ihr war heiß, doch sie täuschte Gelassenheit vor.

»Ich finde, beim Lesen im Sitzen kommt keine Stimmung auf.«

»Gut, von mir aus …«

Sie hätte am liebsten sofort damit angefangen, die eingenommenen Kalorien abzubauen. Jede Sekunde zählte, und sitzend würden sich die Kalorien in Fettpolster umwandeln.

»Aber das hast du doch gesagt!«, las sie gestikulierend und mit erhobenen Ton. *»Ich, ich habe die ganze Zeit auf dich gewartet.«* Sie fing an, im Übungsraum umherzulaufen.

Ein Kollege schien beeindruckt und ging auf ihr Spiel ein. Nach und nach standen auch die anderen Schauspieler auf und liefen im Raum umher.

Inzwischen fing Kaoru an, etwas zu schwitzen, und auch die Darstellung gewann an Fahrt. Es wäre schön, wenn sie so hundert Kalorien verbrauchen könnte. Sie bewegte sich fast, als wäre sie auf einer Bühne.

Nach Ende der Drehbuchprobe waren die altgedienten Schauspieler voll des Lobes für Kaoru.

»Ja, Frau Shiraki ist doch ein richtiger Profi«, meinte einer, während die jungen Kollegen sie bewundernd anblickten.

»Tut mir leid. Manchmmal kann ich mich einfach nicht beherrschen«, redete sie sich mit gespielter Kokettheit heraus und war froh, dass niemand Verdacht geschöpft hatte.

»Das heute könnte man als eine nette Anekdote für die Fernsehwerbung benutzen«, meinte der Produzent mit rotem Gesicht.

Er wollte auch, dass bekanntgemacht wurde, wie sie mit den anderen zusammen das gleiche Mittagessen eingenommen hatte. In ihrer Branche entstanden aus Kleinigkeiten schnell Gerüchte, die in den Magazinen breitgetreten wurden. Gerade deswegen durfte sie keinen Tag in ihrer Aufmerksamkeit nachlassen.

Sie verabschiedete sich von der Crew, verließ den Proberaum und stieg in den schon bereitstehenden Wagen. Sie umarmte Mitsuyo, der auf dem Rücksitz gerade an seinem Laptop arbeitete.

»Du, ich habe es heute etwas übertrieben und das ganze Lunchpaket aufgefuttert«, sagte sie weinerlich wie ein kleines Kind.

»Du Dummerchen. Wir hatten dir doch ein Essen von einem Ernährungsfachmann zusammenstellen lassen.«

»Ja, ich weiß, aber die Kawamura hatte praktisch dasselbe Essen, und da hatte ich keine Lust mehr, meins auszupacken.«

»Na ja, gegessen ist gegessen.« Mitsuyo klappte den Laptop zu und wandte sich um. »Angeben gehört halt zum Geschäft. Eine Schauspielerin hört erst dann auf anzugeben, wenn sie endgültig abtritt.«

Die tröstlichen Worte Mitsuyos gaben ihr wieder Mut. Was Menschen an der Spitze brauchten, war eine positive Sicht der Dinge.

»Also gut, dann bringen wir das schnell hinter uns. Liegt alles im Kofferraum?«

»Ja, schon. Aber wo willst du es machen?«

Mitsuyos Miene verfinsterte sich.

»Egal wo. Auf einem Parkplatz oder am Notausgang eines Gebäudes.«

»Schon wieder? Besser nicht, ist zu auffällig. Kannst du nicht warten, bis wir wieder im Büro sind?«

Sie hatten es schon einmal im Flussbett des Tama gemacht, aber Mitsuyo hatte die ganze Zeit befürchtet, dass jemand sie überraschen könnte.

»Bis Roppongi sind es noch dreißig Minuten, und bei Stau dauert es noch länger. In dieser Zeit hat sich das Fett schon angesetzt.«

Kaoru konnte nirgendwo ruhigbleiben. Während sie auf dem Rücksitz saß, hob sie abwechselnd ihre Beine in die Höhe.

»Na gut, dann gehen wir in ein Hotel. Da sieht uns wenigstens keiner«, wies er Kumi auf dem Beifahrersitz an. »Such uns ein Hotel in der Nähe.«

»Aber wir sind hier in Setagaya. Einfache Hotels findet man hier nicht«, sagte Kumi, während sie sich stirnrunzelnd zu ihnen umdrehte.

»Na gut, dann gehen wir halt in eine Karaoke-Box.«

»Wenn es irgendwo sein muss, warum nicht in dem Krankenhaus, wo ich eben war. Da kommen wir gleich vorbei. Die Krankenschwester dort ist meine Freundin und ihr Chef der Sohn des Krankenhausbesitzers, auch wenn er etwas komisch ist.«

»Können wir da ein Zimmer benutzen?«

»Die Neurologie liegt im Untergeschoss. Und viel zu tun haben die da anscheinend nicht.«

»Die Neurologie …« Mitsuyo wurde nachdenklich. »Können wir den Leuten vertrauen?«

»Der Krankenhauschef ist anscheinend im Vorstand der

Japanischen Ärztevereinigung. Zumindest hat der Sohn damit geprahlt.«

»Also gut. Dann versuchen wir es mal dort. Ich regle das mit dem Arzt. Kannst du dich noch ein bisschen gedulden, Kaoru?«

Während die beiden so miteinander sprachen, hatte sie mit ihrem Beintraining weitergemacht und kam allmählich aus der Puste, was ihr aber eine Art Hochgefühl bescherte. Ihr Körper ging allmählich in die Phase der Fettverbrennung über.

2 ___

Sie kamen an einem großen Krankenhaus an, wo über dem Eingang ein Schild mit der Aufschrift *Irabu-Poliklinik* hing. Kumi holte aus dem Kofferraum ein Gerät, das die Form eines japanischen Riesenkäfers hatte, der seine Flügel ausbreitet. Sie schulterte das Gerät, das eine Trainingsmaschine darstellte, auf der man Treppensteigen simulieren konnte.

Alle hasteten durch den Eingang, an der Aufnahme vorbei und geradewegs in den Keller. Da das alles blitzschnell vonstatten ging, wurden sie unterwegs auch von keinem Krankenhausangestellten angehalten. Der Flur des Untergeschosses lag im Dämmerlicht der Deckenlampen und roch nach Arznei. Hier war keine Menschenseele zu sehen.

»Hier ist es«, sagte Kumi und zeigte auf das Schild *Neurologie*. Ohne anzuklopfen öffnete sie die Tür.

»Mayumi, ich habe eine kleine Bitte an euch. Könnten wir eine Zeitlang das Zimmer benutzen?« Kumi machte eine bittende Handbewegung.

Kaoru blickte ins Zimmer und sah, wie die Krankenschwester namens Mayumi auf einer Bank saß und Gitarre spielte. Aus einem weißen Minirock ragten ihre nackten Oberschenkel heraus. Die Krankenschwester schaute mit müdem Blick auf und antwortete mit einer tiefen Stimme: »Häh?«

Am Tisch im hinteren Teil des Zimmers saß mit dem Rücken zu ihnen ein dicker Mann in weißer Kleidung und schien gierig etwas in sich reinzustopfen. Als er sich umdrehte, war sein Mund mit Puddingcreme verschmiert, die wohl von Windbeuteln stammte.

»Ah, Sie sind es wieder, Kumi-chan. Wollen Sie noch eine Spritze?«, sagte der Arzt in einer seltsam hohen Stimme. Kaoru sah unwillkürlich auf das Namensschild an seiner Brust: *Dr. med. Ichirō Irabu* stand da geschrieben.

»Sie sind Doktor Irabu, richtig? Mein Name ist Inaba von der gleichnamigen Promotionsagentur. Wir hätten da eine Bitte an Sie, die Ihnen vielleicht etwas merkwürdig vorkommen mag...«

Er ging zu dem verblüfften Irabu und erklärte ihm leise den Sachverhalt. Auch in dieser Zeit lief Kaoru unablässig auf der Stelle, damit sie ihre Aerobicübungen nicht unterbrechen musste.

»Mayumi, die Ecke da ist genau richtig. Können wir es da machen?«

Kumi brachte die Trainingsmaschine herein.

»Sag mal, bei euch piept's wohl!«

»Das hier ist die Schauspielerin Kaoru Shiraki!«

»Das weiß ich. Die seit einiger Zeit ein bisschen komisch ist.«

»Mensch, willst du mich arbeitslos machen?«

Kumi schaute Mayumi böse an und räumte schnell Injektionstisch und Rollwagen hinter dem Vorhang weg, um Platz für die Maschine zu machen.

»Frau Shiraki, bitte schön! Ach ja, hier gibt es auch Patientenkleidung, die Sie anziehen können. Sie werden ja bestimmt schwitzen. Im Regal liegen Handtücher. Wir warten dann nebenan, bis Sie fertig sind.«

»Was fällt dir ein, einfach hereinzuplatzen und so zu tun, als ob du hier zu Hause wärst?«, empörte sich Mayumi.

»Jetzt hab dich doch nicht so. Ist doch keine große Sache. Außerdem habe ich dir doch neulich aus dem Kostümfundus des Senders ein ganzes Bondage-Bühnenset stibitzt.«

Während die beiden stritten, kam Irabu dazwischen.

»Zeig doch mal! Was ist denn das da?«, rief er wie ein Kind, das ein neues Spielzeug entdeckt.

»Herr Doktor, darüber wollte ich mit Ihnen sprechen.« Mitsuyo zog Irabu am Ärmel.

»Ah, jetzt weiß ich. Das sieht man oft im Shoppingkanal. Kann ich auch mal?« Irabu ließ sich nicht bremsen und stieg auf das Gerät, doch da er sofort die Balance verlor, stürzte er gleich wieder herunter. »Scheiße! Das ist ja schwerer als ich dachte.«

Er versuchte es mehrmals und machte keine Anstalten, sich geschlagen zu geben.

»He, Sie! Jetzt hören Sie aber auf damit!«, rief Kaoru erregt. »Das ist ein Notfall und ich habe es eilig.« Sie zog Irabu herunter und schob ihn beiseite.

»Es tut mir leid, Herr Doktor. Es ist nur für eine halbe Stunde…«, verbeugte sich Mitsuyo.

»Ich will aber auch mal!«, schmollte Irabu.

»Mayumi, dein Chef ist etwas seltsam, findest du nicht?«, wandte sich Kumi an ihre Freundin.

»Dasselbe könnte ich von dir behaupten. Bei einem anderen Hospital hätte man schon längst die Wachleute gerufen. Du kannst uns ruhig dankbar sein«, antwortete Mayumi Kaugummi kauend mit vorgeschobenem Kinn.

»Herr Doktor, kann ich mit Ihnen kurz mal unter vier Augen sprechen?« Mitsuyo, dem der Schweiß auf der Stirn stand, schob Irabu weg von der Maschine und zog den Vorhang zu.

Kaoru hatte schon den Eindruck, dass sie einen ziemlichen Aufruhr verursachte, doch das war ihr egal. Hauptsache, sie konnte sich ungehemmt der Fettverbrennung widmen. Sie zog sich um und bestieg den Trainer.

Zuerst das Kreuz durchdrücken und dann nach einem bestimmten Rhythmus die Pedale treten. An dem Gerät war eine Flüssigkristallanzeige installiert, wo sie im Wechsel die Tretfrequenz und den Kalorienverbrauch ablesen konnte. In dreißig Minuten wollte sie zweitausend Schritte machen, was einem Verbrauch von etwa 250 Kilokalorien entsprach. Damit wäre zumindest ein Viertel des Mittagessen wieder abgebaut.

Sie schwang die Arme kräftig nach vorne und hinten und zollte jedem Teil ihres Körpers Aufmerksamkeit. Zunächst ihr Gesäß. Rund und straff war es ein Beweis für ihre Jugendlichkeit. Dann die Taille. Tief sitzende Jeans, über denen das Fleisch hervorquoll, konnte sie sich als Schauspielerin nicht erlauben.

Eins-zwei, eins-zwei, alles vergessen, sich ganz auf das Training konzentrieren. Sie spürte, wie dankbar ihr Körper war. Auf dem Weg zur Schönheit arbeiteten alle Zellen zusammen.

Schneller als gedacht waren die dreißig Minuten um, und Kaoru floss der Schweiß in Strömen herunter, so dass der Patientenkittel vollkommen durchnässt war. Sie war außer Atem, und ihr Herz klopfte wie wild. Aber sie fühlte sich wohl. Das Gefühl der Erfüllung war stärker als der Schmerz.

»Kumi-chan, kann ich irgendwo duschen?«, fragte sie, als sie den Vorhang öffnete.

»Du, Mayumi, ist das möglich? Ihr habt doch eine Dusche, oder?«

»Übertreibt ihr nicht ein bisschen?«, sagte Mayumi nun ärgerlich.

»Jetzt seid doch nicht so geizig. Ihr habt doch genug Geld mit einer überflüssigen Spritze verdient«, ließ Kumi sich nicht unterkriegen.

»Ist sie fertig? Ja? Kann ich jetzt mal ran?« Irabu tauchte mit fröhlichem Gesicht auf.

»Herr Doktor, wir wären wirklich dankbar, wenn wir eine Dusche benutzen könnten.« Mitsuyos Stimme hatte einen flehenden Unterton.

»Wenn Sie mit dem Waschplatz neben dem Leichenschauhaus zufrieden sind. Das Luxuszimmer im obersten Stockwerk hat auch ein Bad, das aber nicht umsonst ist«, antwortete Irabu unbekümmert. Natürlich entschied Kaoru sich für Letzteres.

Geführt von Mayumi, die ein böses Gesicht machte, kamen sie in ein Zimmer, das einer Hotelsuite in nichts nachstand. Erst nachdem Kaoru sich den Schweiß abgeduscht hatte, fühlte sie sich erleichtert. Die Anspannung in ihren Schultern war nun weg und sie war froh, allen Widerständen zum Trotz dieses Training absolviert zu haben. Andernfalls wäre sie bis zum späten Abend ein Nervenbündel gewesen.

Sie hüllte sich in einen flauschig weichen Bademantel und sah vom Fenster auf die Stadt hinunter. In der Ferne stand der Hochhäuserwald des Zentrums. Genau unter ihr war ein Wohnviertel, offensichtlich für die besser Betuchten, wie an den eleganten Häuserfassaden zu sehen war. Der Himmel über Tokio zur Regenzeit war mit dicken Wolken verhangen, die jederzeit loszuweinen drohten.

Während sie die Szenerie vor sich betrachtete, kam sie auf einmal wieder zu sich selbst.

Was machte sie hier? Sie runzelte die Stirn.

Bis vorhin hatte sie die Pedale auf dem Heimtrainer getreten, im Behandlungszimmer eines Krankenhauses, das sie vorher noch nie betreten hatte. Und hatte sie sich gegenüber dem Arzt nicht unmöglich aufgeführt?

Ein Schauer lief ihr über den Rücken. Stimmte etwas nicht mit ihr?

Regungslos blieb sie eine Weile am Fenster stehen.

Schwermütig kehrte sie zurück in Irabus Praxis, wo Mitsuyo sie mit tief gerunzelter Stirn erwartete.

»Das war eine ziemlich peinliche Vorstellung von mir«, sagte sie mit weinerlicher Stimme.

»Ist schon gut. Der Doktor hat ja Verständnis gezeigt.« Er umarmte sie wie eine fürsorgliche Mutter.

Derweil mühte sich Irabu in der Mitte des Zimmers an der Maschine ab. Da er alles andere als geschickt war, schwankte er hin und her wie ein Schiff in schwerem Seegang.

»Was ist das nur für ein komisches Ding? Macht überhaupt keinen Spaß!«, schmollte er und stieg herunter.

»Also gut, wenn Sie schon mal da sind, kann ich Ihnen auch eine Spritze verpassen, sozusagen der ideale Muntermacher. Mayumi-chan! Bring doch mal eben unsere XL-Spritze!«, rief er und beschrieb mit seinen Armen einen großen Kreis.

Die so Gerufene brachte mit ausdruckslosem Gesicht auf einem Tablett ein ganzes Spritzenset, nahm davon eine riesenhafte Spritze herunter, die sie in Anschlag brachte und wartete.

»Verstehe ich Sie richtig? Sie wollen mir eine Spritze geben?«

Ohne zu begreifen, wie ihr geschah, wurde Kaoru auf einen bereitstehenden Hocker niedergedrückt.

»Nur keine Sorge, ist alles halb so schlimm«, beruhigte Irabu sie und packte einen Arm von ihr, um ihn auf dem Injektionstisch festzuschnallen. Noch völlig verdattert spürte sie auf einmal einen Stich in ihrer Haut.

»Au!«, schrie sie mit schmerzverzerrtem Gesicht auf. Irabu beugte sich erregt zu ihr und schien nur Augen für die Spritze zu haben. Mayumis Brust war halb entblößt, so dass man einen tiefen Blick auf ihren Ausschnitt werfen konnte. Kaoru wusste nicht mehr, woran sie war.

Nach der Injektion ließ sich Irabu in seinen Sessel zurücksinken und fing wieder an, einen Windbeutel zu essen.

»Die bekomme ich aus dem Hotel Imperial geliefert. Wollen Sie auch einen?«

»Danke, nein!«

Für einen Moment war sie in Versuchung, lehnte jedoch ab.

»Mögen Sie Süßes nicht?«

»Ich möchte jetzt nichts essen.«

»Ach so, ich dachte immer, Frauen mögen süße Sachen. Hier, putt putt putt … nein?«

Irabu grinste und streckte ihr den angegessenen Windbeutel entgegen. Diese übertriebene Vertraulichkeit ärgerte sie.

»Unterlassen Sie das!«, sagte sie mit ernstem Gesicht.

»Ja, ja, Schauspielerinnen haben's nicht leicht. Sie wollen essen, können aber nicht.«

Irabu leckte sich Windbeutelcreme von den Fingern. »Wie war das? Wenn Sie an Ihre Figur denken, geraten Sie völlig außer sich?«

Kaoru sah Mitsuyo an. Der zuckte die Schultern und sagte, noch bevor sie ihm Vorwürfe machen konnte, mit ernstem Gesicht: »Du bist seit einiger Zeit so nervös, dass ich mich nur mal ein bisschen beraten lassen habe. Ach ja, ich muss noch einige Telefongespräche führen und warte dann im Wagen auf dich.«

Mit diesen Worten verließ er fluchtartig das Behandlungszimmer. Kumi setzte sich mit ergebenem Gesicht neben Mayumi auf die Bank.

»Gut, ich muss zugeben, dass ich etwas komisch bin«, gestand Kaoru ein. Ihr schlechtes Betragen hatte sie etwas unsicher gemacht.

»Ich bin vierundvierzig Jahre alt, und wenn ich nichts tue,

habe ich das Gefühl, immer fetter zu werden, und kann einfach nicht still sitzen bleiben.«

»Das gibt's doch nicht! Sie sind wirklich vierundvierzig? Sie sehen viel jünger aus und sind dabei sieben Jahre älter als ich.«

Irabu kratzte ausgiebig seinen hervorquellenden Bauch.

Was meinte dieser Mensch mit »sieben Jahre älter«? Das würde ja heißen ..., dass er siebenunddreißig Jahre alt wäre. Aussehen tat er aber wie siebenundvierzig!

»Na ja, ich sehe auch jünger aus als ich bin.«

»Aha.«

Da sie keine Lust verspürte, sich auf eine Diskussion einzulassen, gab sie eine Antwort, die auch als Zustimmung aufgefasst werden konnte.

»Auf jeden Fall ist Selbsterkenntnis der erste Schritt zur Besserung. Vielen Menschen fehlt sie, und mit denen hat man's nicht leicht.«

Ja, richtig. Vor allem Menschen wie ihm selbst.

»Was ich fragen wollte, Frau Shiraki: Wie halten Sie sich eigentlich in Form? Trainieren Sie täglich so wie eben?«

»Im Prinzip ja, aber ich absolviere kein schweres Training. Auch beim Essen kontrolliere ich mich nicht übermäßig.«

»Na dann, wie sieht's aus? Wollen Sie nicht doch vielleicht ...?«

Wieder hielt er ihr seinen Windbeutel hin.

»Ich habe doch schon gesagt, dass ich jetzt keine Lust darauf habe«, antwortete sie nun in schärferem Ton.

»Ich kannte Sie bisher ja nur aus dem Fernsehen, aber auf mich wirkten Sie immer ganz natürlich. Sie sind immer dieselbe geblieben, während die anderen Stars immer so verkrampft jugendlich wirken wollten.«

Na also, selbst der sah, wie sie war. Ein bisschen kam ihr

Selbstvertrauen wieder zurück. Sie fand deshalb so viel Zuspruch unter Frauen, da bei ihr alles so natürlich wirkte.

»Auch wenn ich mich bemühe, so akzeptiere ich doch mein Alter, heißt es. Wenn ich dabei nicht natürlich aussehe, dann wäre das bedauerlich.«

»Ich finde auch, man sollte sich so geben, wie man ist. Das sehen Sie ja an mir.«

»Aha«, erwiderte sie matt. Wie konnte der sich mit ihr auf eine Stufe stellen? Da hörte sie hinter sich Mayumi murmeln: »Natürlich ... wenn ich das schon höre! Ist doch peinlich.«

»Mayumi! Du vergreifst dich im Ton. Du weißt wohl nicht, wen du vor dir hast«, sagte Kumi mit unterdrückter Stimme, worauf zwischen den beiden ein leises Wortgefecht begann.

»Ich sage nur, was ich denke. Du solltest auch ein bisschen ehrlicher zu dir selbst sein, finde ich.«

»Was soll das heißen?«

»Wie kann jemand, der in einer Punkband spielt, Assistentin für einen Fernsehstar sein?«

»Wie ich mein Leben lebe, überlass gefälligst mir.«

»Gib doch zu: Du hast deine Seele verkauft!«

»Mayumi, das regeln wir draußen.«

»Wie du willst.«

Die beiden verließen die Praxis. Kaoru war sprachlos angesichts dieses würdelosen Geplänkels. Jugendlichkeit ... Sie seufzte und stützte ihr Gesicht in beide Hände. Ach je, sie hatte vergessen, nach dem Duschen Milchlotion aufzutragen. Schließlich wartete schon die nächste Arbeit auf sie.

»Herr Doktor, wir sind dann soweit fertig, denke ich.«

»Ja, schauen Sie dann mal wieder vorbei«, meinte Irabu gähnend und wechselte auf dem Sessel in den Schneidersitz.

»Frau Shiraki, wie wär's, wenn Sie mal zunehmen?«

Kaoru, die schon bei der Tür war, drehte sich um.

»Sie haben doch noch nie in Ihrem Leben zugenommen, oder? Wenn Sie das einmal erfahren, verlieren Sie die Angst davor. Menschen haben meistens Furcht vor Dingen, die sie nicht kennen.«

In dem Moment sah Irabus Grinsen für Kaoru aus, wie das von Hannibal Lector aus dem Film *Das Schweigen der Lämmer*.

Ohne eine Antwort zu geben, ging Kaoru aus dem Zimmer. Sie stieg die Treppe hoch, verließ das Krankenhaus und setzte sich in den bereitstehenden Wagen.

»Und, wie war's? Fühlst du dich etwas besser?«, fragte Mitsuyo.

»Sag mal, bist du schon einmal dick gewesen?«

»Was soll denn diese Frage? Verglichen mit dir, BIN ich dick«, antwortete er mit steifem Gesicht.

Sie war niemals in ihrem Leben dick gewesen. Wie man sich wohl dabei fühlte? Weil sie es nicht wusste, machte es ihr Angst. »Wie wär's, wenn Sie mal zunehmen?«, hallten Irabus Worte noch in ihren Ohren.

3 ___

An diesem Tag war sie am frühen Morgen schon von einem Fernsehteam umgeben. Für die Sonntagabendshow *Kontinent der Leidenschaft* verfolgte eine Kamera sie den ganzen Tag über.

»Nehmen die mich etwa auch im ungeschminkten Zustand auf!?«, fragte Kaoru mit gespielter Empörung. Tatsächlich jubelte sie innerlich, denn für diese Sendung wurden nur äußerst populäre Persönlichkeiten ausgewählt.

Mitsuyo war in bester Stimmung. Was nur selbstverständlich war, da Kaorus Marktwert auf diese Weise stieg. Auch die Werbesponsoren würden erfreut sein. Er sprach sofort beim Regisseur vor, um im Detail abzusprechen, welche Alltagsszenen gefilmt werden sollten.

Als Erstes standen ein Shooting für einen Fotoessayband auf dem Programm, das in einer Hotelsuite in der Innenstadt stattfinden sollte. Der Mitarbeiterstab bestand aus mehr als zehn Leuten, von denen alle geschäftig hin und her rannten.

Kaoru wurde in ein Dress gehüllt und auf dem Bett platziert. Das Klicken des Auslösers hallte unablässig durch den Raum, während dahinter die Fernsehcrew die Szenen mit der Videokamera aufnahm.

Derartige Sessions dauerten bis zu fünf Tage, und die mit Essays oder Gedichten versehenen Fotos wurden in einem Bildband veröffentlicht. Da diese in der Regel Bestseller wurden, betrachtete Kaoru sich als eine Gewinnerin in ihrer Branche. Manchmal fragte sie sich, ob sie diese Ungleichheit ertragen könnte, wenn sie eine einfache Hausfrau gewesen wäre.

»Von diesem Winkel aus kommt Ihre Ausstrahlung nicht richtig zur Geltung. Und ich finde es besser, wenn die Beleuchtung noch etwas heller gemacht würde«, verlangte Mitsuyo, während er die Polaroidkamera überprüfte.

»Jetzt sei doch nicht so pingelig. Das sind doch alles Profis. Die wissen schon, was sie machen«, tat Kaoru, als ob sie für solche Kleinigkeiten kein Interesse hätte. »Entschuldigen Sie bitte diesen Umstandskrämer«, kicherte sie gespielt und schenkte ihrer Umgebung ein entspanntes, lächelndes Gesicht.

Mitsuyo übernahm bereitwillig die Rolle des *bad cop*, während sie ganz in der ihren als *good cop* aufging. Im fertigen Film würde diese Szene bestimmt aus dem Off mit den Worten kommentiert: »Kaoru Shiraki ist es gleichgültig, wie man sie sieht.« Genau wie geplant lachte sie sich in Fäustchen.

In der Drehpause ließ der Verlag Kuchen für alle kommen.

»Toll, ich liebe süße Sachen!«, rief sie für die mitlaufende

Kamera mit gespielter Freude aus. Welcher Oberidiot hatte das nur bestellt?, fluchte sie innerlich. Da die Kamera erbarmungslos weiterlief, blieb ihr keine Wahl, als die Kuchengabel in die Hand zu nehmen.

Zusammen mit den anderen setzte sie sich an den Tisch und nahm eine Erdbeertorte in Angriff. Ihre letzte Süßigkeit lag auch schon wieder einen Monat zurück.

»Essen Sie viel Süßes, Frau Shiraki?«, fragte ihre Hairstylistin verwundert.

»Ja, ich kann mich einfach nicht beherrschen.«, antwortete Kaoru heiter.

Es war genau wie am Vortag. Mitsuyo und Kumi wechselten einen vielsagenden Blick.

»Frau Shiraki, dann nehmen Sie doch bitte auch meinen Kuchen. Ich steh nicht so auf Süßes«, sagte ein Fotograf und stellte seinen Schokoladenkuchen vor sie hin.

Konnte der das nicht selbst essen?

»Wirklich? Das ist aber wirklich nett«, schauspielerte sie instinktiv.

»Nein, nein, das geht nicht«, kam Mitsuyo mit vorwurfsvollem Gesicht herangesprungen.

»Pro Tag nur eine Süßspeise haben wir doch abgesprochen. Bitte heute keinen Kuchen mehr an Frau Shiraki.«

Mitsuyo nahm den Kuchen weg und stellte ihn zurück in die Schachtel. Kaoru war dankbar für dieses feinfühlige Zuspiel ihres Managers.

»Das ist unfair. Du bist wie ein diebischer Affe in Nikko. Süßigkeiten sind doch die Energiegrundlage für Frauen!«, blies sie in gespielter Entrüstung die Backen auf.

Das war eine gute Szene, dachte sie. Im Off-Kommentar würde es heißen, dass sich Frau Shiraki auch keine Gedanken um ihre Figur machte. Doch einen Kuchen hatte sie schon gegessen, noch dazu einen, der praktisch nur aus Zucker bestanden hatte.

Das Fotoshooting ging weiter und diesmal stand sie in einem anderen Kleid am Fenster. Sie setzte einen wehmütigen Blick auf und sah auf die unter ihr liegende Stadt. Von hinten wurde die Beleuchtung auf sie gerichtet, so dass sie im Fensterglas ihr Spiegelbild sehen konnte.

Genau vor ihr befand sich ihr Gesicht und unter ihren Augen sah sie eine Falte. Igitt, das war doch die, die sie vor kurzem entdeckt hatte. Dieser unfähige Maskenbildner! Im Schatten würde man das sofort bemerken. Ihr Blick fiel auf die Arme, die unbedeckt waren. Plötzlich sahen sie für ihren Geschmack etwas zu kräftig aus. Das für junge Leute gedachte Oberteil betonte ihre Körpersilhouette deutlich. Selbst die Hose spannte bedenklich.

Auf einmal fühlte sie eine Hitze in ihrem Magen, als ob sie Sake getrunken hätte. Sie fühlte, wie der Zucker gerade ihren Körper durchdrang.

Langsam wich ihr die Farbe aus dem Gesicht. Das konnte sie nicht zulassen. Wenn sie jetzt nichts tat, würde der eben verspeiste Kuchen sich als Fett in ihrem Körper niederschlagen. Sie musste etwas tun! Ach, Unsinn, versuchte sie sich wieder zu beruhigen. Man nimmt ja nicht gleich nach dem Essen zu. Sie machte sich einfach zu viel Gedanken.

Verzweifelt versuchte sie, sich selbst zu überzeugen, doch ergriff sie zunehmend eine nervöse Unruhe.

»Gut, sehr gut. Dieser Ausdruck von Trauer ist genau richtig«, feuerte sie der Fotograf in diesem Moment an.

Zu einer Antwort war sie nicht fähig, und lange konnte sie die verharrende Pose nicht mehr durchhalten.

»Können wir als Nächstes nicht eine etwas lebendigere Szene aufnehmen?«, sagte sie fröhlich, als der Auslöser mal nicht klickte.

»Was meinen Sie mit ›lebendiger‹?«

»Na ja, zum Beispiel wie ein siebzehnjähriges Mädchen zum ersten Mal in einem Luxushotel übernachtet und so aufgedreht ist, dass sie sich alleine austobt.«

»Hmm, davon steht eigentlich nichts im Storyboard«, antwortete der Fotograf sichtlich verlegen.

»Man kann doch auch improvisieren, oder?«

Kaoru nahm einen kurzen Anlauf und sprang in das Kingsize-Bett. Der Fotograf erkannte die Absicht und brachte seinen Fotoapparat in Stellung. Kaoru fing an, im Bett auf und ab zu springen, und der Auslöser ratterte wie ein Maschinengewehr. Sie warf das Kissen gegen die Wand und trat es wie einen Fußball durch die Luft, als es zurückprallte. Sie zerraufte ihr Haar, tobte unbekümmert durch das Zimmer und stieß dabei seltsame Schreie aus.

Taktvoll schaltete jemand von der Crew den hotelinternen Radiokanal mit Popmusik ein und regelte die Lautstärke so, dass sie die Schreie übertönte. Kaoru sprang derweil zum Rhythmus der Musik durch das Zimmer.

»Ach ja, ich kann übrigens auch steppen. Wollen Sie mal sehen?«

»Hmm … ja gut, warum nicht.« Der Fotograf lächelte gequält. Auch die anderen Teammitglieder rangen sich zu einem Lächeln durch, wohl aus Pflichtgefühl.

Sie schlüpfte in Pumps und begann im großen Badezimmer zu steppen. Vom Marmorboden hallte das trockene Klacken der Schuhabsätze. Kaoru bewegte ihre Beine wie ein Profi. Sie hatte das in ihrer Zeit im Musicalensemble erlernt, und insofern war sie schon von anderem Kaliber als die Fernsehtalente mit ihren hastig erlernten Kunststückchen.

»Wirklich beeindruckend.«

»Gell?«

Stolz tanzte sie weiter. Auch das Fernsehteam ließ sich nicht lumpen und filmte. Sie waren bestimmt froh über die unerwartete Vorstellung, die sie ihnen bot. Wie wohl der Off-Kommentar zu dieser Szene aussehen würde? Sie wäre nicht unglücklich, wenn man sagen würde, »Frau Shiraki ist ein ulkiger Vogel«.

»Ok! Das war's für heute. Vielen Dank!«, sagte der Fotograf und die Mitarbeiter schüttelten sich gegenseitig die Hände.

Aber Kaoru hörte nicht auf zu tanzen, da sie sich gerade in der entscheidenden Phase des Fettverbrennungsprozesses befand. Da konnte sie einfach nicht aufhören.

»Kaoru, wir sind fertig«, sagte der ins Badezimmer kommende Mitsuyo.

»Ich tanze noch ein bisschen weiter.«

»Was redest du denn da? Die Kamera läuft mit!«, sagte er leise.

»Die sollen draußen warten. In zehn Minuten bin ich fertig.«

Sie steppte weiter und spürte, wie sich das Fleisch ihrer Oberschenkel und um ihre Hüften zu spannen begann. Auch ihre Konzentration nahm zu.

»Hahaha, dürfte ich alle bitten, in der Lobby zu warten. Frau Shiraki hat anscheinend eine Idee für eine neue Schrittfolge, die sie ausprobieren möchte.«

Mitsuyo lachte schallend, um von der gekünstelten Ausrede abzulenken.

»In der nächsten Dinnershow wird sie auch tanzen!«

Der Fotograf, seine Mitarbeiter und die Leute der Fernsehcrew schwiegen und wechselten vielsagende Blicke. Mitsuyo trieb sie hinaus und schloss die Tür.

»Kaoru, jetzt reiß dich endlich mal zusammen!«, schimpfte er mit rotem Gesicht. Sie ignorierte ihn und steppte weiter.

Schweiß begann von ihrem Körper zu perlen, und ein Wohlgefühl überkam sie. Ihr Körper freute sich, und zumindest die

Hälfte der Kalorien des Kuchens war bestimmt schon abtrainiert.

Mehr als zwanzig Minuten tanzte sie weiter und duschte sich anschließend auch gleich dort. Sie warf sich den Bademantel über und ging zurück ins Zimmer. Mitsuyo und Kumi warteten dort mit düsteren Gesichtern.

»Es ist keiner mehr da«, seufzte Mitsuyo.

»Wirklich?«

Ein stechender Schmerz durchfuhr Kaorus Brust.

Im Zimmer befand sich nur noch ihre persönliche Haar- und Modestylistin, die mit zu Boden gerichtetem Blick Kaorus durchschwitzte Kleider zusammenlegte.

»Tut mir leid«, entschuldigte sich Kaoru bei ihr, als sie näher kam.

»Ist schon gut«, schüttelte sie verlegen lächelnd den Kopf.

Kaoru ließ die Schultern hängen. Obwohl sie keiner gebeten hatte, hatte sie wie eine Wahnsinnige getanzt. Im Nachhinein betrachtet, hatte sie sich wie eine Verrückte benommen.

»Ich verstehe nicht, warum ein einziges Stück dich derart aus der Fassung bringt. Davon wirst du nicht dick. Du bist ein schlanker Typ und brauchst dir eigentlich keine Sorgen zu machen.«

Kaoru schwieg und schmollte. Schön, wenn es wirklich so wäre. Aber sicher konnte man eben nicht sein.

»Von jetzt an gehst du regelmäßig zu diesem Irabu.«

»Wie …? Nein, niemals. Der Typ spinnt doch.«

Auch sie war allerdings nicht ganz normal.

»Ich habe gehört, dass Irabu der behandelnde Arzt von Tanabe, dem ehemaligen Vorstandsvorsitzenden der *Dainippon Shinbun* und vom *Livefast*-Direktor Anpo gewesen ist. Der ist also eine ziemliche Koryphäe, wie du siehst.«

»Gleich und gleich gesellt sich gern. Da haben sich die Dummköpfe ein Stelldichein gegeben. Mehr nicht.«

»Egal, du gehst jedenfalls dahin.«

Als sie unten in der Empfangshalle ankamen, wartete dort das Fernsehteam von *Kontinent der Leidenschaft* auf sie.

»Jaa, das waren ja wirklich ein paar vergnügliche Szenen, die Sie uns da geboten haben«, sagte der Produktionsleiter mit verkrampftem Lächeln. »Als Nächstes steht ein Magazininterview auf dem Programm, oder?«

»Nein, das haben wir abgesagt. Wir fahren zum Krankenhaus eines Bekannten, um dort ein paar Tipps von einem Arzt einzuholen«, informierte sie Mitsuyo, als könne er kein Wässerchen trüben.

»Tipps von einem Arzt? Was soll das heißen?«

»Wir haben ein Angebot für die Hauptrolle in einem Film bekommen, wo Frau Shiraki eine Psychiaterin spielen soll. Bevor wir das Angebot annehmen, wollen wir uns ein bisschen bei einem Fachmann erkundigen.«

Mitsuyo war ein Meister der Lüge. Doch nun wollte der Regisseur auch diesen Abstecher in das Programm einbauen.

»Das wäre uns wirklich eine große Hilfe. Zurzeit haben wir noch nicht genügend Material für die Sendung, und für die Zuschauer wäre es auch interessant zu wissen, wie Schauspieler sich auf ihre Rollen vorbereiten.«

Anscheinend klang diese Idee auch für Mitsuyo attraktiv. Er ließ sich darauf ein.

»Du, die filmen doch hoffentlich nicht im Behandlungszimmer mit?«

»Wir lassen sie nur den Anfang filmen, und da schauspielerst du eben ein bisschen.«

Ohne auf ihren Protest einzugehen, drängte er sie ins Auto und rief von dort per Handy gleich Irabu an. Kaoru sah während der Fahrt nervös aus dem Fenster. Draußen vergnügten sich ein paar Grundschüler auf dem Nachhauseweg von der Schule. Seit einiger Zeit hatte sie selbst kaum Zeit gefunden, mit ihrer Tochter zu spielen. Sie seufzte. In einem Interview für eine Frauenzeitschrift hatte sie erst vor kurzem große Reden über Kindererziehung geschwungen.

Selbst ihre Rolle als Mutter diente der Steigerung ihres Ansehens, und insofern war das Dasein als Prominente ein attraktives Geschäft. Es gab auch welche, die Karriere machten, gerade weil man sie unsympathisch fand. Sie hatte einen Beruf, der ihr besondere Rechte gab, und deswegen kämpften sie alle verzweifelt, um möglichst lange in der Gunst des Publikums zu bleiben. Der Konkurrenzkampf in der Prominentenwelt war ein einziges erbittertes Stühlewegziehen.

Kaoru hatte ihren großen Durchbruch gehabt, da war sie schon über vierzig. Bis dahin hatte sie sich eine Position erkämpft, in der sie Hauptrollen angeboten bekam. Doch einen richtigen Popularitätsboom erlebte sie erst seit einigen Jahren. Ganz plötzlich saß sie auf dem goldenen Thron und wurde auch so behandelt. Dass sie nun das Zepter in der Hand hielt, lag daran, dass sie trotz ihres Alters jugendlich wirkte. Ihre Rivalinnen, die bis Mitte dreißig ihre Schönheit bewahren konnten, fielen auf einmal zurück. Es war nicht so gewesen, dass Kaoru dies vorausgesehen und dafür hart an sich gearbeitet hätte. Ihre Fitness und jugendliche Frische waren das Ergebnis zahlloser Tanzstunden in jungen Jahren. Es war, wie wenn Ersparnisse plötzlich unerwartet hohe Zinsen trugen.

Das Leben war ein Mysterium. Vor fünf Jahren hatte sie nicht im Traum an ihren jetzigen Erfolg gedacht. Sie hatte das Gefühl, bei einer persönlichen Leistungsfähigkeit im Bereich zehn die Wertung hundert erhalten zu haben. Sie fühlte sich nicht schlecht dabei, doch manchmal machte es ihr Angst.

Sie begann im Auto ihre Wangen zu massieren. Nur nicht schlaff werden, nur nicht schlaff werden, dachte sie unablässig.

In der Praxis angekommen sah sie, wie Irabu sich Gel in die Haare geschmiert hatte. Er trug dazu eine grelle Fliege, einen gestreiften Anzug und an den Füßen ein Paar Herrenschuhe mit extravaganter Farbkombination. Er sah aus wie ein fetter Harlekin.

»Wo sind denn die Kameras?«, kam er erwartungsvoll angesprungen.

»Die kommen später. Auf jeden Fall bitte ich Sie, es wie vorhin am Telefon besprochen zu machen. Zehn Minuten reichen vollkommen«, sagte Mitsuyo mit einer höflichen Verbeugung.

»Okay! Frau Shiraki befragt mich über den Beruf des Psychiaters. Toll! Jetzt trete ich also in der Sendung *Kontinent der Leidenschaft* auf. Ich werde berühmt!«

Irabu tollte wie ein Kind durch die Praxis, während Mayumi gelangweilt auf der Bank saß und eine Zigarette rauchte. Kumi setzte sich neben sie und meinte: »Du kannst ruhig auch ein bisschen kooperativ sein!«

»*Kontinent der Leidenschaft?* Ist das nicht ein bisschen peinlich?«, murmelte Mayumi. »Das ist doch eine von diesen Hauruck-Sendungen mit diesem schmierigen Off-Kommentar.«

»Also bitte! Pass auf, was du sagst.«

»Ist ein Auftritt in dieser Sendung so toll?«

»Kannst du dich ein bisschen zurückhalten, Mayumi? Es haben nicht alle deinen Nischengeschmack.«

»Sieh mal einer an. Bist du nun auch auf dem Kommerztrip, oder was?«

»Ehrlich gesagt, ich habe immer mehr den Eindruck, dass wir nicht mehr zusammenpassen.«

»Den Eindruck habe ich auch. Na gut, dann lösen wir die Band eben auf.«

»Von mir aus.«

Inzwischen war der Regisseur eingetroffen, und die Beleuchtung wurde eingerichtet. Irabu lachte über das ganze Gesicht und schlug auf dem Sessel seine kurzen Beine übereinander.

»Herr Doktor, könnten Sie mir etwas über Ihre Arbeit als Psychiater erzählen?«, fragte Kaoru im Plauderton.

»Tja, zunächst einmal muss man den Patienten genau zuhören. Wenn man sie dann ausgeschimpft hat, stellt man die Diagnose und …«

»Schnitt!«, unterbrach ihn der Regisseur.

»Herr Doktor, ein bisschen natürlicher, wenn es geht. Bleiben Sie locker«, sagte er, während er sich zu ihm runterbeugte.

»Ach so?«

»Ja, verhalten Sie sich einfach so wie immer.«

»Wenn das so ist, dann lass ich ihr gleich mal eine Spritze geben, hihi. Kommst du mal eben, Mayumi-chan?«

»Häh, ist das Ihr Ernst?«, verzog Mayumi das Gesicht, und fügte leise hinzu: »Am liebsten würde ich der 'ne Silikonspritze in die Augenwinkel verpassen.«

»Sag mal, willst du mit mir einen Krieg anfangen?«, sagte Kumi wütend.

»Du nervst. Warum lobst du eigentlich Frauen über vierzig, die einen auf jung machen, über den grünen Klee?«

»Sei du mal nicht so überheblich. In zwanzig Jahren bist du auch eine von denen.«

»ICH nicht.«

»Würden Sie beide vielleicht den Mund halten! Wir wollen hier drehen«, wies der Regisseur sie zurecht, um sich dann Irabu zuzuwenden. »Herr Doktor, das mit der Spritze lassen wir erst einmal. Sprechen Sie möglichst normal ….«

»Normal … hmm. Na gut. Also, die Arbeit eines Psychiaters besteht letztendlich darin, eine Art Kamerad für den Patienten zu sein.«

»Genau so! Machen Sie in dem Stil weiter.«

»Mit welchen Problemen kommen Patienten in letzter Zeit zu Ihnen?«, fragte Kaoru weiter.

»Tja, tendenziell Frauen im mittleren Alter wie Sie, Frau Shiraki. Frauen, die besessen sind von Anti-Aging, Frauen, die ihre Angst vor dem Älterwerden nicht mehr unterdrücken können, hahaha.«

Kaoru versuchte mitzulachen, brachte aber nur eine Grimasse zustande.

»Früher hatten die Leute keine Probleme mit dem Alter, doch seit die auf jugendlich getrimmten Promis den Bildschirm bevölkern, sind viele zunehmend von einem Jugendwahn besessen.«

Auf jugendlich getrimmt? Was fiel dem ein, das vor einer Frau über vierzig zu sagen?

»Aber Sie sind natürlich eine Ausnahme, Frau Shiraki. Sie wirken ganz natürlich.«

»Ja, das stimmt. Ich gebe mich so, wie ich bin.«

Der sollte ja mit diesem Thema aufhören, dachte sie und brachte ein Lächeln zustande.

»Da ist sie wieder, die alte Leier von der Natürlichkeit. Damit die Frauen vor der Glotze sich wohl fühlen können«, brummelte Mayumi von hinten.

»Jetzt reicht's mir aber! Von nun an will ich mit dir nichts mehr zu tun haben!«, sagte Kumi in unterdrückter Wut und erhob sich.

»Ich sage nur, was ich denke«, kratzte sich Mayumi am Kopf, als ob ihr das Gespräch lästig wäre.

»Ach so! Du würdest also auch jemanden mit Übergewicht ins Gesicht sagen, dass er dick ist?«

»Wenn er sich für schlank hält, ja! Punk ist schließlich mit dem Anspruch angetreten, die Lügen der Gesellschaft bloßzustellen.«

»Dann will ich dir mal was sagen. Mit deinen Liedtexten wirst du es niemals schaffen, groß rauszukommen. Die Worte, die du verwendest, stehen ja fast alle auf dem Index.«

»Das ist ja wohl jetzt nicht der Ort, um darüber zu sprechen.«

»Wir sind mitten in der Aufnahme! Was denkt ihr euch eigentlich?«

»Siehst du? Raus!«, deutete Mayumi mit dem Kinn in Richtung Tür.

»Du kommst gefälligst mit!«, giftete Kumi zurück.

Mit geradezu mordlüsternen Blicken verließen die beiden das Zimmer.

»Äah, wo waren wir stehengeblieben, Herr Doktor?«, versuchte Kaoru den Zwischenfall zu überspielen.

»Ich sprach gerade über die Anti-Aging-Obsession.«

»Ja, das stimmt. Was wäre denn Ihre Empfehlung?«

»Einen Handstand machen«, antwortete Irabu entspannt.

»Handstand?«

»Da schlaffe Backen ein Problem der Schwerkraft sind, kann man diese zu seinen Gunsten ausnutzen. Ich empfehle allen meinen Patienten Handstand, die unter solchen Problemen leiden.«

»Sie meinen das im Ernst?«, fragte Kaoru stirnrunzelnd.

»Natürlich, kein Witz!«, antwortete Irabu wie aus der Pistole geschossen. »Wer keinen Handstand kann, der soll sich halt von einer Stange baumeln lassen.«

Kaoru verfiel ins Grübeln. Das klang nicht unlogisch. Wenn man ein Jahr lang im schwerelosen Raum verbrachte, dann würde das Gesäß nicht mehr schlaff sein. Die Schwerkraft der Erde zog über lange Zeit das Fleisch der Frauen nach unten und ließ es schließlich welk werden.

Nun fielen ihr wieder ihre beiden Arme ein, deren Gewicht sie fühlte. Sie hob sie in die Höhe und betrachtete sie. So war das also. Auch in diesem Augenblick wurde das Fleisch nach unten gezogen. Als Nächstes betastete sie ihre Backen, zog nur leicht an ihnen und hatte doch eine Menge Fleisch in der Hand. Auch das wurde also unablässig von der Schwerkraft nach unten gezogen.

Es lief ihr kalt über den Rücken. Warum hatte sie sich in vierundvierzig Jahren nie über so etwas Selbstverständliches Gedanken gemacht?

»Wie viele Handstände sollte man Ihrer Meinung nach pro Tag machen?«

»Morgens, mittags und abends jeweils fünf Handstände à zwei Minuten«, antwortete Irabu mit einer Bestimmtheit, als ob die von ihm gegebenen Zahlen auf wissenschaftlicher Forschung basierten. Hatte sie sich in ihm getäuscht? War er vielleicht doch diese Koryphäe, wie man ihm nachsagte?

Kaoru begann wieder, zappelig zu werden. Die Zellen in ihr verlangten nach einem Handstand.

»Herr Doktor, ich möchte das gleich einmal ausprobieren. Wären Sie bitte so nett, meine Beine festzuhalten?«

»Gerne, kein Problem.«

Sie stand auf und machte einen Handstand vor Irabu, der auch sogleich ihre Beine ergriff. Das Blut schoss ihr in den Kopf.

»Kaoru, was machst du denn da?«, rief Mitsuyo erschrocken und kam herangesprungen. Er ging in die Hocke und sagte leise: »Hast du vergessen, dass die Kamera läuft?«

»Das fühlt sich gut an«, rief sie aus. Ihre Taille und ihre Brüste zeigten sozusagen nach oben.

»Lass doch den Unsinn, Kaoru.«

»Du nervst«, beschied sie ihm kurzerhand.

»Herr Doktor, was haben Sie da angerichtet?«, beschwerte er sich nun in Richtung Irabu.

»Aber Sie haben mir doch gesagt, ich solle mich wie immer verhalten. Das ist wie immer!«, meinte Irabu gut gelaunt.

Mitsuyo raufte sich die Haare und ging zum Fernsehteam.

»Lassen wir es heute damit bewenden, ja? Wenn Frau Shiraki sich derart in eine Rolle hineinsteigert, dann ist sie nicht mehr sie selbst, hahaha«, versuchte er den Regisseur zu überzeugen.

»Wieso denn, das gibt doch prima Material«, erwiderte dieser mit bemühtem Lächeln.

»Auf keinen Fall. Wir drehen an einem anderen Tag weiter.«

Mitsuyo stellte sich genau vor die Kamera und unterbrach die Aufnahme. Murrend zog das Fernsehteam ab.

Nachdem Kaoru fünf Mal hintereinander einen Handstand gemacht hatte, war ihr ganz heiß geworden. Sie hatte das Gefühl, als ob das Fleisch ihres ganzen Körpers gespannt und die Blutzirkulation besser geworden war. Eine Weile setzte sie sich auf den Boden und streckte ihre Beine in die Höhe.

»Ach, Kaoru. Jetzt bist du wieder völlig weggetreten«, seufzte Mitsuyo und sah um Jahre gealtert aus.

»Irgendwie ist mir jetzt alles egal geworden.«

»Wenn dir alles egal ist, warum überlässt du dann deinen Körper nicht seinem natürlichen Lauf?«

Kaoru gab darauf keine Antwort, sondern streckte sich auf dem Boden aus. Er hatte Recht. Anti-Aging war alles andere als natürlich. Menschen wurden älter, das war eine unumstößliche Tatsache. Aber sie war eine Schauspielerin, von der man verlangte, dass sie schön ist.

»Ja, selbst im Promigeschäft hat man's nicht leicht.«

Promigeschäft? Die Frauen ihrer Generation hatten große Erwartungen an sie, sahen in ihr ihre Träume verwirklicht. Sie konnte gar nicht anders, als ewig Kaoru Shiraki darzustellen.

»Herr Doktor, sagen Sie ihr doch, dass sie es nicht übertreiben soll«, bat Mitsuyo Irabu geradezu flehentlich.

»Wie ich schon sagte: warum nicht einfach mal etwas zunehmen, hihi.«

»Nein, doch nicht so …«

Sollte sie es tatsächlich mal versuchen? Aber nein, die Wirklichkeit sah anders aus. Ihr Körper gehörte nicht mehr ihr allein. Auch ihre Werbesponsoren hatte da ein Wörtchen mitzureden.

Eine Weile starrte Kaoru die Decke an.

4 —

Sie war zur Jubiläumsfeier eines berühmten französischen Modegeschäfts im Stadtteil Ginza eingeladen. Es war ein Stelldichein der Prominenten Tokios. Vor dem Eingang des Geschäfts war ein roter Teppich ausgelegt, und auch die Vertreter der Massenmedien waren zahlreich erschienen.

Solche Zusammenkünfte waren stets ein Barometer für die Beliebtheit der anwesenden Stars. Je heftiger das Blitzlichtgewitter, desto höher die Popularität.

Mit Rücksicht auf ihre Tochter ließ Kaoru sich in der Regel nicht auf Partys blicken, doch da sie von diesem Modedesigner Taschen und Kleider bekommen hatte, fühlte sie sich diesmal zu einer Teilnahme verpflichtet.

Was natürlich nicht bedeutete, dass sie an Aufwand sparte. Wenn sie in der Öffentlichkeit auftrat, musste sie ihrem Image gerecht werden. Sie hatte eine ausführliche Besprechung mit ihrer persönlichen Stylistin und entschied sich für ein schwarzes Kleid, auf dem ihr Schmuck gut zur Geltung kam. Ihre Beine wollte sie unverhüllt zur Schau stellen. Für diesen Tag überließ sie nichts dem Zufall.

Als sie auf dem roten Läufer entlangschritt, ergossen sich die

Blitzlichter über sie. Hohoho, lachte sie in ihrem Innern, während sie mit kleinen Verbeugungen nach links und rechts weiterging.

»Kaoru, du bist heute der Star des Abends«, hatte Mitsuyo mit einem Gefühl der Vorfreude gesagt. Kaoru war zufrieden.

Im Festsaal kamen der französische Firmenchef und der Manager des Ginza-Geschäfts zur Begrüßung zu ihr. Kaoru lächelte nach allen Seiten. Ja, ihr Status als Schauspielerin war hoch, fand sie sich bestätigt. Sie spielte in einer anderen Klasse als diese Unterhaltungsshowprominenten, die ihr Dasein nur in Infotainmentsendungen fristeten.

Als sie gerade mit einem Designer, den sie vom Sehen kannte, in eine gemütliche Unterhaltung vertieft war, wurde sie von einer älteren Schauspielerkollegin angesprochen, mit der sie einmal zusammen gespielt hatte. »Wir haben uns ja schon eine Ewigkeit nicht mehr gesehen!« Der Altersunterschied war nicht so groß, und so schüttelten die beiden sich die Hände.

Kaoru starrte auf das Gesicht ihrer Kollegin. Meine Güte, hatte die sich schon wieder einer Schönheitsoperation unterzogen? Ihre Wangen waren auf unnatürliche Weise gestrafft und sahen aus wie Reisklößchen. Diese Frau hatte schon früher Nase und Kinn den Künsten der plastischen Chirurgie anvertraut.

»Frau Shiraki, Sie sind immer noch so schön wie früher!«

»Das Gleiche kann ich von Ihnen sagen.«

Nach diesem unverfänglichen Geplauder ging sie weiter. Als Nächstes machte eine fünf Jahre jüngere Schauspielerin ihre Aufwartung. »Guten Abend, Frau Shiraki. Ist schon eine ganze Weile her seit unserer letzten Begegnung«, verbeugte sich diese in einem Kleid mit großzügigem Ausschnitt. Herrje, die hatte sich doch tatsächlich die Brust vergrößern lassen, und das mit fast vierzig Jahren. Ob ihr Herr Gemahl das einfach so hinnahm?

»Sie sehen auch heute wieder unglaublich sexy aus«, machte ihr Kaoru artig ein Kompliment.

»Aber Ihnen muss ich mich geschlagen geben, Frau Shiraki«, antwortete die andere mit nuscheliger Stimme.

Vor ihren Augen stolzierten die beiden hochgewachsenen Schwestern, die als Partygirls berühmt geworden waren. Ach du Schande!, schrie es in ihrem Innern. Mit ihren monsterhaften Oberweiten und Hüften sahen die beiden aus wie Cyborgs. Was würde in zehn Jahren aus ihren künstlich fabrizierten Körpern werden?

Kaorus Blick fiel auf ein Starlet, dass trotz ihrer knapp zwanzig Jahre ungewöhnlich mager aussah und mit düsterer Miene Wein trank. Allein der Anblick dieses ausgemergelten Körpers tat weh. Sie litt wohl unter Magersucht, dachte Kaoru besorgt über ihre junge Kollegin.

»Hallo, Kaoru-chan«, klopfte ihr ein Schauspielerkollege auf die Schulter, der früher oft in der Rolle des Liebhabers aufgetreten war, seine besten Zeiten aber schon hinter sich hatte. Unwillkürlich blieb ihr Blick an seinem Haaransatz haften. Aus seiner Haartransplantation konnte er kein Geheimnis mehr machen.

Die Welt der Stars war ein Jahrmarkt der Unnatürlichkeit. Um sich herauszuputzen, waren sie bereit, alles zu tun. Ein normaler Bürger konnte das starke Selbstbewusstsein und die Eitelkeit der Prominenten wohl kaum nachvollziehen. Wer in dieser Branche nach oben wollte, musste zu extremen Maßnahmen greifen.

Es war vielleicht gar nicht schlecht, dass sie gekommen war, gestand sie sich freimütig ein.

In der Mitte des Saales stand, umringt von mehreren Personen, ein dicker Mann. Es war Irabu. Aber warum …? Wieso …? Während sie sich diese Frage stellte, entdeckte auch Irabu sie. Er hob die Hand zum Gruß und rief mit lauter Stimme: »Hallo, Frau Shiraki. Sind Sie auch schön fleißig beim Handstand machen?«

Alle drehten sich nach ihr um. Erschrocken eilte sie zu Irabu.

»Was machen Sie denn hier?«, fragte sie leise und starrte ihn böse an.

»Na ja, ich bin ein guter Kunde und mein Vati besitzt auch Aktien von dieser Firma.«

»Aha.«

Auf einmal fühlte sie sich wieder so matt.

»Herr Irabu, Sie sind auch ein Bekannter von Frau Shiraki, wie man sieht«, sagte eine Frau mit leuchtenden Augen, die den Eindruck einer Lebedame aus reichem Hause machte.

»Ja, ich bin der Hausarzt von Frau Shiraki.«

»Sind Sie nicht!«, widersprach Kaoru energisch.

»Ich bin im gleichen Alter wie Frau Shiraki und ich würde gerne wissen, wie Sie es schaffen, so jung zu bleiben.«

Wie? Die Frau war so alt wie sie selbst? So sahen also Frauen über vierzig aus. Schockiert schaute Kaoru den faltigen Hals der Frau an.

»Ich? Nein, ich mache eigentlich gar nichts«, winkte sie mit einem Lächeln ab.

»Frau Shiraki führt stets einen Heimtrainer mit sich rum und macht regelmäßig Handstände …«

»Immer zu Scherzen aufgelegt, der Herr Doktor, hahaha …«, unterbrach ihn Kaoru und trat ihm auf den Fuß.

Da erschien die Kawamura, mit der Kaoru zusammen die Drehbuchprobe für das zweistündige Fernsehdrama hatte.

»Guten Abend«, verneigte sie sich vor der Lebedame, die anscheinend so etwas wie eine Gönnerin für sie war.

»Wie schön, dass ich die Anwesenheit von gleich zwei blühenden Schönheiten genießen kann«, sagte die Madame hochzufrieden.

Kawamura unterzog rasch die Garderobe von Kaoru einer Überprüfung. Kaoru tat mit gleichgültigem Gesicht dasselbe.

Gewonnen! Netzstrümpfe waren ein Beweis, dass die Kawamura keinen Mut hatte, Bein zu zeigen! Nach einer kurzen Begrüßung wollte sie weitergehen, als auf einmal ein affektierter Mann im mittleren Alter mit einem Teller voller Essen ankam.

»Ich habe für euch Hübschen erstklassiges Roastbeef und Thunfischfilet besorgt.«

»Idiot. Glaubst du, Schauspielerinnen essen solche kalorienhaltigen Sachen?«, kanzelte die Lebedame ihren Ehemann ab. »Was glaubst du, wie wir mit diesem Essen unsere Figur halten sollen?«

»Also ich bediene mich, wenn's recht ist«, meinte die Kawamura lächelnd. »Ich liebe Roastbeef und Thunfisch.« Sie nahm ein Paar Stäbchen und begann zu essen.

Natürlich tat sie so als ob. Kaoru musste an das von Kawamura mitgebrachte Essen vor Kurzem denken, das aus Salat und einem einsamen Reisbällchen bestanden hatte.

»Ich lasse mich auch nicht zweimal bitten«, meinte nun auch Kaoru, die ihrer Rivalin nicht nachstehen wollte. »Hmm, lecker«, schlang sie das mit dicker Soße übergossene Fleisch in sich hinein.

Die Blicke von Kawamura und Kaoru trafen sich, wobei aus Kawamuras Augen wütende Blitze schlugen.

»Siehst du! Die Schönheit von Schauspielerinnen ist ein Geschenk der Götter«, meinte der Ehemann triumphierend.

Was fiel dieser Kawamura ein, sich so aufzuspielen? Als ob sie für Kaoru eine ernstzunehmende Rivalin wäre. Als die anderen Männer die offensichtlich vergnügt schmausenden Frauen sahen, kamen auch sie mit den verschiedensten Speisen, die sie den beiden anboten.

Waren die noch bei Sinnen?, dachte Kaoru. Ihr Problem war,

dass sie sich immer verpflichtet fühlte, freundlich zu sein und der Erwartungshaltung ihrer Umgebung gerecht zu werden. Sie warf Irabu einen Blick zu, der Verständnis ausdrücken sollte. Ja, Irabu, jetzt sitzen wir im selben Boot und müssen durchhalten. Irabu jedoch mampfte munter weiter.

Endlich hatte sie ihre Portion vertilgt. Uff, so viel auf einmal hatte sie schon lange nicht mehr gegessen. Ein tiefer Seufzer entfuhr ihr. Sollte sie sich an Irabus Empfehlung halten und es mal darauf ankommen lassen? Vielleicht nahm das doch den Druck von ihr, unter dem sie sich die ganze Zeit befand.

Irabu hörte nicht auf zu essen, als wäre er ein Bär kurz vor dem Winterschlaf. Er stopfte sich drei Frühlingsrollen auf einmal in den Mund, worauf eine ganze Gruppe Frauen heftig klatschte. War dieser Mensch noch ganz bei Trost?

Eine ehemals große Schauspielerin ging an ihr vorüber. Kaoru begrüßte sie. Die Schauspielerin warf ihr einen langen Blick zu, wandte sich schließlich verächtlich ab und ging weiter.

Solche gab es eben auch. Schon über sechzig, aber geschminkt wie ihre eigene Tochter und in einem Kleid, das mehr Haut freiließ, als man sehen wollte.

Die Frauen hier taten, was sie konnten. Um den Lauf der Zeit anzuhalten, waren sie zu jedem Opfer bereit. Aus Sicht der jungen Frauen gehörte wohl auch Kaoru zu diesen Verzweifelten.

Irabu aß eine Melone, als ob er auf einer Mundharmonika spielte. Bei dieser Vorstellung klatschten nun auch einige ausländische Gäste begeistert.

Immer mehr Leute strömten zusammen, um das Spektakel Irabu zu sehen. Es war fast wie bei einem Straßenkünstler.

Irabu versuchte sich nun im Champagner-Schnelltrinken. »Oh!«, geriet die Menge in Aufruhr und Irabu warf sich stolz in die Brust.

Er belegte ein Baguette mit Nudeln und stopfte es sich in den Mund. Applaus brandete auf. In beiden Händen hielt er Fleischspieße und biss herzhaft hinein. Alle lachten, und in dem Moment fiel Irabu nach hinten um.

Das gab's doch nicht! Kaoru stand hastig auf und lief zu ihm hin.

»... ich krieg keine Luft ...«, stöhnte Irabu und verdrehte die Augen nach oben. Etwas schien ihm im Hals zu stecken.

»Sind Sie noch ganz dicht? Das ist doch ungesund!«

Kaoru rief ein paar kräftig aussehende Männer. Zu viert trugen sie Irabu raus auf den Flur, legten ihn auf eine Bank und klopften ihm fest auf den Rücken.

»Herr Doktor, was haben Sie sich eigentlich dabei gedacht?«

»Aber alle haben sich doch so gefreut ...«, schmollte Irabu wie ein gescholtenes Kind.

»Aber es ist Ihr Magen und Sie müssen selbst wissen, wie viel Sie vertragen.« Er tat ihr leid und sie gab ihm etwas Wasser.

»Irgendwie wollte ich die Erwartungen nicht enttäuschen und habe dabei wohl übertrieben.«

»Na ja, da bin ich nicht viel besser«, sagte Kaoru leise. »Wenn ich gesagt bekomme, wie jung ich aussehe, ohne was dafür zu tun, dann fühl ich mich verpflichtet, diese Rolle zu spielen.«

»Ja, gegen ein Image ist schwer anzukämpfen.«

»Passen Sie besser auf, dass Sie nicht auch in so einer Falle landen.«

»Einmal würde ich schon einmal gern die Erfahrung machen, berühmt zu sein und bewundert zu werden.«

»Kann ich verstehen.«

Irgendwie wich die Anspannung aus ihren Schultern. Letztendlich blieben ihr in ihrer gegenwärtigen Position noch gute fünf Jahre, das war ihr bewusst. Sie war nicht so leichtsinnig zu glauben, dass dieser Boom ewig dauerte. Fünf Jahre wollte sie noch durchhalten. Sie war Schauspielerin und es war ihr Job, Träume zu verkaufen.

Irabu hatte sich wieder erholt, und Kaoru beschloss, nach Hause zu fahren. Lange aufbleiben war schlecht für ihr Aussehen. Zu Hause wollte sie noch ein bisschen Aerobic machen, um die Kalorien des Roastbeefs abzuarbeiten.

Sie ging zur Toilette und frischte ihren Lippenstift auf, als sie hörte, wie sich jemand in einer der Kabinen übergab. Die Würgegeräusche waren bis vor die Tür zu hören, und man hatte den Eindruck, dass dieser Jemand mit dem Finger nachhalf.

Hastig verließ Kaoru die Toilette. Sie wollte nicht wissen, wer das war. Sollte das die Kawamura gewesen sein, dann wäre das auch für Kaoru nur schwer zu ertragen.

Als sie ins Freie trat, warteten dort schon eine ganze Menge Schaulustige.

»Guck mal, Kaoru Shiraki! Ist die schön! Und sieht so jung aus!«, hörte sie die Rufe.

Automatisch straffte sie ihren Rücken und schritt majestätisch zum wartenden Auto.

An einem arbeitsfreien Tag hatte Kumi mit ihrer Band ein Livekonzert. Kaoru beschloss, dort heimlich einen Besuch abzustatten, da sie erfahren wollte, was für Musik die jungen Leute heutzutage machten. Da sie aber keinen Mut hatte, allein die Konzerthalle zu betreten, nahm sie ihre Tochter mit, die darüber hocherfreut war.

Sie verkleidete sich mit einem Hut und einer Brille mit Fensterglasern. Um nicht aufzufallen, hatte sie ein normales T-Shirt und Bluejeans angezogen. Auch auf Make-up verzichtete sie und fühlte sich so nackt wie ein Samurai, der sein Schwert versetzt hatte. In einer Ecke des Saales machte sie sich so klein wie möglich.

Kumis Band bestand aus vier Musikerinnen. An der Gitarre Mayumi, am Bass Kumi, und die beiden anderen waren die Schlagzeugerin und die Sängerin.

Kaoru fielen fast die Augen aus dem Kopf, als sie sah, wie die jungen Frauen gekleidet waren. Sie trugen mit Nieten versehene Ledermonturen, bestehend aus BH und Hose. Zum ersten Mal sah Kaoru, dass Kumi im Bauchnabel gepierct war. Alle vier trugen Frisuren à la Nina Hagen und ihre Jugendlichkeit hatte etwas Gewalttätiges an sich. Kaoru war beeindruckt.

Die Band spielte Punkrock und das Publikum begleitete den harten Beat mit zuckenden Köpfen und Pogosprüngen. Kaoru sorgte sich ein wenig um ihre kleine Tochter, die spitze Schreie ausstieß und begeistert mitsprang. Wenn sie größer war, würde sie sich hoffentlich nicht mit dieser Art von Jugendlichen abgeben, war zumindest der mütterliche Wunsch von Kaoru.

Die Sängerin der Band stellte den nächsten Song vor.

»Die nächste Nummer ist neu und stammt von Mayumi. Der Titel heißt *Auf jung getrimmt*. Yeah!«

Kaoru hatte in dem Augenblick eine ungute Vorahnung.

Auf jung getrimmt,
Auf jung getrimmt,
Mit vierzig noch von Liebe lallen,
Auch wenn schon längst die Titten fallen.
Alte Schachtel: Du kotzt mich an!

Auf jung getrimmt,
Auf jung getrimmt,
Die Falten natürlich nach hinten gezogen,
Die Pagenfrisur erstunken und erlogen.

Alte Schachtel: Du hast 'ne Macke!
Wah, wah, auf jung getrimmt,
Hey, hey, wir ham ja Frieden.
Aber haste wirklich nix anderes zu tun?

Kaoru wäre am liebsten in Ohnmacht gefallen. Was war denn das für ein erbärmliches Lied! Aber die jungen Frauen auf der Bühne präsentierten es breitbeinig und selbstbewusst.

»Hahaha«, lachte Nao fröhlich. Sie hätte die Kleine wohl doch besser nicht mitbringen sollen.

Ach je!, ließ Kaoru den Kopf hängen. Jugendliche sind grausam, weil sie vor nichts Angst haben.

Nach einer Weile beruhigte sie sich wieder etwas. Kumi und Mayumi hatten eigentlich eine gute Figur auf der Bühne gemacht.

Beneidenswert war sie, die echte, unverfälschte Jugend.

Nun sprang auch sie mit ihrer Tochter durch den Saal, bis ihr der Schweiß von der Stirn rann.

Bürgermeisterwahl

1 ___

Als Ryōhei Miyazaki dabei war, am Computer die Namensliste der Bürger im Seniorenalter einzugeben, klopfte ihm Bauabteilungsleiter Isoda von hinten auf die Schulter. Er beugte sich zu ihm runter und flüsterte Ryōhei mit seinem übelriechenden Atem zu: »Heute Abend haste doch frei, oder?«

Sofort verschlechterte sich Ryōheis Laune. »Tut mir leid, heute Abend bin ich zu einer Seniorenversammlung gerufen worden …«

Da er keine Lust hatte, Isoda Gesellschaft zu leisten, griff er augenblicklich zu dieser Notlüge.

»Versammlung? Dass ich nicht lache. Ist doch eh nix anderes als ein Karaokeabend unter alten Knackern. Das kannste auch einen Sozialarbeiter machen lassen. Alles klar? Also dann, um sechs im *O-tafuku*. Direktor Iwata vom Wahlverein und Herr Tsudahara von der Fischereigenossenschaft sind an einem Treffen interessiert.« Isoda machte Anstalten, ihm die Schulter zu massieren, und packte zu.

»Autsch!«, schrie Ryōhei auf und war sofort peinlich berührt von seiner Unbeherrschtheit.

»Da biste schon neun Monate hier auf der Insel und da sollteste dich allmählich mal entscheiden.« Isoda verzog höhnisch den Mundwinkel und starrte ihn herausfordernd an.

Ohne seine Dienstuniform würde Isoda mit seinem dunklen Gesicht und seinem Bürstenschnitt aussehen wie ein Fischer.

»Wer sich nich entscheiden kann, mit dem wird's bös enden.«

Mit diesen Worten versetzte ihm Isoda einen Klaps auf den Hinterkopf.

Die Insel Senju, die vor der Küste der Izu-Halbinsel wie ein Klecks im Meer lag, gehörte verwaltungsmäßig zu Tokio, doch der Dialekt war ähnlich dem von Westjapan. Es hieß, die Insel habe als Strafkolonie gedient, auf die in der Edo-Periode verurteilte Verbrecher von der Pazifikseite Japans verschickt worden waren. Wohl aus diesem Grund war das Gemüt der Inselbewohner ausgesprochen schlicht. Wenn man ohne ersichtlichen Grund lächelte, hieß es gleich: »Is' was?«

Leise seufzte er und schaute auf. In der Verlängerung seines Blicks stand sein direkter Vorgesetzter in der Abteilung für allgemeine Angelegenheiten, der Abteilungsleiter Muroi, der ihn mit zusammengekniffenen Augen ansah. Ohne etwas zu sagen, winkte er ihn mit dem Kinn zu sich. Was will der von mir?, dachte Ryōhei und ging zu Murois Platz am Fenster. Der lehnte sich tief in seinen Stuhl zurück, dass es quietschte, und fragte:

»Was hatt'n der Isoda von dir gewollt?«

»Er hat mich gefragt, ob wir heute Abend einen trinken gehen«, antwortete Ryōhei offen.

»Kommt gar nich' in die Tüte. Klaro?«, sagte Muroi in einem Ton, der keinen Widerspruch duldete. Er trug eine Kurzhaardauerwelle, und sah man ihn in privater Kleidung auf der Straße, könnte man glauben, einen Yakuza vor sich zu haben.

»Kann ich sagen, dass Sie dagegen sind?«

»Idiot. Deinen Arsch wischste dir gefälligst selber ab!«

»Meinen Arsch …?« Ryōhei machte böse Augen. »Ich habe doch gar nichts gemacht.«

»Nix zu machen ist am schlimmsten, zumindest hier auf dieser Insel.«

Muroi lachte hämisch, zündete sich eine Zigarette an und blies den Rauch in Richtung Zimmerdecke. In dem Rathausgebäude, das in seiner Pracht überhaupt nicht zu dieser abgelegenen Insel passte, herrschte noch kein Rauchverbot. Aufgrund der vielen starken Raucher hatte die ursprünglich weiße Wand angefangen, eine gelbliche Farbe anzunehmen.

An dieser Wand hing ein druckfrisches Poster:

Mit vereinten Kräften – für eine saubere Wahl
Der Senju-Wahlausschuss

Das Plakat war so verlogen, dass man noch nicht einmal Lust bekam, Witze darüber zu machen. Heute wurde die Bürgermeisterwahl angekündigt, die alle vier Jahre stattfand. Die Wahl auf Senju war berühmt für ihre Härte. Jedes Mal spaltete sich die Bevölkerung in das Lager des ehemaligen Bürgermeisters und das des gegenwärtigen Bürgermeisters, die sich beide auf das Heftigste bekämpften. Auf der Insel durfte man nicht abseits stehen, was sich auch in einer Wahlbeteiligung von fünfundneunzig Prozent niederschlug.

»Übrigens kommt morg'n der neue Doktor. Den nimmste in Empfang und regelst das entsprechend, klaro?«

»Ja, schon …«

»Deichsel das so, dass er sich hier als Einwohner meldet. Jede Stimme zählt.«

»Aber der bleibt doch nur zwei Monate!«

Als Ryōhei zu seinem Platz zurückkehrte, meldete sich sein Magen mit stechenden Schmerzen. Wenn er den Arzt zu seiner neuen Praxis gebracht hatte, würde er sich erst einmal selbst untersuchen lassen. Seit einigen Tagen verspürte er keinen Appetit mehr, da die beiden feindlichen Lager ihn unablässig bedrängten, sie zu unterstützen.

Der vierundzwanzigjährige Ryōhei stammte aus Setagaya in Tokio und hatte bisher ein untadeliges Leben geführt. Bis zum Universitätsabschluss war er auf öffentliche Bildungseinrichtungen gegangen, und seine Leistungen bewegten sich stets über dem Durchschnitt. Er bestand erfolgreich die Prüfung zum Beamten und bewarb sich bei der Stadtverwaltung von Tokio. Den Beruf des Beamten hatte er deshalb ergriffen, weil er am ehesten seinem Charakter entsprach, wie er glaubte. Ellenbogenstoßender Wettbewerb oder auffallen um jeden Preis waren seine Sache nicht. Er wollte kein Leben führen, in dem es sich nur ums Geldraffen drehte. Weil er als Kind gesehen hatte, wie sein Vater mit seinem Geschäft bankrott ging, war es ihm ein natürliches Herzensbedürfnis, solide und erdverbunden zu leben. Sein Professor hatte ihm einmal gesagt: »Obwohl Sie noch jung sind, haben Sie keine Ambitionen.« Ryōhei hatte diese Kritik nicht besonders gestört. Wenn alle Menschen nur ehrgeizig wären, würde es in der Gesellschaft drunter und drüber gehen.

In der Stadtverwaltung Tokio wurde er der Abteilung für Wohlfahrt und Gesundheit zugeteilt und war in erster Linie zuständig für die Ordnung des Gesundheitswesens und Systemreformen. Als Neuling wurde er allerdings nur mit Zuträgerarbeiten betraut. Seine Gespräche mit Ärzten und Patienten waren interessant gewesen und hatten ihn viel gelehrt. Wenn eine dringende Bitte an ihn herangetragen wurde, empfand er einerseits seine eigene Bedeutungslosigkeit, doch gleichzeitig entbrannte in ihm auch die heilige Pflicht, etwas zu tun. Auch wenn die Beamten immer wegen irgendetwas in der öffentlichen Kritik standen, war er stolz auf seine Arbeit. Er hatte vielleicht keinen persönlichen Ehrgeiz, doch hatte er zumindest ein Gewissen.

Und in diesem, seinem dritten Jahr, wurde er von der Personalabteilung auf diese abgelegene Insel versetzt. Normalerweise fiel das in die Zuständigkeit der allgemeinen Abteilung, doch war man in den oberen Etagen auf die Idee verfallen, die jungen Beamten mehr Erfahrungen sammeln zu lassen, und die Wahl fiel auf Ryōhei. So landete er schließich im Rathaus auf Senju bei der allgemeinen Abteilung. Seine Dienstzeit hier betrug zwei Jahre. Als man ihm das mitteilte, zögerte er zunächst, sagte aber am folgenden Tag zu. Wenn er schon gebeten wurde, dann erwartete man offensichtlich auch einiges von ihm. Außerdem hatte er bis dato stets bei seinen Eltern gewohnt und wollte mal wissen, wie es war, alleine zu leben. Eine kleine einsame Insel hatte für das Großstadtkind Ryōhei zudem etwas Romantisches.

Die Insel mit ihren 2500 Bewohnern war ein geruhsames Fleckchen, wo Fischer und Bauern lebten. Einen Flughafen gab es nicht, und die einzige Verbindung zur Außenwelt war ein Linienschiff von Ōshima, der größten Insel, der Izu-Inselgruppe. Das Rathaus war mit nur vierzig Mitarbeitern eine kleine Behörde und Ryōhei war das Mädchen für alles.

Als er er dort ankam, überraschte ihn die perfekte Infrastruktur auf dieser einsamen Insel. Die Straßen waren sauber asphaltiert, und es gab von Bäumen gesäumte Gehwege. Auch die Bibliothek und die Sporteinrichtungen befanden sich in einem erstklassigen Zustand. Da sie allerdings nur von wenigen Bürgern genutzt wurden, waren die Unterhaltungskosten beträchtlich. Alle Einrichtungen auf der Insel schrieben rote Zahlen.

»Das weißte doch selbst am besten. Wir sind hier 'n Gebietskörperschaftssteuer-Sonderbezirk. Wir wär'n ja schön blöde, wenn wir unser Budget nicht bis auf den letzten Yen verbrauchen«, meinte Muroi und lachte feist.

Das ganze Rathaus rechnete fleißig mit dem Etat, und Anzeichen für eine Reform waren nicht zu bemerken. Man hatte einfach kein Bewusstsein für die Kosten.

Natürlich fühlte sich Ryōhei unangenehm dabei, passte sich aber letzten Endes doch an. Auf sich alleine gestellt, konnte er ohnehin nichts bewirken. Abgesehen davon war das wohl auf dem Land so üblich. Aus der Perspektive des Großstädters die Belange der Provinz zu diskutieren, war ein Zeichen für Überheblichkeit. Nur bei seiner eigenen Arbeit wollte er nicht schludern. Wenn Reformen nötig wären, würde er sie nach eigenem Ermessen in Angriff nehmen.

Nach einer Weile bemerkte Ryōhei etwas Merkwürdiges. Die Rathausangestellten teilten sich ganz deutlich in zwei Gruppen. Cliquen gab es immer und überall, aber hier hatte der Antagonismus eine andere Dimension angenommen. Die Vertreter beider Lager mieden sich so grundsätzlich, als würden sie zu einer anderen Spezies gehören. Isoda von der Bauabteilung und Muroi von der allgemeinen Abteilung sprachen nicht einmal miteinander. Muroi schimpfte ohne Hemmungen über den Bürgermeister, der selbst wiederum seinen Verleumder keines Blickes würdigte. Es war, als würden zwei Jugendbanden miteinander in Fehde liegen.

»Diese Insel befindet sich in einem Krieg. Zwischen Ogura und Yagi«, hatte ihm eine ältere Frau zugeflüstert, die Teilzeitkraft in der Rathauskantine war. Takeshi Ogura, dessen gesamte Familie ein Baugeschäft betrieb, war der gegenwärtige Bürgermeister, und Isamu Yagi, dessen Schwiegersohn als Chef einer Baufirma fungierte, war der ehemalige Bürgermeister.

»Das geht jetzt schon seit sechzig Jahren so. Die beiden Bauunternehmen reißen sich dauernd um öffentliche Bauvorhaben«, meinte die Alte mit fröhlichem Gesicht weiter und gluckste mit wackelnden Schultern wie ein Zeichentrickfilmhund.

Sie sagte ihm, dass schon seit der Nachkriegszeit der Posten des Bürgermeisters stets unter diesen beiden Familien ausgemacht worden sei. Bei jedem Amtswechsel wurden sofort die Machtverhältnisse von oben nach unten gekehrt.

Unter einem Bürgermeister Yagi war Muroi Leiter der Bauabteilung und Isoda wurde zum Schulspeisungszentrum versetzt. Es gab in der Vergangenheit auch Beispiele, wie jemand vom stellvertretenden Bürgermeister zum Straßenreiniger degradiert wurde. Die Verteilung von Bauvorhaben blieb, wie auch gar nicht anders zu erwarten, in der eigenen Familie, und die Gegenseite musste sich mit Zulieferaufträgen zufriedengeben. Ein Ende dieser Vergeltungsmaßnahmen war auch in Zukunft nicht abzusehen.

»Und keiner macht etwas dagegen?«, wunderte sich Ryōhei.

»Ach, i wo, das ist doch schon Tradition, da kamma nix mache«, winkte die Alte ab, die im Übrigen zur Ogura-Fraktion gehörte. Der Grund dafür war ihr Mann, der als Fischer arbeitete und dessen Genossenschaft großzügig von Ogura unterstützt wurde, wie die Alte freimütig zugab.

Nun begann bald auf dieser Insel die Wahl.

»Hey, Miyazaki! Du glaubst doch nicht, nur weil de von den hohen Herrn aus Tokio geschickt wurd'st, dass de dich einfach raushalt'n kannst!«

In der Kneipe *O-Tafuku* wurde Ryōhei von dem schon angetrunkenen Isoda am Ohr gezogen. Gerade als er auf dem Weg nach Hause war, hatte man ihn auf dem Parkplatz abgepasst und hergezerrt.

»Ja, ja, die Tokioter ham keinen blassen Dunst vonner Wahl auf 'ner abgelegenen Insel. Stimmenthaltung ist hier 'ne andere Form von Wahlbetrug.«

Tsudahara von der Fischereigenossenschaft starrte ihn mit roten Augen an. Obwohl Senju eigentlich Teil von Tokio war, taten die Menschen hier so, als ob sie die Stadt nichts anging. Da sie durch das weite Meer getrennt waren, sahen sie sich selbst nicht als Stadtbewohner.

»Ich habe doch gar nicht gesagt, dass ich mich enthalte«, erwiderte Ryōhei zaghaft.

Schon über eine Stunde wurde er von allen Seiten bearbeitet.

»Tja, wem gibst du dann deine Stimme? Unserm Ogura oder Yagi, dem alten Arsch?«

»Da muss ich erst einmal hören, welche Politik die beiden vertreten, und werde dann den wählen, der mich am meisten überzeugt …«

»Scheiß drauf!«

Diesmal bekam er eine Kopfnuss von Direktor Iwata, der eine Baufirma betrieb und gleichzeitig Vorsitzender des Wahlfördervereins war.

»Was soll'n das heißen? Politik …«

»Gibt es etwa keine Politik?«

»Du raffst wirklich gar nix. Unser Ogura bringt den Hafen auf Vordermann, und der Ascheimer Yagi baut 'ne landwirtschafliche Versuchsanbaufläche. Das isses, und sonst nix. Was du red'st, ist doch Kinderkacke.«

»Aber ich bitte Sie … Was wollen Sie denn von mir? Ich bin doch nur zwei Jahre hier und habe von Tuten und Blasen keine Ahnung.«

»Interessiert doch kein Schwein. Stimme ist Stimme.«

»Genauso isses.«

Alle drei nickten mit ernsten Gesichtern.

Ryōhei seufzte tief und nahm mit den Stäbchen etwas Essen von seinem Teller. Mit dem Meer vor der Haustür war der Fisch frisch, wie man ihn in Tokio nicht kriegen konnte. Ununterbrochen bekam er Sake nachgeschenkt, und es blieb ihm nichts anderes übrig, als weiterzutrinken.

»Aber meine Stimme ist doch nur ein Tropfen auf den heißen Stein«, gab Ryōhei vorsichtig zu bedenken.

»Das hab ich doch schon erklärt. In der letzten Wahl ham wir gerade mal mit fünf Stimmen Unterschied gewonnen. Das hat uns 'nen ganz schönen Schrecken eingejagt. Um ein Haar hätten wir noch vier weitere Jahre diese Trantüte Yagi ertragen müssen.«

Isoda hob die Sakeflasche in die Luft und schwenkte sie in Richtung Küche.

»Noch eine!«

»Iso-yan hat in den vier Jahren, wo Yagi Bürgermeister war, den Reislöffel geschwenkt. Verstehst, was das heißt? Ein fünfzigjähriger Mann muss Grund- und Mittelschülern das Essen ausgeben, so sieht's aus!«, sagte Tsudahara mit rotem Gesicht und beugte sich zu Ryōhei.

»Hör mal zu, was ich zu erzählen hab«, mischte sich Iwata ein. »Mich ham die Kerle vier Jahre lang nur kleine Drecksarbeit machen lassen. Mein Umsatz hat sich um die Hälfte verringert. Ich musste meine Bagger verpfänden und ein Leben auf Pump führen.« Offensichtlich kamen Iwata die Erinnerungen an diese Zeit gerade wieder hoch. Wütend spuckte er die letzten Worte geradezu aus. Seine Frau war offensichtlich Oguras jüngere Schwester, und insofern gehörte er zur Familie.

»Aber wenn ich das so höre, dann befindet sich doch nun Yagi und sein Gefolge in derselben Lage wie Sie zuvor. Sie sollten allmählich mal daran denken, zu einer friedlichen Einigung zu kommen.«

»Blödsinn! In einem Krieg heißt es nur gewinnen oder verlieren.«

»Weißt du, was der Schwanzlurch Yagi mit einem macht, der Mitleid zeigt?«

»Genau, diese Drecksau …«

Die drei begannen nun durcheinander auf den anderen Kandidaten zu schimpfen. Wie dem weiteren Verlauf des Gesprächs zu entnehmen war, hatte es offensichtlich früher einen jungen Mann gegeben, der diese ewige Fehde nicht mehr mitansehen konnte und sich selbst als Gegenkandidat aufstellte. Doch entfielen nicht einmal hundert Stimmen auf ihn und nicht nur das. Er wurde mehr oder weniger aus der Gemeinschaft ausgeschlossen und musste die Insel verlassen. Eine Entscheidungsschlacht lag wohl im allgemeinen Interesse der Inselbewohner.

»Übrigens, was passiert eigentlich, wenn ich mich für einen Kandidaten entscheide und der verliert?«, fragte Ryōhei vorsichtig.

»Dann wirste den Rest deiner Dienstzeit keine Freude mehr haben.«

»Genau, dann heißt's rauf auf den Berg und die Wege instandsetzen.«

»Aber ich bin doch nur zeitweilig hierherversetzt!« Vor lauter Entsetzen überschlug sich seine Stimme.

»Interessiert keinen. Wir ham hier extraterritoriale Rechte.«

Der Sake kam auf den Tisch, und weiter wurde er zum Trinken animiert. Allmählich wurde sein Kopf immer gefühlloser.

Extraterritoriale Rechte… Ryōhei ließ sich das Wort im Mund zergehen. Als er am Vortag mit seinem ehemaligen Vorgesetzten in der Stadtverwaltung telefoniert und über die Zustände hier geklagt hatte, lachte der nur und meinte: »Aha, es hat also schon angefangen.« Er ging nicht weiter auf ihn ein. Unrecht war selbstverständlich. Ogura und Yagi waren beide wegen Bestechung je einmal verhaftet worden. Die Stadt Tokio hatte also aufgegeben, noch etwas bewirken zu wollen.

»Ach ja, Miyazaki. Der Arzt, der da morgen kommt, is der bereit, sich bei uns registrieren zu lassen?«, fragte Iwata.

»Das hat mich Herr Muroi auch schon gefragt. Bei gerade einmal zwei Monaten hier auf der Insel denke ich kaum, dass er das macht.«

»Ist das wie immer einer aus der Medizinischen Hochschule Jichi?«

»Nein, diesmal ist es ein privat praktizierender Arzt. Das Krankenhaus heißt Irabu-Poliklinik. Er kommt offensichtlich mit seiner Krankenschwester.«

»Oho, welche Ehre wird uns da zuteil. Da müssen wir ja gleich mal 'ne Empfangsparty organisieren.«

Wahrscheinlich würde es zwei geben, eine von der Ogura- und eine andere von der Yagi-Fraktion.

»Also, ich möchte mich dann allmählich zurückziehen, wenn es recht ist«, erhob sich Ryōhei.

»Idiot! Du gehst nich, bevor die Flasche hier leer is.«

Iwata zog ihn am Ärmel zurück, und wieder gluckerte der Sake aus der Flasche in seine Reisschüssel. Allein von Zusehen wurde ihm übel.

»Also, runter damit!«

Da er endlich nach Hause wollte, beschloss er alles auf einmal zu trinken, doch schon nach der Hälfte klappte er zusammen.

»Was'n los? Die jungen Kerle von heute vertragen wirklich nix mehr …«, waren die letzten Worte, die er hörte.

2 —

Am folgenden Tag war wunderschönes Wetter. Es herrschte Windstille, und die Wellen des Meeres plätscherten sanft vor sich hin. Über dem Hafen von Senju flatterte ein kreischender Möwenschwarm. Ihr Geschrei hallte schmerzhaft in Ryōheis verkaterten Kopf wider. Auch sein Magen fühlte sich schwer an.

Er konnte sich nicht erinnern, wie er gestern nach Hause gekommen war.

Auf dem Meer sah er ein rot-weißes Schnellboot, das, hohe Fontänen spritzend, mit großer Wucht näherkam. Es war am Takeshiba-Kai in Tokio gestartet und hatte an verschiedenen Inseln des Izu-Archipels Zwischenstopp gemacht, bevor es nach über drei Stunden Fahrt in Senju ankam. Täglich gab es vier dieser Linienboote, die jedoch bei hohem Wellengang oft ausfielen. Wenn ein Taifun näherkam, konnte es vorkommen, dass die Insel für mehrere Tage vom Festland abgeschnitten war und so im wahrsten Sinne des Wortes zu einer einsamen Insel wurde.

Auf Senju gab es ein Behandlungszentrum, das von der Stadt betrieben wurde. Der diensthabende Arzt kam in der Regel von der Medizinischen Hochschule Jichi, meist jedoch nur für eine kurze Zeit. Die Insel wollte eigentlich jemanden, der sich hier permanent niederlassen würde, doch war keiner bereit, auf Dauer in diesem abgelegenen Ort als Arzt zu arbeiten. Daher gaben sich hier seit einigen Jahren alle paar Monate die Ärzte die Klinke in die Hand.

Hoffentlich ist der Arzt ein guter Mensch, dachte Ryōhei, während er die Akten studierte, die man ihm zugeschickt hatte. Sein Name war Ichirō Irabu, 37 Jahre, Fachgebiet Internist.

Er war in der Irabu-Poliklinik beschäftigt, die in Tokio einen guten Ruf hatte. Seinem Namen nach zu urteilen, gehörte er wohl zu der Familie, die dieses Hospital betrieb. Das konnte sehr wohl bedeuten, dass er sich aus einem Gefühl der Hilfsbereitschaft für diesen Dienst gemeldet hatte.

Die Sirene ertönte, als das Schnellboot in den Hafen einfuhr. Als sein Rumpf den Landungssteg berührte, flogen auch schon die Leinen über die Reling. Ryōhei half dabei, den Laufsteg aufzulegen.

Die Bewohner, die in Tokio ihren Geschäften nachgegangen

waren, verließen einer nach dem anderen das Schiff. Touristen kamen in dieser Jahreszeit nicht. Unter all den mehr oder minder bekannten Gesichtern kam ein dicker Mann in einer aufgeplusterten Daunenjacke herunter. Ihm folgte eine junge Frau mit einem Gitarrenkasten in der Hand.

Der Mann hatte eine auffällige Sonnenbrille mit dem Chanel-Logo auf, die Frau trug einen Leopardenfellmantel und kaute geräuschvoll auf einem Kaugummi.

»Ist ja tiefste Provinz hier!«, beklagte sich der Mann und ließ seinen Blick schweifen.

Insgesamt kamen von Bord nicht mehr als zehn Passagiere, die in die am Hafen geparkten Autos stiegen und davonfuhren. Übrig blieben allein der dicke Mann und die junge Frau, die ziemlich fehl am Platz wirkten. Mit anderen Worten …

»Entschuldigen Sie bitte, sind Sie Herr Doktor Irabu?«, fragte Ryōhei, während er das Gesicht seines Gegenübers betrachtete.

»Ja, bin ich. Warum?«, antwortete der Mann mit einer Kinderstimme.

Ryōhei sah sich den Arzt genauer an, dessen Haar zerzaust war und der alles in allem aussah wie der nordkoreanische Machthaber Kim Jong-il, bevor er abmagerte.

»Mein Name ist Miyazaki, und ich heiße Sie im Namen der Stadt willkommen. Wir freuen uns, dass Sie uns zwei Monate Ihre Dienste anbieten.« Ryōhei überreichte ihm seine Visitenkarte und verbeugte sich höflich.

»Muss ich wirklich zwei Monate hierbleiben?«

»Wie meinen …?«

»Würden es nicht auch zwei Wochen tun?«, sagte Irabu und entblößte dabei seine Zähne. »Mein Vati wollte nur gut Wetter bei der Ärztevereinigung machen und hat mich deshalb auf diese abgelegene Insel geschickt. Ist natürlich ein leicht zu durchschauendes Manöver. An unsereins denkt der natürlich nicht«, grummelte Irabu, während er sich den Kopf kratzte.

Von Hilfsbereitschaft keine Spur. Ryōheis Vorfreude schwand rapide.

»Ach ja, Herr Miyazaki, gibt es auf dieser Insel einen Videoladen?«

»Nein, leider nicht.«

»Ein Geschäft für Spielzeugmodelle?«

»Auch nicht.«

»O je, dann muss ich mir was aus Tokio schicken lassen.«

»Herr Doktor, jetzt nehmen Sie sich doch etwas zusammen«, sagte nun die junge Frau mit gelangweilter Stimme. »Nach den zwei Monaten hier bekommen Sie schließlich einen neuen Porsche von Ihrem Vater.« Die junge Frau bemühte sich nicht einmal ansatzweise um einen respektvollen Ton.

»Pardon, sind Sie vielleicht die Krankenschwester?«

»Ja, das ist Mayumi-chan. Da ich nicht allein sein wollte, habe ich sie mitgebracht«, antwortete Irabu statt ihrer.

»Dreißigtausend Yen pro Tag, wie abgemacht!«, sagte die Krankenschwester nachlässig.

Grußlos schaute sie Ryōhei scharf an. Sie machte einen ziemlich unfreundlichen Eindruck, doch da sie auch süß aussah, machte Ryōheis Herz einen kleinen Sprung. Hier auf dieser Insel konnte man jemanden wie sie jedenfalls nicht treffen.

Er ließ die beiden ins Auto steigen und fuhr sie zur Arztpraxis, die sich in einem Haus hoch auf den Klippen über dem Meer befand. Die Aussicht von dort war herrlich, und man konnte meinen, dass das Anwesen Ausdruck für die Dankbarkeit gegenüber dem Arzt war, der sich extra aus Tokio herbemühte. Doch tatsächlich blies der Wind da oben heftig, und einen vernünftigen Weg gab es nicht. Der ehemalige Grundstücksbesitzer Ogura hatte sich das Gelände von der Verwaltung abkaufen lassen und mit seiner eigenen Baufirma das Gebäude errichtet. Wenn es zu Yagis Zeiten gebaut worden wäre, dann hätte das Haus irgendwo auf einem seiner Grundstücke gestanden.

Als sie angekommen waren, lief gleich eine ganze Schar wilder Katzen auf sie zu. Normalerweise waren sie scheu und hielten Abstand zu den Menschen, doch bei Mayumi machten sie eine Ausnahme und blieben ihr auf den Fersen. Ohne eine Miene zu verziehen, verscheuchte Mayumi die Katzen mit Fußtritten.

»Hey, das sieht ja richtig gut aus!«, rief Irabu aus, als er zu dem Gebäude hinaufschaute.

Ryōhei war erleichert, dass es ihm gefiel. Er bat sie herein, um sie durchs Haus zu führen.

»Sie sind Internist, Herr Doktor, nicht wahr?«, fragte Ryōhei.

»Internist? Nee«, antwortete Irabu kopfschüttelnd, wobei seine fleischigen Backen wackelten. »Ich bin Neurologe. Haben Sie Probleme, Herr Miyazaki? Die verfliegen im Nu, wenn ich Ihnen erst mal eine Spritze verpasst habe, hihihi«, fuhr Irabu unheimlich kichernd fort.

»Neurologe? Aber in den Unterlagen steht Internist.«

»Hat wohl mein Vati hingeschrieben, ohne sich etwas dabei zu denken.«

»Ihr Vater …?«

»Ist schon gut. Machen Sie sich keine Sorgen. Ist fast dasselbe.«

»Äh, ich bin ja kein Experte, aber wenn sich jemand eine Erkältung zuzieht oder sich verletzt, was machen Sie …«

»Kein Problem, ich heile alles, hahaha.« Irabu schlug sich auf seinen paukengroßen Bauch. Ryōhei begann nun, sich ernstlich Sorgen zu machen.

Weil die Verwaltung einen Fehler bei der Organisation gemacht hatte, war die Insel drei Tage ohne ärztliche Versorgung. In aller Hast wurde die zuständige Behörde kontaktiert, die schließlich Irabu gefunden hatte.

»Als Nächstes zeige ich Ihnen Ihre Wohnung. Ich wohne übrigens im selben Haus. Es wird von der Stadt verwaltet.«

Das Haus war in der Yagi-Ära für Leute errichtet worden, die von außerhalb zuzogen. Yagi hatte der Stadt das Grundstück verkauft und dann mit seiner Baufirma das Gebäude darauf errichtet.

»Da wird nur Mayumi-chan wohnen. Ich bleibe im Senjuyama-Kurhotel, wo ich ein Zimmer für mich reserviert habe. Das beste im ganzen Haus übrigens.«

Das beste Zimmer im ganzen Haus? Das konnte doch nur die Suite sein, die anlässlich des Besuches von Gouverneur Ishihara vollkommen renoviert wurde und pro Übernachtung hunderttausend Yen kostete. Nachdem der Gouverneur wieder abgereist war, hatte seines Wissens kein Mensch mehr darin übernachtet.

»Sie wollen da auf eigene Kosten zwei Monate bleiben?«

»Natürlich«, antwortete Irabu leichthin.

Ryōhei kam aus dem Staunen nicht mehr raus.

»Übrigens, Herr Miyazaki, Ihre Augen sind ja ganz rot.«

»Ah … ja, Verzeihung, ich habe gestern zu viel getrunken.«

»Hihihi, dann gebe ich Ihnen zur Wiederbelebung gleich mal eine nette Spritze! Mayumi-chan, kommst du mal?«

»Was denn, jetzt schon?«, verzog Mayumi, die am Fenster stand und eine Zigarette rauchte, genervt das Gesicht.

»Warum denn nicht. Ich sehe da oben im Regal noch einige Ampullen Traubenzuckerlösung.«

Vor dem überraschten Ryōhei wurde der Injektionstisch vorbereitet und sein Arm in Position gebracht. Man rollte ihm den Ärmel hoch und fixierte den Arm mit einem Gummiband auf dem Tisch.

»Also … Herr Doktor, ich weiß nicht recht …«

»Sehen Sie's als Service von uns an«, meinte Irabu mit breitem Grinsen und honigsüßer Stimme.

»Ja, das mag sein, aber …«

Mayumi öffnete ihren Mantel, und Ryōhei starrte auf zwei wohlgeformte Beine, die unter einem weißen Minirock herausragten.

»Au!«, schrie er im nächsten Moment, als die Spritze zustach und sein Arm von einem Schmerz durchzuckt wurde.

Ein dunkler Schatten fiel von der Seite auf ihn. Er drehte den Kopf und sah Irabu mit erregtem Gesicht auf die Einstichstelle starren.

Was waren die beiden für Menschen? Ryōhei glaubte, am helllichten Tag zu träumen.

»Ja, trotzdem ist das hier wirklich tiefste Provinz«, meinte Irabu anschließend, als er aus dem Fenster blickte.

»Na ja, es ist ja nur eine kleine Insel mit gerade einmal zweitausendfünfhundert Bewohnern.«

»Wie? Kommt pro Tag etwa mehr als ein Patient her?«

»Ja, hier leben viele betagte Menschen, und das Wartezimmer ist am Vormittag voll. Dreißig Prozent der Bewohner sind schon über sechzig Jahre.«

»Hm, Senioren. Eine Injektion in runzelige Haut macht nicht gerade viel Spaß.« Irabu machte den Mund beim Gähnen weit auf und massierte mit den Händen seinen Nacken.

In dem Moment hörten sie von der Straße her eine gellende Stimme aus einem Lautsprecher: »Wählen Sie Herrn Takeshi Ogura!« Die Stimme gehörte einer älteren Frau, allem Anschein nach eine Parteigängerin von Ogura. Ab heute begann der Wahlkampf.

»Für eine Weile wird es etwas laut in der Gegend werden«, klärte Ryōhei Irabu auf.

»Ach ja, es gibt ja noch die Vorsorgespritzen für Schüler!«, rief Irabu und schnippte mit dem Finger, ohne sich um das zu kümmern, was Ryōhei sagte.

Mayumi packte eine Katze, die durch das Fenster gekommen war, fuchtelte mit der Spritze vor ihr herum und sagte: »Komm, komm, komm, mein Schätzchen. Na, wie gefällt dir das?«

Ryōhei wurde angesicht der Haltung der beiden, die ihrer Umgebung wenig Beachtung zollten, immer besorgter. Aber gut, redete er sich ein, es sind ja nur zwei Monate. Ohnehin fuhren die älteren Mitbürger mit finanzieller Unterstützung der Stadt regelmäßig nach Tokio, um sich dort in einem großen Krankenhaus untersuchen zu lassen. Das Behandlungszentrum war mehr ein Ort, um soziale Kontakte zu pflegen.

Irabu und Mayumi begannen, der Katze eine Spritze zu verpassen. Beide leckten sich die Lippen.

»Herr Doktor, Sie müssen die Katze gut festhalten.«

»Au, jetzt hat sie mich gekratzt! Mistvieh.«

Plötzlich waren im Zimmer eine Menge Katzen, die gemeinsam losmiauten.

Ryōhei kam am Nachmittag zurück ins Rathaus und hatte sich gerade an seinen Schreibtisch gesetzt, als er von Muroi auf den Korrior gerufen wurde. »Ich fahr zum Sportzentrum und du kommst mit«, sagte er knapp, ohne eine Antwort abzuwarten.

Ryōhei konnte sich schon vorstellen, worum es ging. Im Sportzentrum gab es die sogenannte Freizeitgesellschaft, der der ehemalige Bürgermeister Yagi vorstand. Dort würde man ihm sicher die Pistole auf die Brust setzen. Er hatte überhaupt keine Zeit, um Widerstand zu leisten, sondern wurde zum Auto gezogen und reingesetzt. Neben ihm auf dem Rücksitz saß der Leiter der Stadtreinigung, Kobayashi.

»Der Tattergreis Ogura will die Leute vom Pensionsdorf auf

seine Seite bringen, indem er ihnen verspricht, den Weg zum Wald mit Straßenlaternen beleuchten zu lassen«, sagte Kobayashi erregt.

»Fünf Ehepaare bedeuten zehn Stimmen. Scheiße, das hat uns gerade noch gefehlt!«

»Soll'n wir die uns vorknöpfen? Wenn'se nicht für Yagi sind, dann sagen wir, wir verlangen von den Tauchern, die bei ihnen übernachten, 'ne Umweltabgabe, oder so was.«

»Geht nich'. Dann machen wir uns die Gaststättengewerkschaft zum Feind.«

»Obwohl die sogar auf dem Grund und Boden, der der Stadt gehört, ihre privaten Kleingärten bewirtschaften.«

Die beiden schimpften auf den gegenwärtigen Bürgermeister, und als Ryōhei keine Anstalten machte, mit einzustimmen, fuhren sie ihn an: »Hey du, du kannst auch mal was dazu sagen!«

Im Sportzentrum angekommen, drängten sie ihn aus dem Auto. Auf den Blumenbeeten jätete eine junge Frau Unkraut. Als sie Muroi sah, winkte sie fröhlich.

»Das Mädchen ist meine Nichte. In der Yagi-Ära hatte 'se 'ne Million gespart und konnte im Rathaus arbeiten. Nach 'nem Jahr gab's 'nen Machtwechsel im Rathaus und seitdem arbeitet se hier. Ich kann meinen eig'nen Verwandten nich' mehr ins Gesicht schau'n.«

»Eine Million gespart? Das klingt aber sehr nach Bestechung«, sagte Ryōhei.

»Und schon wieder kommste uns mit deiner Tokiotour.« Von hinten versetzte ihm Kobayashi eine Kopfnuss.

»Kennste das nich? And're Länder, and're Sitten. Wenn de hier den Smarten gibst, dann kann dich das den Kopp kosten, das geht hier ruck, zuck!«

Als sie den Eingang durchschritten, wurden sie von Yagis Büste begrüßt. Das Sportzentrum, das Unsummen von Steuergeldern verschlang, war in Yagis Amtszeit als Bürgermeister erbaut worden. Seit der verlorenen Wahl fristete er hier ein Dasein in Abgeschiedenheit. Auch Ogura verbrachte seine Zeit nach einer Wahlniederlage als Leiter des Warenlagers in dem von ihm selbst erbauten Haus der Fischereigenossenschaft. Jeder musste mal irgendwann in den sauren Apfel beißen.

Ryōhei wurde ins Zimmer des Sportzentrumsvorsitzenden gebracht und vor Yagi aufgestellt.

»Aha, Sie sind also dieser Miyazaki, den die Stadtverwaltung zu uns geschickt hat. Ihr Gesicht kenne ich, aber heute sprechen wir uns zum ersten Mal, hehehe.« Er hatte eine schrille Stimme, die aus seinem Scheitel zu kommen schien. Ryōhei wurde von seinem maskenhaften Grinsen geradezu erdrückt. Dieses Grinsen hatte sich bestimmt im Laufe eines halben Jahrhunderts zu seiner endgültigen Form herausgebildet. Sein Kopf war mager und ließ Ryōhei an einen Suppenhühnerknochen denken. »Ich freue mich außerordentlich, dass ich bei dieser Wahl mit Ihrer Unterstützung rechnen kann, hehehe.«

»Wie? Nein … also ich …«

Überrascht wollte er widersprechen, als Muroi ihn von hinten so fest ins Fleisch kniff, dass er vor Schmerz das Gesicht verzog.

»Miyazaki ist in Ordnung. Der versteht etwas von Landwirtschaft und ist voll des Lobes für Ihr Projekt einer landwirschaftlichen Versuchsanbaufläche.«

»Ach ja, da sieh mal einer an, hehehe.« Yagi stand auf und streckte die Hand zur Begrüßung aus. Automatisch ergriff Ryōhei seine Hand. »Tja, ich muss jetzt gleich eine Wahlrede halten. Sprechen Sie später noch mit dem Leiter des Wahlfördervereins.«

Yagi verließ mit seinem Sekretär das Zimmer.

»Ah, also ehrlich gesagt …«

Während seine ausgestreckte Hand in der Luft verhungerte, stand schon Tokumoto vor ihm, der Leiter des Wahlfördervereins und Direktor der Baufirma. Er hatte spärliche Augenbrauen und einen stechenden Blick, mit dem man Babys zum Weinen bringen konnte.

»Na, Miyazaki, hab schon von dir gehört. Scheint, dass de noch nicht ganz weißt, wo de hingehörst.«

Obwohl er ein joviales Gesicht aufsetzte, klangen seine Worte wie eine Drohung in Ryōheis Ohren. Er wurde an den Schultern gepackt und wieder zum Empfangszimmer geführt, wo sich Muroi und Kobayashi rechts und links an seine Seite stellten.

»Deine Stimme is natürlich wichtig, aber es gibt was noch Wichtigeres, das de für uns tun musst«, sagte Tokumoto.

»Was denn … ich meine … das soll natürlich nicht heißen, dass ich ja sage.«

»Vergiss es, Junge«, unterbrach ihn Muroi.

»Du gehst doch beim Seniorenzentrum ein und aus, richtig? Und kommst bei den Alten richtig gut an, wie ich gehört hab. Und da …«, Tokumoto hüstelte, »… lässte die schon mal für uns wählen. Die alten Knacker da raffen eh nix, und mehr als die Hälfte von denen sind Wechselwähler. Wenn man denen ein paar Hundekuchen gibt, dann flutscht die Sache.«

»Also, nein, das kann ich unmöglich …«, winkte Ryōhei ängstlich ab. »Ich habe ein öffentliches Amt inne, und so etwas …«

»Ich hab doch gesagt, dass das alle machen. Zum Beispiel ist der Leiter der Erziehungsabteilung Oguras Laufbursche und benutzt den AV-Raum der Schule sozusagen als Heimkino, wo er die neuen Lehrer beschwatzt«, sagte Kobayashi ärgerlich.

»Also nein, ich finde, das ist eine Verschwendung von Steuergeldern.«

»Jetzt kommter schon wieder mit dieser alten Leier. Da ham

uns're Feinde sozusagen 'ne Cruise missile in Anschlag gebracht, und wir soll'n uns mit 'nem Bambusspeer wehren?«, sagte Muroi.

Auf einmal sah Ryōhei vor sich auf dem Tisch einen braunen Briefumschlag liegen und ihn beschlich eine ungute Vorahnung.

»Fahrgeld«, sagte Tokumoto, legte seine Hand auf den Umschlag und schob ihn zu Ryōhei. »Wenn du den nicht annimmst, dann hast du ein paar Feinde mehr.«

»Bitte, ersparen Sie mir das!«, bat Ryōhei bleich im Gesicht.

»Und du weißt, was das bedeutet: Pardon wird nicht gegeben. Wenn Yagi gewählt wird, dann wirst du deines Lebens nicht mehr froh.«

»Jetzt hören Sie mir doch zu! Ich bin doch nur zeitweilig hierherversetzt und muss alles der Stadtverwaltung berichten.«

»Hä? Zeitverschwendung! Nachdem die Brüder in Tokio das städtische Gymnasium geschlossen und das Flughafenprojekt aufgegeben ham, schulden die uns was. Kurz gesagt: Die ham uns abgeschrieben und mischen sich eh nich' mehr ein.«

Tokumoto erhob sich und schob den Tisch beiseite. Ryōhei fragte sich, was er vorhatte, als Tokumoto sich niederkniete. Als Muroi und Kobayashi das sahen, folgten sie seinem Beispiel.

»Miyazaki, bitte tu uns diesen Gefallen, hilf uns!«, sagte Tokumoto, und alle drei beugten ihren Kopf bis auf den Boden.

Ryōhei war bestürzt.

»Aber nicht doch, meine Herren, ich bitte Sie ...«

Ganz automatisch setzte er sich auch auf den Boden, nahm die formelle Sitzposition ein, bei der man kniend auf den Fersen saß, und verneigte sich, das Gesicht schweißüberströmt.

»Wenn du uns nich' hilfst, dann werden wir hier noch weitere vier Jahren als Knechte behandelt«, sagte Muroi.

»Ich bitte Sie. Ersparen Sie mir das!«

»Um alles in der Welt, Miyazaki, lass uns nicht im Stich!«

Beide Seiten fuhren fort, sich gegenseitig zu verneigen, um ihrer Bitte Nachdruck zu verleihen. Ryōhei stieg das Blut in den Kopf, und ein Gefühl der Übelkeit überkam ihn.

»Na gut, du lässt uns keine Wahl …« Alle drei hielten ihn fest und steckten ihm den Briefumschlag mit dem Geld in seine Jackentasche.

Als er die blutunterlaufenen Augen dieser Männer im mittleren Alter sah, bekam er es mit der Angst zu tun. Wenn das eigene Leben auf dem Spiel stand, waren Menschen zu allem fähig. Die Regeln der Gesellschaft wurden nur aufrechterhalten, solange man selbst keine Nachteile davon hatte.

Sein Magen begann zu schmerzen. Morgen würde er zu Irabu gehen und sich etwas verschreiben lassen. Als er wieder im Freien war, sah er am strahlend blauen Himmel über sich einen Schwarzmilan, der elegant seine Kreise zog.

3 ___

Das Behandlungszentrum mit Blick aufs Meer war vom ersten Tag an überfüllt mit Patienten. Als ob die Menschen von der Insel lange darauf gewartet hätten, strömten sie zu der Praxis, vor deren Eingang aus welchen Gründen auch immer unzählige Katzen herumstreunten. Ryōhei ging hinein und wurde von Irabu mit aufgeräumter Stimme begrüßt.

»Hallo, Herr Miyazaki. Nur herein in die gute Stube!«

In seinem weißen Doktorkittel saß Irabu breit in einem großen Sessel und machte den Eindruck eines feisten Sektenführers.

»Herr Doktor, wo haben Sie denn diesen Sessel her?«

»Den habe ich mir vom Hotel ausgeliehen. Diese Bürostühle hier sind unbequem.«

»Aha …«

Auch heute trug die Krankenschwester Mayumi ihren Minirock und verpasste gerade einer alten Frau eine Spritze. Als sein Blick auf den Ausschnitt der Krankenschwester fiel, musste er unwillkürlich schlucken.

»Was issen das für 'ne Spritze?«, fragte die alte Frau.

»Ist schon gut, Tantchen«, ignorierte Mayumi sie.

»Herr Doktor, meine Nervenschmerzen wer'n immer schlimmer.«

»Da empfehle ich Ihnen Sonnenbäder auf der Veranda«, antwortete Irabu und riss sich ein Haar aus der Nase.

»Und das hilft?«

»Garantiert!«, sagte Irabu beschwingt, worauf die Frau mit gerunzelter Stirn das Zimmer verließ.

»Herr Doktor, fehlt es Ihnen an irgendetwas?«

»Nachts ist es dunkel hier. Einen Convenience Store gibt es auch nicht, und das Fernsehbild ist nicht scharf«, beschwerte sich Irabu mit spitzem Mund.

»Nein, ich meine hier in Ihrer Praxis.«

»Ach so …« Irabu kratzte ausgiebig seinen fetten Hals

»Tja, ein Computertomograph wäre nicht schlecht. Würde sich gut in der Praxis machen.«

»Sie belieben zu scherzen, Herr Doktor. Dafür haben wir hier kein Budget. Und für die Bedienung eines solchen Geräts bräuchte man doch auch ausgebildetes Personal.«

»Das könnte doch die Herstellerfirma zur Verfügung stellen. Am besten wäre ein Gerät mit einem Monitor auf dem neuesten technischen Stand.«

»Tun Sie, was Sie nicht lassen können.« Ryōhei verspürte wenig Lust, weiter darauf einzugehen.

Der nächste Patient kam ins Zimmer und bekam ebenfalls eine Spritze, ohne dass man ihn nach seinen Beschwerden gefragt hatte. Da die älteren Menschen von der Insel kein Misstrauen kannten, stellten sie keine Fragen.

»Jetzt is draußen wieder dieser Lärm, nich?«, sprach eine ältere Frau Irabu wie selbstverständlich an. »Wer diesmal wohl gewinnt, hihihi.« Sie schien sich köstlich über die Bürgermeisterwahl zu amüsieren.

Da Irabu nicht Bescheid wusste, erklärte Ryōhei ihm den Sachverhalt.

»Aha«, antwortete Irabu, ohne sonderlich Interesse zu zeigen.

»Was ich fragen wollte: Welchen Kandidaten unterstützt eigentlich der Seniorenverein?«, fragte Ryōhei die alte Frau. Muroi hatte ihm gesagt, sie würden jedes Mal einem anderen Kandidaten die Stimme geben.

»Das entscheide ich ganz zum Schluss«, antwortete die alte Frau nun mit überraschend fester Stimme. »Wir halten das immer so«, fügte sie mit vielsagendem Lachen hinzu.

»Hört mal! Da draußen is' was los! Gleich kommt die Wahlkampfkolonne hier vorbei.«

Von der Straße hörte man lautes Geschrei aus den Lautsprechern der Wagen. Die Namen Ogura und Yagi waren zu vernehmen, offensichtlich kamen sie also zur selben Zeit hier vorbei.

Die Alten verließen einer nach dem anderen das Wartezimmer und gingen nach draußen. Auch die Alte, die gerade erst eine Injektion erhalten hatte, humpelte hinterher.

»Herr Doktor, Frau Krankenschwester, Herr Miyazaki! Sie auch!«, wurden die drei nach draußen gewunken.

Alle Patienten hatten sich auf dem Rasen vor dem Eingang versammelt und standen in gespannter Erwartung da. Man hörte, wer aus welcher Richtung kam. Von rechts kam die Kolonne der Ogura-Fraktion, von links Yagis Wahlkampftross. Ununterbrochen wurden ihre Namen gebrüllt. Doch anders als Ryōhei das bisher gewohnt war, tönte aus den Lautsprechern ein so ohrenbetäubendes Geschrei wie von dem Festwagen einer Parade. Die Alten reckten die Hälse.

»Yama übernimmt Ogura, O-Kyō zählt die von Yagi!«, sagte einer der Alten. Endlich kamen die beiden Kolonnen in Sicht.

»Takeshi Ogura! Takeshi Ogura!«, ertönte es auf der einen, »Osamu Yagi! Osamu Yagi!«, auf der anderen Seite in voller Lautstärke. Sofort überlagerte sich das Gebrüll, so dass in ihrer Nähe ein einziger Lärmstrudel entstand.

Hinter dem Lautsprecherwagen folgten einige Pkws, so dass alle Fahrzeuge zusammen eine regelrechte Parade bildeten. In den Autos saßen Inselbewohner. Als die Kolonnen das Behandlungszentrum passierten, begannen die Alten zu zählen: »Eins, zwei, drei …«

»Hey, ihr Ogura-Pudel! Glaubt ja nicht, dass der Mond euch ewig heimleuchtet!«, brüllte es aus dem Lautsprecher des Yagi-Lagers.

»Riskiert nur ja 'ne dicke Lippe, ihr Verlierer. Ihr werdet auch diesmal mit dem Kopf kürzer dastehen!«, schrie der Lautsprecher von der Ogura-Fraktion zurück.

Ryōhei fehlten die Worte. Auf dem Festland war es Sitte, gegenseitiges Anstacheln zu vermeiden, wenn sich Wahlkampfwagen trafen. Nur die Rechtsradikalen hielten sich nicht daran. Aber hier auf der Insel beschimpfte und beleidigte man sich gegenseitig wie bei einer Schlacht im tiefsten Mittelalter.

Im letzten Wagen der Yagi-Kolonne saß der Leiter der Stadtreinigung, Kobayashi. »Miyazaki! Wir zählen auf dich«, rief er mit lauter Stimme.

Reflexartig grüßte Ryōhei ihn zurück, als sich sein Blick mit dem aus der Gegenrichtung kommenden Isoda kreuzte, der ihn finster anschaute. Ryōhei fragte sich in diesem Augenblick nicht, warum ein Beamter während der Dienstzeit an einer Wahlkampfveranstaltung teilnehmen konnte. Hier war eben alles anders. Später würde er sich wohl von Isoda einiges anhören müssen, dachte er deprimiert. In dem gestern aufgenötigten Briefumschlag waren dreihunderttausend Yen gewesen, die auch jetzt noch in seinem Rucksack lagen, den er mit ins Büro nahm.

»Ogura hat sieben.«

»Yagi auch.«

»Mann, schon wieder ein offenes Rennen.«

Die Alten kommentierten angeregt das Schauspiel vor ihnen.

»Was meinen Sie damit?«, fragte Ryōhei.

»Die Anzahl der Autos. Bei den Wahlen hier folgten die Leute dem Lautsprecherwagen ihres Kandidaten. Seit jeher sind Wahlen bei uns ein Prestigewettkampf«, erklärte ein alter Mann.

»Wir warten ganz bis zum Schluss«, fuhr die Frau von vorhin fort, »und setzen dann auf das Pferd, das zuerst in die Zielgerade geht. Bei der letzten Wahl ham wir für Ogura gestimmt, der uns 'ne Dauerfreikarte für das Linienboot zugesichert hatte.«

Ryōhei bekam fast einen Schwächeanfall. Auf dieser Insel war Gerechtigkeit im Wahlkampf ein Fremdwort.

»Hmm, interessant«, meinte Irabu, der sich das Spektakel betrachtete.

»Herr Doktor, seien Sie nur froh, dass Sie hier nicht gemeldet sind. Ich bin auch erst vor kurzem hierher versetzt worden … Ach ja, würden Sie mir vielleicht ein Mittel gegen Magenschmerzen verschreiben?«

»Mach ich doch gerne. Und eine Spritze bekommen Sie gleich noch dazu.«

In dem Moment tauchte ein weiteres Auto auf, diesmal eins mit röhrendem Motor. Es war ein gelbgrüner Porsche, wie man ihn bisher auf der Insel noch nicht gesehen hatte. Er fuhr geradewegs vor das Behandlungszentrum. Ein junger Mann im Anzug stieg aus.

»Herr Doktor, hier ist Ihr Auto«, sprach er mit energischer Stimme Irabu an. Dem Anschein nach war er Angestellter einer erstklassigen Firma.

»Danke, lassen Sie es einfach da stehen.« Dem verwundert dreinblickenden Ryōhei erklärte Irabu: »Das ist mein Wägelchen. Hab ich mit der Fähre kommen lassen.«

Ein anderes Auto fuhr vor, diesmal ein Kleinwagen, aus dem wieder ein Mann stieg, der sich tief vor Irabu verbeugte. »Herr Doktor, ich habe Ihnen die vollständige Zeichentrickserie *Mobile Suit Gundam* auf DVD, wie telefonisch bestellt, mitgebracht.«

Ein drittes Auto tauchte auf.

»Herr Doktor, hier sind die bestellten Kekse von *Murakami Kaishindō*.«

Ryōhei kam aus dem Staunen nicht mehr raus und Irabu klärte ihn mit gönnerhafter Miene auf. »Das sind alles Angestellte von Pharmafirmen, sogenannte Arzneimittelvertreter. Als die gehört haben, dass ich hier auf der Insel bin, sind sie mir sofort nachgekommen, um ihre Produkte an den Mann zu bringen.«

»Aha, so ist das also.«

Gundam, Kekse? Was um alles in der Welt …?

Die Senioren scharten sich um das für sie ungewöhnliche Auto und lugten ins Innere.

»Wenn Sie schon mal da sind, kommen Sie doch rein und trinken etwas. Du, Mayumi, mach mal einen vollen Pott Kaffee!«

»Muss das sein, all diese Leute?«, antwortete Mayumi sichtlich genervt. Anscheinend war sie immer schlecht gelaunt.

»Tja, das lass ich mir nicht zweimal sagen«, sagte ein Mann ohne zu zögern und ging ins Behandlungszentrum.

»Ja, wir auch! Genau, genau«, riefen die Alten und begannen

nun auch wieder ins Haus zu gehen. Eine Schar Katzen folgte ihnen.

In dem Augenblick klingelte Ryōheis Handy. Er meldete sich. Es war Isoda von der Bauabteilung, der ihm befahl, unverzüglich zur Fischereigenossenschaft zu kommen. Man wollte ihn bestimmt dazu befragen, warum er Kobayashi von der Yagi-Fraktion zugenickt hatte. Sofort bekam Ryōhei wieder Magenkrämpfe, die sich bis zu einem Brechreiz steigerten.

»Sag mal, haste was mit Muroi und Kobayashi?«

Kaum zeigte er sein Gesicht im Warenlager der Fischereigenossenschaft, wurde er von Isoda am Kragen gepackt und zur Rede gestellt. Oguras Gefolgsleute umstellten ihn drohend wie eine Gruppe Yakuza. Im Konferenzzimmer war der gegenwärtige Bürgermeister Ogura zugegen, der von seiner äußeren Erscheinung den genauen Gegensatz zu Yagi darstellte. Er war rund und fett wie Hotei, der Glücksbuddha, und er hatte auch dessen feistes Lächeln, was im Übrigen die einzige Gemeinsamkeit zwischen Ogura und Yagi war. Offensichtlich empfand er seine Anwesenheit als unangemessen und verließ mit den Worten »Miyazaki, man zählt also auf Sie, hohoho!« den Raum, wobei er ein unheimliches Lachen ausstieß.

»Sagen Sie mal, sollten Sie jetzt nicht alle beim Dienst sein?«

»Lenk nicht vom Thema ab. Als Kobayashi dir zugerufen hat, ›Miyazaki, wir zählen auf dich!‹, haste genickt, oder?«

»Das war nichts weiter als eine höfliche Begrüßung …«

»Lüg nicht! Du bist übergelaufen, gib's zu!«

»Übergelaufen …? Was soll das heißen?« Ryōheis Stimme erstarb. Er hatte nicht vor, irgendeiner Seite anzugehören.

Tsudahara von der Fischereigenossenschaft wühlte ohne zu Fragen in seinem Rucksack. Er fand den Briefumschlag.

»Was ham' wir denn hier!«

Er streckte die Hand aus und schüttelte die Scheine hin und her. Er hatte das Geld entdeckt.

»Was is das?«

Als Isoda das Bündel sah, lief er vor Wut rot an. »Du hast dich für Geld verkauft!«, schrie er und rüttelte ihn am Hals.

»Aber, so beruhigen Sie sich doch. Das Geld hat man mir aufgezwungen. Ich wollte es bei nächster Gelegenheit zurückgeben.«

»Das woll'n wir jetzt genau wissen!«

Es blieb Ryōhei nichts anderes übrig, als ihnen alles zu erzählen. Er musste auch zugeben, dass das Geld zur Bestechung des Seniorenvereins bestimmt war.

»Na, dann is ja gut. Wahrscheinlich is' Tokumoto vor dir auf die Knie gegangen. Der soll ja inzwischen schon Schwielen auf der Stirn haben. Egal, ich werd dem jedenfalls persönlich das Geld zurückgeben.«

Isoda warf den Umschlag aufs Sofa. Ryōhei wurde etwas mulmig zumute.

»Sie geben es auch garantiert zurück?«

»Glaubste etwa, ich steck's mir in die eigene Tasche? Ich gehe noch heute Abend zu Tokumoto und schmeiß das Geld in seinen Briefkasten. Aber abgesehen davon, mein guter Miyazaki ...« Auf einmal wurde Isodas Stimme ganz sanft. »Was den Seniorenverein betrifft, so haben wir eigentlich auch auf deine Hilfe gebaut.«

Isoda verzerrte seinen Mund zu einem künstlichen Grinsen.

Ein anderer nahm aus einer Schublade einen braunen Umschlag heraus und gab ihn Isoda, der ihn vor Ryōhei legte. Ihm wurde fast übel bei dem Anblick.

»Yagi ist 'n alter Geizkragen. Bei nur dreihunderttausend Yen gehste selbst leer aus. Das hier aber sind fünfhunderttausend

Yen! Damit kannste im Kurhotel 'nen festlichen Abend organisieren und den Senioren 'n bisschen aufn Zahn fühlen.«

»Wie? Aber warum machen Sie das nicht selbst?«, verzog Ryōhei das Gesicht und wich zurück.

»Die alten Knacker hier sind nicht auf den Kopf gefallen. Wir können die nicht mehr so einfach beschwatzen. Ein Fremder wie du kann da mehr erreichen.«

Als Ryōhei nicht bereit war einzulenken, wurde er von den Genossenschaftlern links und rechts in die Mangel genommen.

»Aber was soll denn das?«

»Das weißt du ganz genau. Die anderen haben dir das bestimmt auch gesagt. Wenn du ablehnst, dann bist du unser Feind.«

Sie stopften ihm den Briefumschlag in sein Jackett und trugen ihn an allen vieren ins Freie. Ryōhei konnte nicht glauben, wie die Dinge sich entwickelt hatten.

»Miyazaki, wenn du zu Ogura hältst, wirst du's nicht bereuen!«

»Enttäusch uns nicht. Mindestens dreißig Stimmen musst du für uns holen.«

Zum Schluss falteten die Männer die Hände, um ihrer Bitte Nachdruck zu verleihen. Auch sie waren wie das Lager Yagis mit heiligem Ernst bei der Sache.

Für einen kurzen Moment durchzuckte Ryōhei ein Gefühl, dass er selbst nur ein Grünschnabel war, der von der Welt nichts wusste.

Aber nein, das konnte nicht sein. Er konnte nicht im Unrecht sein.

Die Kampfleidenschaft der Männer, die sich nicht darum scherten, ob sie vor ihm auf den Knien rutschten oder ihm an die Kehle sprangen, ließ ihn ratlos zurück.

4 —

Ryōheis Magenschmerzen waren inzwischen ein Dauerproblem und nun kam auch noch Durchfall hinzu. Er wusste natürlich warum: Es waren die fünfhunderttausend Yen in seinem Rucksack.

Im Büro begegneten ihm sowohl Muroi als auch Isoda, als wäre nichts geschehen. Da aber Isoda gestern die dreihunderttausend Yen an die Yagi-Fraktion zurückgegeben haben sollte, wunderte sich Ryōhei über Murois Schweigen.

Deswegen schlich er sich während der Mittagspause aus dem Rathaus und fuhr so schnell er konnte zum Behandlungszentrum. Ein anderer Zufluchtsort fiel ihm nicht ein.

Als er ankam, stand da ein großer Lieferwagen. Eine große, weiße Maschine wurde gerade ins Gebäude getragen. Es war ein Computertomograph.

»Herr Doktor, was hat es damit auf sich?«

»Wie gesagt, ich habe den Hersteller angerufen und gefragt ob ich das Ding für eine Weile haben kann«, antwortete Irabu, als hätte er gerade eine DVD ausgeliehen. »Die verdanken uns ohnehin sehr viel, nachdem wir ihnen so viel Aufträge von befreundeten Krankenhäusern vermittelt haben.«

»Aha …«

Von der Irabu-Poliklinik hatte er schon in seiner Zeit bei der Stadtverwaltung in Tokio gehört. Schon vor dem Krieg sollte die Klinik einen guten Ruf besessen haben, und nicht wenige Politiker nahmen dort Zuflucht, wenn es ihnen schlecht ging.

»Herr Doktor, wir sind mit der Installation fertig.« Ein Mann kam herbeigelaufen, der offensichtlich zu der Firma gehörte. »Es wäre schön, wenn Ihr Herr Vater bei der Einrichtung des neuen Universitätskrankenhaustrakts ein gutes Wort für uns einlegen würde«, fuhr der Mann fort und machte eine tiefe Verbeugung.

»Kein Problem. Ich werde mit Vati sprechen.« Irabu schien mit sich und der Welt zufrieden.

Ryōhei wusste nicht, was er von all dem halten sollte. Auf einmal sah Irabu für ihn aus wie ein Pate der Mafia.

Der Computertomograph stand in einem ehemals leeren Krankenzimmer, und sofort scharten sich die Alten um das Gerät und unterhielten sich lautstark miteinander.

»Is' das 'n Operationstisch?«

»Nee, damit wird man scheibchenweise geröntgt.«

»Wie? Die Leute werden in Scheiben geschnitten?«

Mayumi packte eine Katze, die um ihre Beine strich, und platzierte sie auf dem Tisch. Dann ließ sie den Tisch in die Röhre fahren.

»Oooh«, ging ein Raunen durch die Gruppe.

Fünf Minuten später hatten sie das entwickelte Röntgenbild in den Händen. Die Alten drängelten sich vor dem Bild. Schnell bildete sich eine Warteschlange.

»Und dafür müssen Sie noch nicht mal etwas zahlen«, meinte Irabu.

»Geht das wirklich in Ordnung, Herr Doktor?«

»Null Problemo. Ist ja nur ein Monitorbild.«

Die Alten freuten sich ausgelassen, als ob sie auf einem Fest wären.

»Doktor Irabu ist ein netter Doktor.«

»Sogar Tee und Süßigkeiten bekommen wir hier.«

Die Alten schenkten sich ohne zu fragen Tee ein und bedienten sich aus der Keksdose. Die Praxis hatte sich im Nu in eine Art Teesalon verwandelt.

»Herr Doktor, hätten Sie vielleicht auch für mich einen Augenblick Zeit? Ich habe ziemliche Magenprobleme.«

»Stimmt, das haben Sie gestern schon gesagt. Sie haben doch nicht etwa Fleisch von einem kranken Huhn gegessen?«

»Das ist wohl kaum anzunehmen. Wären Sie so freundlich, mich zu untersuchen?«

Mit einem Seitenblick auf die Alten, die sich mit dem Computertomographen vergnügten, wandte Ryōhei sich in Richtung Sprechzimmer. In dem Augenblick fiel ihm ein, dass Irabu ja Neurologe war. Eine günstigere Gelegenheit konnte es kaum geben, und er fragte: »Grob gesagt, sind die Ursache von meinem Stress zwischenmenschliche Beziehungen. Könnten Sie mir einen Rat geben, was man da machen kann?«

»Bleiben Sie allein, und verlassen Sie nicht mehr Ihre Wohnung«, antwortete Irabu nasepopelnd, während er auf seinem Sessel in den Schneidersitz wechselte.

»Ich muss aber jeden Tag zur Arbeit gehen.«

»Dann kündigen Sie eben.«

Ryōhei runzelte die Stirn. War das ein Witz oder eine besonders ausgefallene Beratung?

»Sie müssen sich schon entscheiden. Den Stress unterdrücken und die Zähne zusammenzubeißen ist jedenfalls keine Lösung. Einfach ignorieren ist die beste Lösung. Du, Mayumi? Ist das Essen immer noch nicht angeliefert?«

»Einfach ignorieren …?«

Das traf ihn unvorbereitet. Daran hatte Ryōhei bisher noch nicht gedacht. Hieß das, dass es eigentlich gleichgültig war, ob er von beiden Seiten bestochen wurde? Keine Frage: Er selbst war jemand, der sich immer peinlich genau an die Vorschriften hielt. Und wenn man ihm noch so viel von den Gepflogenheiten dieser Insel erzählte, konnte er das nicht ohne weiteres akzeptieren. Bisher hatte er jedenfalls hartnäckig Widerstand geleistet. Und nun sollte er …?

Endlich kam das bestellte Essen, das allem Anschein nach

extra für Irabu vorbereitet worden war. Er sah in die Schachteln und erblickte rohes Fischfilet, gekochtes Gemüse und chinesische Leckereien. Das Ganze kostete wohl rund fünftausend Yen.

»Frikadellen wären gut. Ja genau, morgen hätte ich gern eine große Frikadelle, mit Spiegelei drauf.«

Der Mann vom Lieferservice notierte die Bestellung. Irabus Familie war zweifellos wohlhabend.

»Übrigens, Herr Doktor, haben Sie etwas vom Wahlkampf hier auf der Insel mitbekommen?« Ryōhei nahm seinen ganzen Mut zusammen, als er das Thema anschnitt. Mit den Inselbewohnern war ihm das nicht möglich, doch er wollte mit jemandem darüber sprechen.

»Ja, aber Genaueres weiß ich nicht«, schüttelte Irabu schmatzend den Kopf.

»Es gibt jedes Mal zwei Kandidaten, und auf der Insel teilen sich die Anhänger in zwei Lager, die sich auf das Heftigste bekämpfen, aber nicht mit fairen Mitteln.«

»Herr Miyazaki, mögen Sie Karotten?«

Irabu nahm mit den Stäbchen gekochte Mohrrübenstücke auf und legte sie auf den Deckel.

»Nein, danke.«

Ryōhei fühlte sich auf einmal so kraftlos und ließ den Kopf hängen.

»Und wird da auch mit Geld um sich geschmissen?«

»Tja, um ehrlich zu sein, das ist das Problem …«

»Wie viel bezahlt man denn für eine Stimme? Hunderttausend?«

Auch der Spargel fand seinen Platz auf dem Deckel.

»Ach was, so viel auch wieder nicht. Aber wenn man ein paar Stimmen für eine Partei sammelt, wird das schon entsprechend honoriert. Die Stimmen des Seniorenvereins bringen zum Beispiel fünfhunderttausend Yen …« Jetzt war ihm alles egal. Er musste sich das von der Seele reden.

Irabus Stäbchen blieben in der Luft stehen.

»Aha. Das hieße, wenn ich die Stimmen meiner Patienten sammele, kann ich auch fünfhunderttausend bekommen?« Irabus Augen funkelten interessiert.

»Ja, das ist schon möglich … aber, Herr Doktor, Sie sind doch schon vermögend.«

»Na ja, meine Spesenrechnung schicke ich an unser Krankenhaus. Aber da ich seit einiger Zeit ein bisschen zu viel ausgebe, hat mir Mutti das Taschengeld gekürzt.«

»Ihr Taschengeld …?«

»Fünfhunderttausend … hm«, sinnierte Irabu mit vollen Backen. »Mayumi! Schenk den Leuten im Wartezimmer eine Runde Tee aus!«, rief er, wobei ihm einige Reiskörner aus dem Mund spritzten.

»Die haben sich schon längst selbst bedient. Und die Kekse sind auch schon alle weg«, antwortete Mayumi, die in einem Stuhl neben dem Fenster saß und gelangweilt an einem Sandwich kaute. Vier Katzen saßen auf ihrem Schoß und ihren Schultern.

»Herr Doktor, wenn Sie von beiden Parteien Geld bekämen, würden Sie das annehmen?«

»Natürlich!«

»Das verstößt aber gegen das Gesetz.«

»Nur wenn es rauskommt. Was denn, Herr Miyazaki, würden Sie etwa ablehnen?«

»Na hören Sie mal, ich bin schließlich Beamter.«

»Ich fasse es nicht.« Irabu sah ihn an wie einen Marsmenschen.

Ryōhei machte diese im Brustton einer festen Überzeugung vorgebrachte Bemerkung des Doktors nachdenklich. War er zu unflexibel?

Irabu beendete sein Essen, nahm einen Zahnstocher und pulte damit zwischen seinen Zähnen herum.

»Na gut, lassen wir das, Herr Doktor. Wie sieht es mit der Untersuchung aus?«

»Ach ja, Ihr Magenproblem. Gut, dann erst mal eine Spritze, und anschließend verschreibe ich Ihnen etwas.«

Die Spritze wurde ihm von Mayumi verabreicht. Er riskierte einen Blick auf ihren Ausschnitt, als sie ihm auf den Fuß trat. Er blickte auf und sah, wie sie spöttisch ihren Mund verzog. Die Frau war ihm, genau wie Irabu, ein Rätsel.

»Sie sind doch nur für eine bestimmte Zeit hierherversetzt, Herr Miyazaki. Wie viel Jahre haben Sie noch vor sich?«

»Ein Jahr und drei Monate.«

»Und Sie haben also Probleme mit Ihren Mitmenschen? Ihre Sorgen möchte ich haben«, meinte Irabu unbekümmert. »Sie können doch tun, was Sie wollen. In etwas mehr als einem Jahr sind Sie wieder weg. Ich an Ihrer Stelle würde mit einem Irokesenschnitt am Arbeitsplatz erscheinen.«

»Was stellen Sie sich vor?«

»Tun Sie doch einfach, was Sie schon immer mal tun wollten. Und selbst wenn Sie sich hier in Grund und Boden blamieren, zurück in Tokio ist das alles Schnee von gestern.«

»Nicht für mich.«

Ein Gefühl der Sinnlosigkeit überkam Ryōhei. Als er das Zimmer verlassen hatte, sah er, wie die Alten sich den Angestellten griffen und einer nach dem anderen von ihm Röntgenaufnahmen machten. Für die Alten war es ein ideales Spielzeug. Bestimmt spräche man morgen überall davon, und es würden noch mehr Patienten kommen, um sich die Maschine anzusehen.

Ryōhei sah auf seinen Rucksack, den er in der Hand hielt. Ja, die fünfhunderttausend Yen. Er seufzte. Irabu hätte das Geld wohl ohne Gewissensbisse angenommen. Genauso wie die Inselbewohner. Keiner würde sich etwas dabei denken. Der einzige Sonderling war er selbst, Ryōhei.

Als er mit dem Auto zurück zum Rathaus fuhr, kam ihm der Wahlkampfwagen der Yagi-Fraktion entgegen. Die Kolonne war inzwischen angewachsen. Eine Frau mit Schürze im mittleren Alter lehnte sich mit ihrem ganzen Oberkörper aus dem Wagenfenster und winkte. Die Kolonne fuhr so wie sie war am Parkplatz vorbei. Während des Wahlkampfs sah die Polizei grundsätzlich in die andere Richtung.

Am Abend zurück im Wohnheim, waren die unverheirateten Männer von auswärts, allen voran die Lehrer, in einem Raum versammelt und wurden von Tokumoto und anderen Yagi-Leuten mit Sake und Sushi bewirtetet. Da die Tür offenstand, konnte Ryōhei vom Gang aus einen Blick auf die Gesellschaft werfen. Sie bemerkten ihn und zogen ihn gegen seinen Widerstand ins Zimmer.

»Hallo, Miyazaki! Von dir erwarten wir uns ja auch einiges. Yagis Bürgermeisterschaft ist gesichert!«

»Nein, also ehrlich gesagt…« Ryōhei brach der kalte Schweiß aus. Isoda musste doch schon die dreihunderttausend Yen zurückgegeben haben.

»Yagis Politik hat die volle Unterstützung von Miyazaki, gell Miyazaki?« Tokumoto hatte einiges getrunken und war in bester Stimmung.

Ryōhei legte die Stirn in Falten. Volle Unterstützung… ? War das Geld etwa doch nicht zurückgegeben worden? Ansonsten konnte er sich Tokumotos Verhalten nicht erklären.

Wieder erschien Isodas zorniges Gesicht vor ihm, als er schrie: »Glaubst du, ich würde das Geld in die eigene Tasche stecken?« Auf dieser Insel konnte er niemandem vertrauen.

»Wie steht's, Miyazaki? Kommste auch mit auf die Studienreise nach Übersee? Neuseeland im Frühling, Besuch von Rathäusern und Schulen und in der freien Zeit Bungeejumping.«

Ryōhei sah die Gesichter im Raum, die gequält grinsten, aber nicht widersprachen. Neben Tokumoto standen Vertreter einer Tokioter Reiseagentur. Der erfolgreiche Abschluss von Verträgen für Vergnügungs- bis Studienreisen, die den Inselbewohnern versprochen worden waren, hing vom Ausgang der Wahl ab, daher waren auch sie emsig bemüht.

Als Tokumoto und seine Leute weg waren, erkundigte sich Ryōhei bei den Mitbewohnern. »Haben Sie sich nun alle für Yagi entschieden?«

»Das kann man so nicht sagen. Na ja, diese Auslandsreise lassen wir uns wohl nicht entgehen«, meinte der älteste von den Lehrern. »Die Entscheidung für einen von beiden ist jedenfalls besser als sich der Stimme zu enthalten.«

»Ja, genau. Auch Ogura ist an uns herangetreten und hat einen Multimediaraum mit allen Schikanen versprochen, Surroundsound und so weiter. Aber ich bin eh nur noch bis nächstes Jahr hier«, sagte eine Lehrerin und wischte sich eine Haarsträhne aus dem Gesicht. Keiner der Anwesenden zeigte auch nur die Spur eines Schuldgefühls.

»Ich kann Sie verstehen, Herr Miyazaki«, sagte ein Landwirtschaftsberater, der offensichtlich an Ryōheis Gesichtsausdruck sah, wie unwohl er sich fühlte. »Auch wir haben am Anfang so gedacht. Die Wahlen hier auf der Insel spotten jeder Beschreibung. Da aber alle korrupt sind, finden Sie mit Ihrer Kritik nirgendwo Gehör. Ogura und Yagi sind vom gleichen Schlag, und man hat die Wahl zwischen dem einen oder dem anderen Übel. Für die Inselbewohner geht das völlig in Ordnung, und wir als Fremde haben eigentlich kein Recht, uns einzumischen.«

»Hmm, das mag sein …«

»Übrigens, Herr Miyazaki, wem geben Sie Ihre Stimme?«

»Ich weiß es nicht. Oder besser gesagt, beide Seiten setzen mich unter Druck.«

»Da sind Sie natürlich nicht zu beneiden«, kicherte der Landwirtschaftsberater. »Im Rathaus soll es besonders heiß hergehen. Doch wenn man auf der Gewinnerseite steht, dann hat man sein Auskommen. Getürkte Geschäftsreisen werden nur den Leuten des Bürgermeisters genehmigt. Boni gibt es für die Gegenpartei schon gleich gar nicht, und die Bürgermeisterfraktion bekommt sogar eine Schlechtwetterzulage.«

Kein Wunder, dass die Leute hier leuchtende Augen bekamen. wenn sie daran dachten, dass vier Jahre lang auf dem Gehaltsscheck eine Summe stehen würde, von der man vorher nur träumen konnte.

»Bei der letzten Wahl ist Ihr Vorgänger für den jetzigen Bürgermeister Ogura auf Stimmenfang gegangen und hat als Belohnung nicht nur den Posten des stellvertretenden Bürgermeisters bekommen, sondern noch einen *Toyota Crown* umsonst nebst einem Fahrer, der in der Yagi-Ära Abteilungsleiter gewesen war, hahaha.«

Während Ryōhei zuhörte, versank er zunehmend in eine depressive Stimmung, und ein tiefes Gefühl der Einsamkeit überfiel ihn angesichts der Haltung der Bewohner. Alle nahmen die Dinge so, wie sie kamen, da Widerstand zwecklos war. Nur er konnte sich dazu nicht überwinden. Wie Irabu sagte, war es wohl schlauer, der Natur ihren Lauf zu lassen.

Er verließ den Raum und ging zu seiner Wohnung, als er aus Mayumis Zimmer das Dröhnen einer E-Gitarre vernahm. Eine Melodie war nicht zu erkennen, und es hörte sich an wie der Lärm auf einer Baustelle. Dazu kam noch ein rhythmisches Fußstampfen. Da er bei dieser Geräuschkulisse wohl kaum seine Nachtruhe finden könnte, ging er in den ersten Stock und klopfte an ihre Tür.

Mayumi erschien in Shorts und Tanktop. »Was gibt's?«, fragte sie mürrisch mit erhitztem Gesicht.

»Verzeihung, würden Sie bitte etwas leiser ...«

»Alles klar.« Sie schlug einmal kräftig in die Saiten und warf die Tür wieder zu.

Dieses Verhalten ärgerte selbst Ryōhei maßlos, doch sah er noch immer den rosafarbenen Brustansatz vor sich. Wäre schön, wenn der ihm im Traum erschiene, dachte er noch.

5 ___

Am nächsten Tag wartete er ab, bis Muroi dienstlich außer Haus war, und bat Isoda zu einer Unterredung auf den Parkplatz.

»Was denn, was denn, Miyazaki. Willste uns jetzt endlich aktiv unterstützen, oder wie?«, grinste ihn Isoda an.

»Herr Isoda, haben Sie Herrn Tokumoto das Geld zurückgegeben, oder nicht? Bitte antworten Sie mir ehrlich.« Diesmal wollte Ryōhei standfest bleiben und sah ihm direkt in die Augen.

»Ah, das da. Ja, um ehrlich zu sein, ich hab an dich gedacht und die Rückgabe erst mal verschoben.«

»Sie haben an mich gedacht?«

»Jetzt mach nicht so 'n Gesicht«, lachte Isoda ihn an und versetzte ihm einen freundschaftlichen Klaps auf die Wange.

»Wenn ich das sofort zurückgegeben hätte, dann hätten dir die Kerle gleich wieder Dampf gemacht. Dann wärste nicht ungeschoren davongekommen. Da hab ich mir Folgendes überlegt. Wenn die glauben, dass du auf ihrer Seite bist, dann lassen se dich in Ruhe. Und am Schluss schenk ich denen dann reinen Wein ein. Na, is doch 'n guter Plan. Musst mir gar nicht danken.«

»Ja, aber …«

»Sag mal, von dir hört man auch nur ›Ja, aber …‹. Und du willst 'n Mann sein? Wo sind deine Eier? Egal, mach hin und kümmer dich um den Seniorenverein, koch für die oder mach sonst was. Der Wahlkampf dauert nich' ewig.«

Ryōhei hatte eine Menge zu sagen, doch fehlten ihm die Worte. Es stimmte: Nach der Rückgabe des Geldes hätte er mit Unannehmlichkeiten zu rechnen. Aber wenn er nichts sagte, wäre es dasselbe, als würde er die Yagi-Fraktion absichtlich täuschen.

Da kam Kobayashi zurück von der Sperrmüllsammlung. Als Leiter der Stadreinigung auf dem Müllwagen mitzufahren war eine der Grausamkeiten der auf Heimzahlung basierenden Personalpolitik.

»Na denn, viel Glück!«, schlug ihm Isoda auf die Schulter und ging davon.

Kobayashi, der gerade aus dem Müllwagen gestiegen war, kam mit ärgerlichem Gesicht auf Ryōhei zu. »Hey, was haste denn mit Isoda zu bereden gehabt?«

»Ach, nichts Besonderes«, winkte Ryōhei hastig ab.

»Na ja, war bestimmt 'n Erpressungsversuch, das Lager zu wechseln«, sagte Kobayashi und warf dem im Gebäude verschwindenden Isoda einen bösen Blick hinterher.

»Pah, dieser Schwachkopf. Weiß natürlich nicht, dass du von uns Kohle bekommen hast und schon längst auf unserer Seite bist.«

Ryōheis Magen rumorte wie eine Kröte und kündete von einem nun permanenten Unwohlsein.

»Aber genug davon. Ich bin gerade von der Müllsammlung zurück und hab vom Manager des Kurhotels etwas Hochinteressantes gehört. Der Doktor, der neulich gekommen ist, dessen Vater ist Vorstandsmitglied des japanischen Ärzteverbandes und scheint ’n richtig hohes Tier zu sein«, sagte Kobayashi mit aufgeregetem Gesicht.

»Aha, so ist das also.« Ryōhei ging ein Licht auf. Kein Wunder, dass der Herr Sohn durchs Leben ging, ohne sich Gedanken über die Welt um ihn herum zu machen.

»Das Beste kommt noch. Der Vater besitzt auch eine private Wohlfahrtseinrichtung, die in dünn besiedelten Gebieten Altenpflegeheime baut.«

»Sieh mal einer an.«

Das passte zu dem seit einiger Zeit erkennbaren Trend, dass Krankenhäuser sich mit Kommunen zusammentaten, Subventionen erhielten und Pflegeheime errichteten, ein System, das beiden Seiten zum Vorteil gereichte.

»Unser neuer Arzt ist also der Sohn von diesem Vorstandsmitglied. Das kann doch nur bedeuten, dass der bei uns die Lage auskundschaftet, sonst würde er ja wohl kaum zu einer abgelegenen Insel kommen.«

»Klingt einleuchtend.« Ryōhei hatte da seine Zweifel. Es war kaum glaubhaft, dass ausgerechnet dieser Arzt in einer Art geheimer Mission unterwegs war.

»Wie auch immer, wir können jedenfalls diese Verbindung zum Ärzteverband nicht ungenutzt lassen. Wenn die Ogura-Leute davon Wind kriegen, bleiben die garantiert nicht untätig. Ich hab Muroi eben per Handy informiert. Zusammen mit Tokumoto ist er schon auf dem Weg zum Behandlungszentrum. Ich fahre jetzt auch dorthin.«

Kobayashi zerrte den widerstrebenden Ryōhei in den Müllwagen und fuhr los. An ihre eigentliche Arbeit schien keiner von denen zu denken.

Auf dem Grundstück des Behandlungszentrums wimmelte es von Menschen. Eine Gruppe Grundschüler war da, die sich auf ihrem Nachhauseweg den Porsche ansehen wollte. »Geil! Echt scharf!«, hörte man sie aufgeregt rufen, während sie ins Wageninnere guckten. Die Karosserie des Autos war schon mit Fingerabdrücken übersät. Einige klopften an die Fensterscheibe des Sprechzimmers und schrien: »Onkel, lass uns auch mal mitfahren!«

»Umsonst gibt's nix, ihr Lausebengel. Wenn ihr was mitbringt, könnt ihr mal einsteigen«, rief Irabu zurück.

»Geht auch getrockneter Stinkfisch? Der wird bei uns zu Haus gemacht.«

»Nee, damit brauchst du gar nicht erst ankommen.«

»Und *Pokemon*-Sammelkarten mit Pikachū?«

»Ich nehm nur *Gundam*-Sammelkarten.« Irabus Gesprächsniveau unterschied sich kaum von dem der Kinder.

»Da merkt man doch gleich, dass man es mit einem Arzt aus einem anerkannten Hospital zu tun hat. Er ist sich nicht zu schade, auch mit den Kindern zu quatschen. Ja, Bescheidenheit ist ein Zeichen für ein gutes Elternhaus.« Kobayashi schien beeindruckt.

Wenn der wüsste! Aber es war Ryōhei zu lästig, ihn aufzuklären.

Muroi und Tokumoto kamen an, und als sie die Szene mit Irabu und den Kindern sahen, entspannten sie sich merklich. Sie betraten das Gebäude und sahen, dass es voller alter Leute war. Einige hatten sogar Sitzkissen mitgebracht und machten es sich auf dem Fußboden bequem.

»Miyazaki, was ist denn hier los?« Tokumoto machte große Augen.

»Doktor Irabu hat einen Computertomographen angeschafft. Ein Anruf genügte offensichtlich. Da ein solches Gerät so selten ist, strömen die Senioren in Scharen herbei.«

»Der scheint anders zu sein als die Ärzte, die bisher zu uns geschickt worden sind«, meinte Muroi mit gedämpfter Stimme. »So'n Gerät mit einem einzigen Telefonanruf?«

»Du, Alterchen. Was hältste denn von dem neuen Doktor?«, griff sich Kobayashi einen älteren Mann, den er kannte.

»Der geht in Ordnung. Der vorige war auch nich' schlecht, aber 'n bisschen steif und zu ernst. Der neue lässt uns machen, was wir wollen. Wir Alten wollen 'n bisschen Spaß beim Arzt.«

»Er is' sehr großzügig mit Spritzen«, mischte sich eine andere Alte ein.

»Die Krankenschwester ist 'n flotter Feger! Aber 'n bisschen merkwürdig isser schon«, riefen die Alten nun durcheinander.

»Guck mal, Miyazaki. Kaum isser hier, hat er die Alten schon auf seiner Seite«, sagte Muroi.

»Haben Sie den letzten Kommentar nicht gehört?«

»Ein fähiger Arzt kann auch ein Clown sein, so wie Patch Adams.«

»Na ja ...«

Ryōhei teilte Irabu mit, dass einige seiner Vorgesetzten zu Besuch gekommen seien, worauf sie alle ins Sprechzimmer gebeten wurden.

»Nur herein in die gute Stube«, rief Irabu in seiner etwas einfältigen Stimme.

»Wir begrüßen Sie sehr herzlich auf Senju. Wir wissen, es ist eine winzige, abgelegene Insel mit wenig Komfort, aber wir tun alles, was in unseren Kräften steht, um Sie zu unterstützen. Wir freuen uns auf die Zeit, die Sie für uns tätig sind«, begrüßte Muroi Irabu mit übertriebener Höflichkeit. Alle drei machten eine tiefe Verbeugung.

»Herr Doktor, sind Sie eigentlich auf eigenen Wunsch auf unsere Insel gekommen?«

»Nöö, daran ist mein Vati schuld. Der meinte, ich sollte mal eine Zeit auf einer abgelegenen Insel verbringen.«

Die Augen von Muroi und seinen Kollegen blitzten auf.

»Da er mit Altenpflegeheimen in dünn besiedelten Gebieten zu tun hat, meinte er wohl, dass es schlecht aussieht, wenn keiner von der Familie sich wenigstens einmal vor Ort blicken lässt.«

»Es ist uns eine Ehre«, rieb sich Tokumoto die Hände.

»Ach ja, Herr Doktor, der vorige Bürgermeister Yagi hat die Bitte geäußert, Sie persönlich kennenzulernen, und lässt fragen, ob es Ihnen heute Abend recht wäre. Das wäre dann auch gleich eine Art Empfangsparty für Sie.«

»Heut Abend geht's nicht. Eben war schon der Direktor einer Baufirma namens Iwata hier und hat mich ab sieben Uhr zu einem Abendessen mit dem Bürgermeister eingeladen.«

Augenblicklich erbleichten die drei Beamten.

»Meinen Sie mit Bürgermeister Ogura?« Tokumoto fiel in dem Moment nichts Besseres ein.

»Hm-hm. Das Abendessen ist im Kurhotel.«

»Na dann hätten Sie vielleicht morgen Zeit …?«

»Gerne. Dann möchte ich aber Fleisch essen. Nach drei Tagen rohem Fisch und Eintopf hab ich's satt.«

»Wie Sie wünschen.«

Schnell verließen sie das Sprechzimmer wieder. Im Freien packte Kobayashi Ryōhei am Hemd. »Das gibt's doch nicht. Die sind uns zuvorgekommen. Woher wussten die das?«

»Aber was fragen Sie mich das? Was Ihnen zu Ohren kommt, werden die anderen auch irgendwie erfahren, denke ich.«

Er wurde so heftig gerüttelt, dass ihm schwindelig wurde.

»Ausreden! Wenn Ogura von dem Plan mit dem Altenpflegeheim erfährt, dann bekommt er alle Stimmen der alten Knacker hier auf der Insel.«

»Moment mal. Solange es nur um den Plan geht, kann jeder etwas sagen. Wichtig ist der Doktor. Wenn wir den auf unsere

Seite ziehen, haben wir keine Probleme«, unterbrach ihn Tokumoto.

»Auf die Gefahr hin, Ihnen zu widersprechen: Ist dieser Arzt nicht einfach nur ein verhätschelter Sohn?«, mischte sich Ryōhei ein.

»Unterlass gefälligst diese Frechheiten«, würgte ihn Kobayashi ab.

»Sag mal, Miyazaki, das ist gar keine schlechte Idee«, sagte Muroi und brachte sein Gesicht näher heran. »Die Leute von Ogura wissen ja gar nich, dass du auf unsrer Seite bist. Beim Abendessen heute mischst du dich unter die Leute.«

»Gute Idee! Ogura bringt garantiert die Mäuse für den Doc mit. Wenn wir wissen, wie viel, können wir uns entsprechend vorbereiten«, meinte Tokumoto.

»Es tut mir sehr leid, aber ich habe seit einiger Zeit ziemliche Bauchschmerzen.«

»Red keinen Stuss. Du wirst ja wohl nich' mitten in der Schlacht schlappmachen?« Kobayashi nahm ihn so unsanft in den Schwitzkasten, dass Ryōhei mit den Zähnen knirschte. Warum musste er sich das gefallen lassen? Er hätte heulen können.

Am Abend konnte Ryōhei auf Fürsprache Irabus hin an dem Essen teilnehmen. Er wusste erst nicht, wie er Irabu seinen Wunsch plausibel machen sollte, und behauptete schließlich, er wollte sich auch einmal etwas Leckeres gönnen. Er dachte, dass Irabu diesen Grund wohl noch am ehesten verstand.

In einem Gastraum des Kurhotels waren Irabu, Ogura, der stellvertretende Bürgermeister, Isoda und andere versammelt. Iwata vom Wahlförderverein und Tsudahara von der Fischereigenossenschaft waren auch anwesend. Auf dem Platz des Ehrengastes am Ende der Tafel saß Irabu in einem Trainingsanzug.

»Hey, Miyazaki, was machst du denn hier?«, rief Isoda

Ryōhei, der am anderen Ende des Tisches saß, zu. »Das ist mein Freund«, beeilte sich Irabu zu antworten, woraufhin Isoda mit grinsendem Gesicht meinte: »Kein Problem, Herr Doktor, Miyazaki ist pflegeleicht, den können Sie nach Belieben benutzen.«

Zuerst begrüßte Ogura die Gesellschaft und sprach einen Toast. Die Anwesenden lobten Irabu in den Himmel: »Wer hätte gedacht, dass uns ein Doktor aus einem berühmten Krankenhaus die Ehre erweist? So zeigt sich die wahre Größe eines Arztes!«

Der so Gepriesene ließ das alles gelassen über sich ergehen und widmete sich derweil emsig den Eismeergarnelen vor sich.

»Herr Doktor, Sie mögen wohl Garnelen?«, fragte Iwata.

»Ja, aber frittierte Garnelen wären auch nicht schlecht.«

»Hey, Miyazaki! Bestell mal ein paar frittierte Garnelen!«

Ryōhei ging widerwillig zum Haustelefon und gab die Bestellung durch.

»Übrigens, Herr Doktor, Ihr Herr Vater ist ja sehr umtriebig in der Errichtung von Altenpflegeheimen«, brachte Ogura das Gespräch unverzüglich auf das eigentliche Thema. »Eines der drängendsten Probleme auf dieser Insel ist die Überalterung der Bewohner, weil die jungen Menschen aufs Festland ziehen. Infolgedessen stellt sich die Frage nach der Betreuung der Alten. Früher hat der älteste Sohn in der Familie sich um die Eltern gekümmert, doch, wie soll ich sagen, die Zeiten haben sich halt geändert, und nun müssen die Kommunen diese Aufgabe übernehmen …«

»Herr Bürgermeister, essen Sie das nicht?«, unterbrach ihn Irabu und deutete mit den Stäbchen auf Oguras Teller.

»Wie? Ach, Sie meinen die Garnelen. Aber bitte, bedienen Sie sich. Wir hier auf der Insel können jederzeit die Früchte des Meeres um uns genießen, hihihi«, brach der Bürgermeister in ein hysterisches Lachen aus.

»Los, gebt dem Doktor eure Garnelen«, forderte er seine Untergebenen auf, und ehe Irabu es sich versah, war vor ihm ein Berg Eismeergarnelen aufgehäuft.

»Und deswegen will die Stadt die Gelegenheit nutzen und eine Petition einreichen. Was sagen Sie, Herr Doktor? Würden Sie das, vielleicht schon morgen, Ihrem Herrn Vater übermitteln und für unsere Sache werben?«

»Das kommt aber recht plötzlich«, meinte Irabu mampfend. Er nahm eine Garnele, führte sie zum Mund und saugte geräuschvoll das Fleisch aus der Schale.

»Das Gute duldet keinen Aufschub. Die Aufstellung des Etats ist bei einer Kleinstadt wie der unseren kein Problem, hohoho.«

»Erlauben Sie mir bitte, dass ich etwas konkreter werde«, ergriff Iwata das Wort. »Wie Sie wissen, befindet sich unsere Insel mitten im Wahlkampf, und deswegen möchten wir den Bau eines neuen Altenpflegeheims öffentlich ankündigen. Diesbezüglich haben wir schon mit einer privaten Wohlfahrtseinrichtung in Tokio Verhandlungen aufgenommen, die sehr vielversprechend sind.«

»Meinen Sie mit ›privater Wohlfahrtseinrichtung‹ die von meinem Vati?«

»Ja, genau die.«

Irabu machte einen Schmollmund und sah aus, als ob er das bisher Gesagte nicht richtig verstanden hätte.

»Ich bitte um Entschuldigung, aber ich bin jemand, der kein Blatt vor den Mund nimmt, und will deshalb offen mit Ihnen sein. Herr Doktor: Wären Sie bereit, in dieser Angelegenheit unser Mentor zu sein?«

Isoda setzte sich ordentlich hin und spreizte die Arme auf den Boden. Der Bürgermeister und sein Stellvertreter machten es ihm nach. Ryōhei blieb nichts anderes übrig, als es ihnen gleichzutun.

»Herr Miyazaki, was ist denn ein Mentor?«, fragte Irabu.

»Das ist so etwas Ähnliches wie ein Leibwächter, grob gesagt.«

»Aha. Klingt irgendwie cool«, sagte Irabu mit verträumten Augen.

»Wenn Herr Doktor erst auf unserer Seite ist, dann sind wir unschlagbar«, rief Isoda munter.

»Doktor Irabu ist unsere leuchtende Hoffnung am Horizont. Lassen Sie unseren lang gehegten Traum eines Altenpflegeheims Wirklichkeit werden!«

Was sollte diese Lüge vom lang gehegten Traum?, fluchte Ryōhei innerlich.

Irabu nagte an einer frittierten Garnele, die man ihm gerade aufgetischt hatte. Sein Mund war über und über verschmiert mit Remouladensoße. Der Appetit dieses Mannes stand dem eines Hausschweins nicht nach.

»Und was wollen Sie gleich noch mal von mir?«, fragte er kauend.

»Es wäre schön, wenn Sie bei der Wahlkampfveranstaltung am Wochenende zusammen mit Bürgermeister Ogura auf der Bühne stehen könnten, sozusagen als Garant für den Bau eines Altenpflegeheims. Das ist eigentlich schon alles«, sagte Iwata.

»Mehr nicht?«

»Vorläufig …«

Der Bürgermeister gab Iwata einen Wink mit den Augen, woraufhin dieser einen Briefumschlag aus seiner Tasche holte. Seinem Umfang nach zu schließen, befanden sich darin wohl hundert Zehntausend-Yen-Scheine. Eine Million. Ryōhei überlief es heiß und kalt. Hier wurde er Zeuge einer Bestechung im großen Stil.

»Das ist Ihre Beratergebühr, und es würde uns freuen, wenn Sie sie annehmen.«

Als Iwata Irabu den Umschlag hinhielt, waren auf seinem Gesicht Zeichen einer großen Anspannung zu sehen. In Ryōhei schrie es: Nimm das nicht an! Irabu war zwar ein Sonderling, doch im Grunde seines Herzens war er ein unverdorbener Mensch, dachte Ryōhei. Er war ein Kind ohne gesunden Menschenverstand, doch er dachte nicht materialistisch.

Irabu nahm den Umschlag in die Hand und lugte hinein. »Huhuhu«, lachte er wie ein unheimlicher Kobold und steckte den Umschlag unter sein Sweatshirt. Ogura und seine Leute glühten geradezu.

»Herr Doktor, lassen Sie uns noch einmal anstoßen«, erhob sich Isoda und schenkte nach.

»Trinken wir darauf, dass der Bau des Altenpflegeheims und Doktor Irabus Aufenthalt auf unserer Insel zu wunderbaren Zeiten führen.«

»Zum Wohl!«, riefen alle wie aus einem Mund.

Isoda strahlte vor Freude. Überall hörte man Seufzer, und es war offensichtlich, dass allen ein Stein vom Herzen gefallen war.

Ryōhei schnaufte heftig durch die Nase und trank sein Bier in einem Zug aus. Egal, wohin man blickte, die ganze Welt war Scheiße.

6 ___

Am nächsten Morgen wurde Ryōhei durch einen Telefonanruf Murois aus dem Schlaf gerissen. Als er detailgetreu die Ereignisse des letzten Abends schilderte, wurde er barsch unterbrochen: »Mich interessiert einzig und allein die Höhe der Summe!«

Ryōhei ging zum Behandlungszentrum, und Irabu hatte keine Hemmungen, ihm den Inhalt des Umschlages zu zeigen. Die

Summe, die Irabu erhalten hatte, betrug tatsächlich eine Million Yen.

»Alles was recht ist, Wahlen in Senju machen richtig Spaß. Eine Million, hihihi. Mal gucken, was ich mir davon kaufe«, grinste Irabu ordinär, ohne seine Freude zu verhehlen.

»Ich habe mich in Ihnen gründlich getäuscht, Herr Doktor. Ich hatte es nicht für möglich gehalten, dass der Spross eines berühmten Krankenhauses sich für eine Million Yen kaufen lässt.«

Ryōhei blickte Irabu mit Verachtung an. Er hatte keine Lust mehr, Rücksicht zu nehmen.

»Meinen Sie, das war zu wenig? Mist! Ich hätte mehr verlangen sollen.«

»Sie missverstehen mich. Was ich meine, ist: Sie haben für Geld Ihre Seele verkauft!«

»Aber wieso, wenn man mir das Geld doch praktisch aufgedrängt hat. Ich wäre doch blöd, das nicht anzunehmen.«

Irabu zog beleidigt einen Schmollmund. Es war hoffnungslos, als ob man mit einem begriffsstutzigen Kleinkind reden würde.«

»Übrigens, Herr Doktor, heute Abend wird die Yagi-Fraktion in die gleiche Kerbe schlagen, damit Sie das wissen!«

»Interessiert mich doch nicht! So einfach kann man so etwas ohnehin nicht bauen.«

»Beide Parteien interessiert es herzlich wenig, ob das Projekt später realisiert wird, Hauptsache, sie können den Wählern ein glaubhaftes Versprechen geben. Wenn die mit den Stimmen der Senioren gewählt werden, werden sie schon Mittel und Wege finden, das Ganze im Sande verlaufen zu lassen.«

»Dann interessiert mich die Sache erst recht nicht. Du, Mayumi! Bring mal zwei Kaffee!«

Irabu bohrte in der Nase, als ginge ihn das alles nichts an. Ryōhei war ratlos.

»Bestimmt wird man Ihnen heute Abend einige hunderttausend Yen mehr bieten als gestern, damit Ihnen die Entscheidung leichter fällt.«

»Aha. Wenn das so ist, schlage ich mich natürlich auf die Seite derjenigen, die mehr bieten.«

Ryōhei starrte Irabu sprachlos an. Jetzt war ihm klar: Dieser Mann war nichts weiter als ein Dummkopf.

»Herr Doktor, auf dieser Insel bedeutet Wahlkampf, aufs Ganze zu gehen. Entweder man schlägt den Gegner zu Boden oder man findet sich selbst dort wieder. Wollen Sie da wirklich hineingezogen werden?«

»Das wird mich schon nicht den Kopf kosten. Ich bin ja ohnehin nur zwei Monate hier.«

In dem Moment kam ein altes Mütterchen ins Sprechzimmer.

»Herr Doktor, das Ogura-Wahlkomittee hat bekanntgegeben, dass Sie uns 'n Altenpflegeheim bauen wollen. Hehe, das is' wirklich 'ne Freude«, sagte sie und schüttelte Irabu die Hand.

»Ich baue gar nichts. Das macht der nächste Bürgermeister.«

»Aber Sie unterstützen ihn doch, gell?«

»Vorerst. Aber morgen unterstütze ich vielleicht schon Yagi, hehehe.«

»Ach so, ja dann isses wohl besser, wenn wir uns nach Ihnen richten. Da sind wir uns im Seniorenverein einig«, schloss die Alte mit ernstem Gesicht und trottete wieder davon.

Im Wartezimmer sammelten sich Mitglieder des Seniorenkreises, die vorher im Behandlungszentrum verstreut waren, und begannen eifrig zu flüstern.

»Mir soll es recht sein. Nun werden Sie doch das Zünglein an der Waage sein.« Ryōhei schaute ihn böse an.

»Sie machen sich einfach zu viele Gedanken, Herr Miyazaki. Kein Wunder, dass Ihr Magen da nicht mitspielt. Ach, da fällt mir ein: Ich muss Sie ja untersuchen. Mayumi-chan!«

Die Krankenschwester kam mit Spritzbesteck und Injektionstisch. Als sie Ryōhei dabei ertappte, wie seine Augen nach unten wanderten, tippte sie ihm mit dem Finger an die Stirn, und wieder fühlte sich Ryōhei so unendlich müde.

Auch an dem Essen an diesem Abend nahm Ryōhei teil. Eigentlich hatte er vorgehabt, sich irgendwohin zu verdrücken, doch Muroi entdeckte ihn rechtzeitig und schleppte ihn mit. Die Gesellschaft wurde im Hinterzimmer eines alten Gasthauses abgehalten. Yagi und die Mitglieder seines Wahlvereins, Direktor Tokumoto, Muroi, Kobayashi und andere, saßen in förmlicher Pose um den Tisch herum. Irabu erschien wie schon am Tag zuvor im Trainingsanzug.

Zunächst stellte Yagi sich vor. »Mein Name ist Isamu Yagi. Ich war der vorige Bürgermeister und bin nun im Vorstand verschiedener Gruppierungen. Wie Sie wohl wissen, habe ich mich für diese Wahl, bei der es für mich um Leben oder Tod geht, als Kandidat aufstellen lassen.«

»Toll! Shimofuri-Rindfleisch!«, rief Irabu mit glänzenden Augen, als das Fleisch auf Tellern serviert wurde.

»Und ich wünsche mir nichts sehnlicher, als wieder Bürgermeister zu werden und die notwendigen Reformen durchzuführen …«

»Sukiyaki, Sukiyaki! Ich hab's doch geahnt«, jubelte Irabu.

Yagi erstarrte, ohne sein gekünsteltes Grinsen zu unterbrechen. »… nun ja, dann fangen wir an zu essen. Herr Doktor scheinen hungrig zu sein, hehehe.«

»Wir haben das Fleisch vom Kaufhaus Mitsukoshi in Tokio kommen lassen, die Frühlingszwiebeln sind aus Shimonita«, erklärte Tokumoto.

»Ich mag keine Zwiebeln.«

»Oh, das wussten wir nicht …«

»Die können Sie gerne haben.«

»Vielen Dank, Herr Doktor, Sie sind zu gütig.«

Ryōhei fehlten die Worte, so dümmlich kam ihm das peinliche Gehabe der Gastgeber vor.

Nachdem sie angestoßen hatten, briet die Wirtin das Fleisch in einer Eisenpfanne und legte es in Irabus Schüssel. Irabu stopfte es sich sofort geräuschvoll in den Mund. Hastig bereitete die Wirtin die nächste Portion vor, die ebenfalls im gleichen Augenblick den Weg in Irabus Magen fand. Irabu aß das Fleisch so schnell wie jemand, der Buchweizennudeln aus einer Miniterrine schlürft.

»Herr Doktor, Sie sollten auch etwas Gemüse essen«, riet Ryōhei etwas vorlaut, worauf Muroi ihm sofort eine Kopfnuss verpasste. »Du redest nur, wenn du gefragt wirst!«

»Hihi …«, lachte Irabu schadenfroh.

Wieso merkte denn keiner, was für ein Schwachkopf das war?

Fünf Kilo Fleisch wurden innerhalb kürzester Zeit verputzt.

»Mann, bin ich satt«, stöhnte Irabu, streckte die Beine aus und streichelte seinen Bauch. Tokumoto gab mit seinen Augen ein Zeichen.

»Herr Doktor, Ihre geschätzte Anwesenheit hier bei uns hat einen Grund …«

Alle Anwesenden setzten sich wieder ordentlich hin. Yagi richtete seine Krawatte.

»Wir haben aus dem Ogura-Lager bereits über das Altenpflegeheimprojekt gehört«, fuhr Tokumoto fort, »aber trotzdem wollten wir anfragen, ob Sie nicht vielleicht doch bereit wären, uns damit zu beauftragen. Wir sind im Besitz des hiesigen Sportzentrums und haben in Bezug auf den Bauplatz keine Probleme. Wenn wir das Heim auf dem gleichen Gelände bauen, dann wäre das für die Bewohner hier ein Sozialzentrum, wie man es sich nicht besser wünschen könnte. Es wäre eine Einrichtung, auf die auch Ihr Herr Vater stolz sein könnte.«

»Mir ist alles recht«, erwiderte Irabu, während er den Nachtisch, Eis mit Sahne, verdrückte. »Kurz gesagt, Sie wollen ein öffentliches Wahlversprechen geben, richtig?«

»Ja, das war zumindest so geplant.« Tokumoto hüstelte etwas und holte einen Umschlag aus seiner Tasche.

Meine Herren!, stöhnte Ryōhei innerlich. Der Umschlag war doppelt so dick wie der gestrige, mit anderen Worten zwei Millionen Yen.

»Herr Doktor, wir möchten Sie mit aller gebotenen Höflichkeit darum bitten, dies hier als Ihre Beratergebühr anzunehmen, und es wäre uns eine große Ehre, Sie auf der Wahlkampfveranstaltung am Wochenende als unseren Gast begrüßen zu dürfen.«

Muroi saß daneben und hielt den Atem an. Irabu schlürfte an der Kirsche, mit der das Eis verziert war. Langsam streckte er seine rechte Hand aus, packte den Umschlag auf dem Tisch und ließ ihn in seinem Trainingsanzug verschwinden, ohne auch nur einen Blick darauf zu werfen.

»Hihihi.« Mit kurzer Verzögerung stieg Irabus Lachen auf wie eine Gasblase aus dem Sumpf.

»Herr Doktor, wir danken Ihnen vielmals!«, rief Muroi erregt mit rotem Gesicht. Auch die anderen stimmten ein und verneigten sich.

Was kümmerte es ihn! Ryōhei war dem Weinen nah und verneigte sich mit ihnen.

»Ja, Herr Doktor, mit Ihnen kann man reden, hihihi«, lachte Yagi schrill.

»Aber ehrlich gesagt habe ich gestern von Herrn Ogura schon eine Million Yen bekommen«, sagte Irabu.

Aus diesen Worten sprach nicht Offenheit, sondern pure Naivität.

»Machen Sie sich keine Sorgen. Sie geben das Geld später Miyazaki, und der übernimmt die volle Verantwortung, dass es zurück an den Spender gelangt«, antwortete Muroi.

»Wie …? Aber … warum denn ich?«, verhaspelte sich Ryōhei mit weit aufgerissenen Augen.

»Halt den Mund. Denk an die Insel … und an dich«, wies ihn Kobayashi zurecht und nahm ihn in den Schwitzkasten.

Was war er für diese Menschen hier? Er wusste in dem Moment keine Antwort darauf. Von der Yagi-Fraktion hatte er dreihunderttausend Yen bekommen, die die Ogura-Fraktion konfiszierte, um ihm gleich darauf fünfhunderttausend Yen zu geben. Die hatte er immer noch in seinem Rucksack. Und nun sollte er für Irabu eine Million Yen zurückgeben. Ryōhei verstand die Welt nicht mehr. In seinem Kopf begann sich alles zu drehen, und er fühlte, wie ihm die Sinne schwanden. In dem Moment sank er zu Boden.

»Was issen mit dir?«, hörte er Kobayashis Stimme aus der Ferne.

»Herr Miyazaki, Sie sind ohnmächtig geworden. Sie sollten nicht so viel trinken.«

Als Ryōhei Irabu am folgenden Tag aufsuchte, empfing der Arzt ihn mit diesen schwerfällig ausgesprochenen Worten, während er sich mit einem Kugelschreiber am Kopf kratzte.

»Ich habe nur etwas Bier getrunken. Sie waren doch auch da und haben alles gesehen«, erwiderte Ryōhei kampfeslustig. Er hatte jeglichen Respekt für Irabu verloren.

»Jetzt seien Sie doch nicht so empfindlich. War doch nur Spaß. Was Sie haben, nennt man eine Ataxie, hervorgerufen durch eine Störung des vegetativen Nervensystems. Gibt es häufig.«

»Eine Ataxie?«

»Genau. Ist so etwas wie die Masern der Firmenangestellten. Kein Grund zur Sorge«, meinte Irabu, ohne ihn direkt anzusehen, während er eine *Gundam*-Figur in die Patientenakte malte.

»Ich mache mir aber Sorgen! Was soll ich denn jetzt tun?«

»Urlaub nehmen und nach Tokio zurückkehren.«

»Wenn ich könnte, würde ich das sofort tun. Ich fühle mich wie ein Hund, der sich in einen Safaripark verirrt hat.« Auf einmal standen ihm Tränen in den Augen.

»Das ist doch kein Grund zu weinen!«

»Ich kann nicht anders. Ich weiß, ein Erwachsener tut das nicht.«

»Emotional instabil«, schrieb Irabu in die Patientenakte.

Mayumi warf Ryōhei schweigend ein Handtuch zu. Ryōhei fing es auf und wischte sich die Tränen weg.

»Übrigens: Das ist die Million von Ogura. Geben Sie ihm die bitte wieder zurück, gell?« Irabu drückte ihm den Umschlag in die Hand.

»Herr Doktor, was sind Sie nur für ein Unmensch! Ich bin völlig verzweifelt, und Sie verlangen von mir, das Geld zurückzugeben. Sie wissen doch genau, dass die von Ogura mit mir kurzen Prozess machen.«

»Ja, aber weil Herr Muroi versprochen hat, dass Sie das Geld zurückgeben, habe ich mich darauf eingelassen.«

»Wie können Sie so etwas Kindisches sagen!? Und überhaupt: Ich kann immer noch nicht fassen, wie Sie so mir nichts dir nichts die Fronten wechseln konnten.«

»Ich habe doch mit all dem nichts zu tun. Ich bin so etwas wie ein Baseballspieler, der seinen nächsten Verein frei wählen kann, hehehe.«

»Glauben Sie, das wäre mit einem Lachen abgetan? Sobald ich das Geld zurückgegeben habe, kommt der nächste Angriff mit noch mehr Geld.«

»Darüber mache ich mir Gedanken, wenn es so weit ist«, sagte Irabu entschieden. Ryōhei war es ein Rätsel, woher dieser Mensch seine Zuversicht nahm.

Muroi rechnete mit einem Gegenschlag der Ogura-Fraktion und hatte Ryōhei befohlen: »Lass den Doktor keine Sekunde aus den Augen!« Als Ryōhei gefragt hatte, ob er nicht seiner Arbeit im Rathaus nachgehen müsse, antwortete Muroi ihm mit blutunterlaufenen Augen: »Bei einer Niederlage bist du auch deinen Job los!«

Bei Irabu bekam er wie üblich eine Spritze, und während ihm wieder die Tränen in die Augen schossen, streichelte ihn Mayumi über den Kopf und meinte: »Wird schon wieder gut werden, mein Kleiner.« Überrascht schaute er auf, nur um im nächsten Augenblick zu hören: »Na ja, keinen Mumm in den Knochen.«

Ryōhei wurde immer schwermütiger. War er der Einzige, der so schwach war?

Er steckte die Million in den Rucksack und begab sich zurück zum Rathaus. Am Eingang kam ihm Isoda entgegen.

»Hallo, Miyazaki, gut, dass ich dich hier treffe. Wir haben jetzt gleich eine Lagebesprechung, und ich bin auf dem Weg zum *Dolphin.*« Mit seinem Kinn wies Isoda auf das Café schräg gegenüber dem Rathaus.

»Äh, ich habe Ihnen etwas zu sagen … es geht um Doktor Irabu«, sagte Ryōhei zögerlich.

»Ah, der gute Herr Doktor. Trifft sich gut, über den wollte ich mit dir nämlich auch sprechen. Es wär wohl doch nich' schlecht, wenn der ein paar Worte auf der Bühne verliert. Da ihr beiden ja anscheinend ganz dick miteinander seid, kannste das vielleicht für uns einfädeln. Eine kleine Begrüßung würde schon ausreichen.«

»Nein, eigentlich wollte ich …«

»Das kannste auch drinnen sagen«, maulte Isoda, während er ihn von hinten in das Café schob.

Dort saßen schon Direktor Iwata und Tsudahara von der Fischereigenossenschaft. Neben ihnen saß eine auffällig herausgeputzte Frau Mitte dreißig, die man ihm als die Tochter des Bürgermeisters Ogura vorstellte. Es sah so aus, als ob das ganze Geld, was mit der Baufirma in Tokio verdient worden war, für den Stimmenfang in diesem Wahlkampf verwendet wurde.

»Sie sind also Herr Miyazaki und unterstützen meinen Vater, wie ich gehört habe.«

Ryōhei war überrascht, als sie ihm plötzlich um den Hals fiel. Ein starker Parfümgeruch stach ihm in die Nase. Er wurde bis zu einem Tisch ganz hinten weitergedrängt, wo noch mehr Anhänger von Ogura saßen. Die ganze Zeit musste er Hände schütteln, und ein Mann hatte sogar Tränen in den Augen, als er sagte: »Dank dir, Miyazaki!«

»Wenn Herr Ogura gewinnt, dann ham wir das auch dir zu verdanken, und leer wirste nicht ausgehen. Zuerst wirste aus deiner Wohnung in ein von der Stadt verwaltetes Landhaus auf dem Hügel ziehn. Das ist so gut wie leer, weil die jetzige Bude unter aller Sau is'. Und einen *Toyota Crown* stellen wir dir auch zur Verfügung«, sagte Direktor Iwata zu Ryōhei und schlug ihm jovial auf die Schulter.

»Also … ich meine …« Ryōhei fand keine Worte. Es ging nicht. Er brachte nicht den Mut auf, ihnen reinen Wein einzuschenken.

Direktor Iwata erhob sich und eröffnete mit leidenschaftlichen Worten die Sitzung: »Also gut. Wir sin' heute hier zusammengekommen, um zu besprechen, was wir mit den Briefwählern machen sollen. Wie allen bekannt sein dürfte, hatte Yagi die

Stimmen aller jungen Leute, die die Insel verlassen haben, an sich ziehen können. Damit uns so ’n Reinfall nich’ wieder passiert, müssen wir jetzt zu extremen Maßnahmen greifen. Unser Ziel sind die bettlägerigen Alten.«

»Fallen darunter auch die Alten von den Trockenwarenläden?«, fragte jemand.

»Ei freilich!«

»Die sin’ ja schon vollkommen senil und erkennen ihre eigenen Kinder nicht wieder.«

»Deswegen sin’ die gerade richtig. Die karr’n wir auf ihren Rollstühlen zum Rathaus, und alles Weitere regelt dann schon unser Isoda. Zu unser’m Glück gibt’s auf Senju etwa dreißig Alte, die an Alzheimer leiden. Wir geh’n von Haus zu Haus und greifen die uns.«

»Guter Plan!«, hieß es zustimmend von allen Seiten.

Ryōhei glaubte seinen Ohren nicht zu trauen. Aber halt! Wichtiger war, was er mit dem Geld machte.

»Tja, Miyazaki, das erledigst du dann für uns«, richtete sich Isoda nun an ihn.

»Wie …? Nein, auf keinen Fall.«

»Keine Widerrede, du bist der ideale Mann dafür. Du sagst, die müssten sich beim Doktor untersuchen lassen, und lockst se raus. Dann lässte den Doktor irgendeine Diagnose schreiben und bringst se zum Rathaus. Natürlich tun der Doktor und du das nicht umsonst.«

»N … Nein, das kann ich nicht.«

»Herr Miyazaki, ich bitte Sie!«, schmiegte sich auf einmal Oguras Tochter mit ihrem üppigen Busen an ihn. »Sie glauben gar nicht, wie dankbar *ich* Ihnen erst sein werde.«

»Aber … ich meine eigentlich …« Irgendwie hatte er den Eindruck, als sei die Luft um ihn herum auf einmal dünner geworden. Mit der Hand schlug er sich mehrfach auf die Brust.

»Na sieh mal einer an, dann können wir uns also auf dich verlassen!«, triumphierte Isoda.

»Sie machen das für uns, Herr Miyazaki, gell? Ich bin ja so froh.« Oguras Tochter schlang ihre Arme um seinen Hals und gab ihm einen Kuss auf die Wange.

Ryōhei kämpfte heftig mit sich. Er war bestimmt knallrot im Gesicht. Auch das war sicher ein Anzeichen für diese Ataxie. Jedenfalls musste er hier raus an die frische Luft.

»O-Kei-chan ist wie immer nicht zu bremsen. Guck mal, wie Miyazaki sich geniert. Wenn da mal dein Herr Gemahl nicht eifersüchtig wird.«

»Das ist mir egal. Dieser gefühllose Mensch ist ja nicht mal bereit, beim Wahlkampf mitzuhelfen.«

Wieder wurden Ryōheis Augen feucht.

»Seht mal, Miyazaki kommen vor lauter Freude die Tränen!«

Alle brachen in Gelächter aus und klatschten Applaus.

»Miyazaki, das nötige Kleingeld steck ich dir in den Rucksack, gell!« Iwata hatte einen neuen Umschlag in der Hand, den er in Ryōheis Rucksack verstaute.

Einen Moment bitte!, wollte Ryōhei rufen, doch versagte ihm die Stimme.

Er stand auf, um an die frische Luft zu gehen. »Wir verlassen uns auf dich«, riefen sie ihm winkend zum Abschied zu, und er stand im Freien. Torkelnd ging er in Richtung Rathaus. Endlich konnte er wieder ungehindert atmen, doch sogleich bekam er einen heftigen Hustenanfall.

Heute wollte er früh nach Hause gehen. Nichts wünschte er sich sehnlicher, als auf seinen Futon zu fallen und für eine Weile die Welt um sich herum zu vergessen. Bis zum Wahltag würde ohnehin keiner arbeiten.

7

Er rief im Rathaus an, dass er wegen einer Erkältung nicht ins Büro kommen könnte, und blieb für zwei Tage zu Hause. Sein körperliches Unwohlsein war bestimmt auf Stress zurückzuführen.

Von draußen hörte er dauernd den Lärm der Lautsprecherwagen, die ihren Kandidaten anpriesen. Er blickte durchs Fenster und sah, dass beide Parteien inzwischen mehr als zehn Autos hinter sich herzogen. Manchmal hörte er auch Irabus Porsche aufheulen, aus dem beim Vorbeifahren das fröhliche Geschrei der Kinder drang, die Irabu mitfahren ließ. Die ganze Insel befand sich in einem Zustand fieberhafter Erregung.

Jeden Tag erhielt er Telefonanrufe von beiden Seiten. Isoda drängte ihn, endlich den Plan mit den Briefwählern in die Tat umzusetzen. Muroi verlangte einen Bericht über die Fortschritte beim Seniorenverein. Um die beiden loszuwerden, sagte er stets, »Ich bin dabei«, und merkte, wie er immer fiebriger wurde.

»Du sorgst persönlich dafür, dass der Doktor auf der Wahlkampfveranstaltung erscheint«, hatten ihm beide Parteien unisono aufgetragen. Die Wahlkampfveranstaltung der Ogura-Fraktion fand im Gebäude der Fischereigenossenschaft statt, Yagi und seine Gefolgsleute hatten sich für das Sportzentrum entschieden. Beide Veranstaltungen fanden am selben Tag statt. Zur selben Zeit. Das war morgen.

Ryōheis Blick fiel auf den in der Ecke stehenden Rucksack. Am Vortag hatte ihm Isoda von der Ogura-Fraktion dreihunderttausend Yen zugesteckt. In seinem Rucksack befanden sich also nun 1,8 Millionen Yen.

In was war er da nur reingeraten? Er raufte sich die Haare. Er selbst hatte doch gar nichts getan! Er sah seine letzte Hoffnung in einem Besuch bei Irabu. Dem schamlosen Doktor fiel vielleicht etwas ein.

»Was denn, was denn! Sie haben die Million immer noch nicht zurückgegeben?«, war das Erste, was Irabu sagte, als Ryōhei ihm erzählte, wie die Dinge standen.

»Ich konnte es einfach nicht. Alle glauben doch, dass ich auf ihrer Seite bin.«

»Sie sind wirklich ein verantwortungsloser Geselle«, blies Irabu entrüstet die Backen auf.

»Sie sind gerade der Richtige, mir das zu sagen!«, rief Ryōhei auf einmal erregt.

»Sagen Sie später nicht, ich hätte Sie nicht gewarnt. So wie es jetzt aussieht, sitzen Sie doch ganz schön in der Patsche.«

»Das kann man wohl sagen.« Ihm schoss das Blut in den Kopf, und wieder bekam er Atembeschwerden.

Er versuchte mehrmals, tief zu atmen, und erklärte Irabu detailliert den gegenwärtigen Stand der Dinge. Irabu ließ Mayumi Kaffee bringen und hörte Kekse knabbernd Ryōheis Bericht zu.

»Junge, Junge, in dieser Wahl wird wirklich mit Geld um sich geschmissen«, meinte Irabu.

»Ich denke, das ist in Japan überall gleich. Je weniger Wahlberechtigte, desto mehr wird das Geld individuell verteilt, was natürlich auffällt.«

»Ich verstehe. Und in Ihrem Rucksack befinden sich also jetzt 1,8 Millionen Yen. Ist das nicht ein bisschen gefährlich, damit herumzulaufen? Ich kann das gerne für Sie aufbewahren.«

Ryōhei starrte Irabu an, ohne zu antworten.

Irabu machte ein betont ernsthaftes Gesicht. »Was denn?«, fragte er unschuldig.

»Besser nicht.«

»Aber warum denn?« Irabus Stimme hatte auf einmal einen schmeichelnden Ton.

»Ich kann Ihnen nicht trauen.«

»Na, na, diese Bemerkung belastet das Vertrauensverhältnis zwischen Arzt und Patient aber erheblich.«

»Jetzt nehmen Sie mich bitte einmal ernst und sagen mir, was ich tun kann. Die Veranstaltung rückt immer näher.«

Irabu runzelte die Nase. »Ach ist das nervig.« Er kratzte sich geräuschvoll am Kopf.

»Sie waren es doch, der das Geld angenommen hat, Herr Doktor.«

»Na gut. Dann nehmen wir eben an beiden Veranstaltungen teil. Es werden ja nur ein paar Begrüßungsworte erwartet.«

»Sie machen Witze.« Ryōhei machte ein ungläubiges Gesicht. »Beide Veranstaltungen beginnen um dieselbe Zeit!«

»Mit dem Porsche bin ich in null Komma nix da, wo ich hinwill. Ich gehe bei der einen früher und komme bei der andern etwas später.«

»Das kommt doch schnell raus. Und dann ...«

»Darüber mach ich mir Gedanken, wenn es so weit ist. Sie machen sich einfach zu viele Sorgen. Kein Wunder, dass es um Ihr Nervenkostüm nicht zum Besten bestellt ist.«

Irabu ließ sich in den Sessel zurückfallen und schlürfte seinen Kaffee.

»Hmm, wenn ich an beiden Veranstaltungen teilnehme, bräuchte ich eigentlich die eine Million auch nicht zurückzugeben«, murmelte er zu sich selbst.

Ja, war dieser Mann denn von Sinnen? Ryōhei wollte schon wütend etwas erwidern, doch es entfuhr ihm nur ein lauter Seufzer.

In dem Augenblick klopfte es, und eine alte Frau steckte ihren Kopf zur Tür herein.

»Herr Doktor, ham Se sich schon entschieden, wo Se morgen hingehn?«

Offensichtlich hatte sie der Seniorenverein geschickt.

»Zu beiden!«

»Zu beiden?« Die Alte zog die Augenbrauen hoch und trottete zurück ins Wartezimmer.

Vielleicht würde ja ein Taifun kommen, malte sich Ryōhei aus. Hoffnungslos, es war ja Winter. Oder vielleicht ein Schneesturm? Auch Unsinn, auf dieser Südinsel fiel ja so gut wie nie Schnee. Ryōhei wollte nur weg von hier. Vielleicht würde ein unterseeischer Vulkan ausbrechen?, begann er sich ernsthaft auszumalen.

Am folgenden Tag herrschte geradezu unverschämt schönes Wetter. Als ob ein Feiertag bevorstünde, lag über der ganzen Insel eine prächtige Atmosphäre. Aus der Richtung der Fischereigenossenschaft hörte man Feuerwerksgeböller und nach einer Weile auch vom Sportzentrum. Es war wie vor einem großen Sportfest.

Auch Ryōheis Mitbewohner wollten sich das Spektakel ansehen. Letztes Mal hatte sich ein Störenfried in Oguras Veranstaltung eingeschlichen. »Die haben sich da gegenseitig angeschrien und mit faulen Eiern beworfen«, erzählte ihm ein Lehrer lachend. Alle schienen gespannt darauf zu sein, was diesmal passieren würde.

Die sonst leeren Straßen im Stadtzentrum waren an diesem Tag verstopft. Sogar Buden, in denen Takoyaki, gebackene Teilchen mit Oktopusstückchen, angeboten wurden, standen hier und da. Irabu hielt sofort seinen Porsche an und kaufte sich drei Schachteln.

»Wollen Sie auch was essen, Herr Miyazaki?«

»Ich habe keinen Appetit.«

»Sie sind vielleicht empfindlich.«

Ryōhei wollte darauf nicht antworten.

Vom Rücksitz streckte Mayumi die Hand aus und nahm sich ein Takoyaki-Bällchen. Auch an diesem Tag trug sie ihre schlechte Laune zur Schau.

»Herr Doktor, fragen Sie mal, ob die 'nen Job als Ansagerin haben. Aber unter dreißigtausend Yen pro Tag mach ich das nicht.«

Wer würde eine so unfreundliche Frau als Ansagerin anheuern?

Zuerst fuhren sie zur Wahlkampfveranstaltung von Ogura in der Fischereigenossenschaft. Muroi von der Yagi-Fraktion hatten sie über Handy mitgeteilt, dass sie einen Notfall hatten und sich verspäten würden. Am Eingang des Hauses stand ein Mann, der offensichtlich zum Wahlverein gehörte und den Einlass kontrollierte. Leuten von Yagi sollte offensichtlich der Zutritt verwehrt werden. Drinnen im Saal, der wie eine zu klein geratene Sporthalle aussah, wurden unzählige bunte Fischfangflaggen hochgehalten. Es war eine Ogura gemäße Inszenierung. Die meisten seiner Wähler stammten aus der Fischereigenossenschaft. Aus den Lautsprechern tönten Schnulzen von Ichirō Toba. Auf den Tischen standen Bier und Sushi und die Kinder tobten kreischend durch den ganzen Saal.

Irabu steuerte gleich einen der Tische mit dem Sushi an und stopfte sich nacheinander jeweils zwei Stücke auf einmal in den Mund. Man konnte kaum glauben, dass dieser Mann durch irgendetwas aus der Ruhe zu bringen war.

»Vielen Dank, dass Sie gekommen sind, Herr Doktor«, sagte Isoda, während er sich die Hände rieb und sich zu ihnen gesellte. »Tja, dann kommen Sie mal rauf auf die Bühne.« Er zog den massigen Irabu hinter sich her wie einen Ochsen.

Auf der Bühne standen ein paar Stühle nebeneinander und Irabu wurde in der Mitte platziert. An der Wand hinter ihm hing ein Plakat, auf dem groß *Dr. med. Ichirō Irabu* geschrieben stand. Männer, die offensichtlich zur Stadtprominenz gehörten, kamen nacheinander zu Irabu und verbeugten sich vor ihm. Irabu saß mit ausdruckslosem Gesicht da, als würde ihn das alles nichts angehen, und Ryōhei war ein klein wenig beeindruckt.

Plötzlich ergriff der Vorsitzende des Wahlvereins, Direktor Iwata, das Mikrofon. »Meine Lieben, die Stunde der Entscheidung ist nun da und wir können nicht mehr zurück. Um der gerechten Sache zum Sieg zu verhelfen und unsere Insel Senju zu einem noch lebenswerteren Ort zu machen, gibt es eigentlich nur eine Wahl: Gebt eure Stimme auch diesmal Takeshi Ogura!«

Sogleich brauste frenetischer Beifall auf. Die Fischer, die alle Stirnbänder mit der japanischen Flagge trugen, riefen laut: »Jawoll, jawoll!«

Als Nächstes betrat Ogura die Bühne. Er sah gesünder aus als im Rathaus, und er hatte sein Wahlkampfgesicht aufgesetzt. »Liebe Mitbürger von Senju. Ich bin wütend! Da kommt doch so ein unverschämter Mensch daher und will den Plan einer Instandsetzung unseres Hafens null und nichtig machen. Der Name dieses Menschen ist …«

»… der Trottel Osamu Yagi!«, tönte es wie aus einem Mund.

»So ist es! Osamu Yagi denkt nämlich nur an seinen eigenen Geldbeutel.«

Aus dem Publikum ertönten einige Zwischenrufe. Wie in einem gut eingespielten Team ging es für eine Weile mit den Schmähungen von Yagi zwischen Bühne und Publikum hin und her. Auch wenn Ryōhei sich inzwischen an den defätistischen Wahlkampfstil gewöhnt hatte, so hing er ihm doch zum Hals heraus. Im Prinzip ging es nur darum, deutlich zu machen, dass im Fall einer Wahl Yagis eine Zeit des Leidens anbrechen würde.

»Meine Freunde, ich bin heute zu euch gekommen, um euch etwas zu verkünden. Was wir und andere abgelegene Inseln schon immer erträumt haben, aber nie verwirklichen konnten, wird nun endlich wahr: der Bau eines Altenpflegeheims auf dieser, unserer Insel! Es mag einige geben, die sich fragen, ob dies auf einer Insel mit gerade einmal dreitausend Einwohnern wirklich nötig ist. Aber durch meine guten Beziehungen zur Regierung ist es mir endlich gelungen, euch einen konkreten Plan zu präsentieren. Einen Plan, den wir zusammen mit einer privaten Wohlfahrtseinrichtung ausgearbeitet haben …«

Das Publikum hörte nun aufmerksam zu. Ganz offensichtlich stieß das Thema »Altenpflegeheim« auf großes Interesse unter den Inselbewohnern.

Ogura behauptete, dass er nach seiner Wahl sofort dieses Projekt angehen würde. Auf die Budgetplanung ging er natürlich nicht ein. Hauptsache gewinnen, alles Weitere würde sich dann schon zeigen, war sowohl Oguras als auch Yagis Devise.

»Das Ergebnis meiner intensiven Verhandlungen kann sich sehen lassen. Es ist mir daher eine besondere Ehre, euch heute den Sohn des Leiters der Irabu-Poliklinik vorzustellen, der uns mit seiner Anwesenheit beglückt, um sich ein Bild vor Ort zu verschaffen. Sein Vater ist Vorstandsmitglied des japanischen Ärzteverbandes und Vorstandsvorsitzender der privaten Wohlfahrtseinrichtung.«

Erst seit kurzem wusste er überhaupt von der Existenz Irabus und nun log er hier vor allen Leuten das Blaue vom Himmel herunter, dachte Ryōhei angewidert.

»Meine lieben Freunde: Herr Doktor Ichirō Irabu!« Mit lauter Stimme rief Ogura Irabus Namen, worauf sich heftiger Beifall erhob.

»Guck mal, Doktor Irabu hat sich für Ogura entschieden«, tuschelten die Mitglieder des Seniorenvereins untereinander.

Irabu erhob sich von seinem Stuhl und winkte lässig in die Menge.

»Herr Doktor, wären Sie so freundlich, ein paar Worte zu sagen?«, bat Direktor Iwata.

»Wie? Muss das sein?«, runzelte Irabu mit gespieltem Unwillen die Stirn, stellte sich jedoch sogleich vor das Mikrofon. Alle warteten gespannt.

»Altenpflegeheim – FOO!« Irabu imitierte den Erkennungsruf eines kürzlich populär gewordenen TV-Prominenten und wackelte dabei wie dieser mit den Hüften. Die Erwachsenen in der Halle schwiegen betreten. Keiner rührte sich. Nur die Kinder waren begeistert. »Noch mal, noch mal!«, riefen sie.

»Was? Noch einmal?«, antwortete Irabu sichtlich vergnügt.

Ryōhei wandte den Blick ab. Einen solchen Dummkopf hatte er in seinem Leben noch nicht gesehen. Ach ja, jetzt war es an der Zeit, Mayumi zu kontaktieren. Er lief zum Fenster und gab der draußen wartenden Krankenschwester ein Zeichen. Sie zog aus ihrem Ausschnitt ein Handy und drückte auf die Tasten. Sogleich klingelte das Handy in Irabus Jackentasche. Alles lief wie verabredet. Irabu holte das Handy heraus.

»Was ist denn? Ich bin gerade beschäftigt … aha … aha … Wie? Ein Notfall? … Ebolavirus? Ja das ist etwas anderes. Dann komme ich natürlich sofort.«

»Ein Notfall!«, sagte er zu den verdutzten Männern vor sich. »Ich muss weg.« Er winkte kurz und stieg von der Bühne. Keiner sagte ein Wort. Nur die Kinder liefen Irabu hinterher.

Sie verließen das Gebäude, sprangen in den Porsche und fuhren mit heulendem Motor ab.

»Na, das ist ja prima gelaufen«, meinte Irabu.

»Das nennen Sie prima gelaufen?«, entgegnete Ryōhei mit weinerlicher Stimme.

»Na ja, solange keiner stirbt, ist es ein Erfolg«, schloss Irabu selbstbewusst mit einem Satz, der auch von Homer Simpson hätte stammen können.

Mit quietschenden Reifen jagten sie um die Ecken und waren innerhalb von zehn Minuten am Sportzentrum. Vor dem Eingang wartete Muroi schon sichtlich ungeduldig.

»Schnell, schnell! Herr Yagi hat schon mit seiner Rede begonnen.« Er verbeugte sich tief vor Irabu und fuhr fort: »Herr Doktor, vielen Dank für Ihre Bereitschaft, uns zu unterstützen. Mit Ihrer Hilfe werden wir gewinnen.«

Der leidenschaftlich von Muroi vorgetragene Dank versetzte Ryōhei einen Stich in die Brust. Wenn herauskam, dass sie auch an der Versammlung der Ogura-Fraktion teilgenommen hatten, dann würde es einen Aufruhr geben. Wahrscheinlich würden sie noch heute Abend auffliegen. Im Galopp trafen sie in der Halle ein.

»Herr Doktor, alles, nur kein weiteres *Foo*, wenn ich Sie bitten darf«, flüsterte Ryōhei Irabu zu.

»Wieso denn? Ist doch gut angekommen«, protestierte Irabu.

Auf der Bühne war Yagi gerade dabei, den Plan des Altenpflegeheims vorzustellen. Als er Irabu erblickte, wurde seine ohnehin schon hohe Stimme noch einmal um eine Oktave höher. »Liebe Anwesende, obwohl Herr Doktor Irabu so beschäftigt ist, hat er Zeit gefunden, uns die Ehre zu erweisen, hehehe.«

Unter donnerndem Applaus betrat Irabu die Bühne.

»Wir ham' auf Sie gewartet, Herr Präsident!«, rief jemand aus dem Publikum nach oben.

Irabu sah dies als Stichwort, hob gravitätisch die Hand und marschierte zur Mitte der Bühne. Dort schüttelten er und Yagi sich die Hände. Hoffentlich benahm er sich nicht wieder daneben, betete Ryōhei am Bühnenrand.

»Hiermit übergebe ich Herrn Doktor Irabu das Wort«, sagte Tokumoto, der den Moderator spielte.

Alle schauten erwartungsvoll auf Irabu.

»Altenpflegeheim – FIVE!« Irabu streckte beide Hände von sich und verharrte in dieser Pose.

Vom Publikum kam keine Reaktion. Alle machten ein verständnisloses Gesicht. Vom Berg hinter dem Gebäude hörte man Krähen krächzen.

»Nicht kapiert? Nach *foo* kommt doch *five*, oder nicht?«

Irabu errötete etwas. Ryōhei schloss die Augen. Jetzt war es amtlich: Irabu war ein Naturmonument der Dummheit. Es gab nichts Schlimmeres als einen missglückten Witz. Die Menschen hier konnten ja nicht wissen, was bei der anderen Wahlveranstaltung vorgefallen war.

»Einen Moment mal!«, rief plötzlich von hinten ein Mann mit lauter Stimme. Der Mann war von kräftiger Gestalt und hatte einen dunklen Teint.

»Dieser Doktor Irabu war bis vorhin bei der Wahlkampfrede von Ogura. Das hat mir grad eben jemand über Handy mitgeteilt. Jetzt soll der auch hier den Plan von dem Altenpflegeheim in die Tat umsetzen? Das is' doch mehr als komisch!«

Die Blicke aller richteten sich nun auf Irabu, und der Saal wurde unruhig.

»Lasst euch nicht an der Nase rumführ'n! Ogura hat zuerst den Bau versprochen, und Yagi ist nur auf den fahrenden Zug aufgesprungen. Es liegt doch auf der Hand, dass Irabu überredet worden ist, auch hier zu erscheinen!«, rief ein anderer Mann. Wenn man genau hinsah, fiel auf, dass hinten einige Männer zusammensaßen, die von ihrem äußeren Erscheinungsbild den Eindruck machten, als seien sie Fischer.

»Herr Doktor, stimmt das? Waren Sie wirklich bei Ogura?«, fragte Direktor Tokumoto blass.

»Wahrscheinlich nur jemand, der mir ähnlich sah«, brachte Irabu die aberwitzige Ausrede gelassen vor. »Aber kümmern Sie sich lieber um diese Leute da. Das sind doch alles Spione!«

»Die sind von der Fischereigenossenschaft! Lebend kommen die nicht hier raus!«, schrie jemand.

»Das sagen grad die Richtigen. Wer hat denn letztes Mal die Störenfriede von der Bauerngenossenschaft bei uns eingeschleust?«, hielten die Fischer dagegen.

»Wacht endlich auf, Leute! Yagi ist unfähig! Der kann mit Müh und Not eine Schachtel bauen, aber mehr nicht. Als Politiker ist der 'ne Null.«

»Halt's Maul! Wenn einer als Politiker nix aufm Kasten hat, dann is' das Ogura. Die Einzigen, denen es mit einem Bürgermeister Ogura gut geht, sind Ogura und seine Leute. Ihr Bauern werdet nur mit Lügen abgespeist.«

Im nächsten Augenblick flogen mehrere schwarze Gegenstände durch die Luft. Gleichzeitig verbreitete sich ein entsetzlicher Gestank. Die Fischer begannen, heimlich mitgebrachte Fischabfälle durch den Saal zu werfen.

»Fresst das! Jetzt ist Makrelensaison.«

Auch Oktopus- und Tintenfischabfälle flogen durch die Luft. Diejenigen, die davon getroffen wurden, nahmen die Abfälle und warfen sie zurück. Selbst Frauen nahmen an der nun einsetzenden Schlacht teil. Ryōhei war zum ersten Mal Zeuge eines leibhaftigen Aufruhrs.

»Verrecken sollt ihr!«

»Haut ab von der Insel!«

Flüche und zornige Rufe flogen hin und her. Wo war Irabu?, dachte Ryōhei, und er entdeckte ihn mitten im Getümmel, wo er sich mit offensichtlichem Vergnügen an der Schlacht beteiligte. Er war gerade dabei, ein Fischgekröse zu werfen, und stieß dabei einen schrillen Kampfschrei aus. Mayumi stand unbeteiligt in einer Ecke und rauchte mit angewidertem Gesicht eine Zigarette. Im nächsten Moment klatschte ihr ein verfaulter Oktopus mitten ins Gesicht.

»Ihr Schweine!«, schrie sie zornig, stürzte sich in die Menge und sprang einem Fischer mit beiden Beinen in den Rücken.

Alle im Saal waren munter bei der Sache, und es schien ihnen Spaß zu machen, dachte Ryōhei, während er aus der Distanz das Schlachtgetümmel vor sich sah.

Da ging es ihm plötzlich auf: Die Wahl auf dieser Insel war eine von allen willkommene Gelegenheit, eine Art Streitfest. Alle vier Jahre konnten alle Inselbewohner ihren Gefühlen einmal freien Lauf lassen und auf diese Weise die Langeweile des Alltags vorübergehend vergessen. Keiner auf der Insel wollte wirklich einen fairen und friedlichen Wahlkampf. Je lebendiger das Fest, desto besser.

Von hinten packte ihn jemand am Ärmel. Er drehte sich um und blickte in das wutverzerrte Gesicht von Muroi. »Miyazaki, du Saukerl! Du hast uns verraten.«

»Aber nein, lassen Sie mich das erklären …«

Im nächsten Augenblick bekam er einen Schlag gegen die Stirn und sah Sternchen. Muroi hatte ihm mit voller Wucht einen Kopfstoß verpasst.

»Morgen wirste vor uns allen Rechenschaft ablegen. Mach dich auf was gefasst«, sagte Muroi abschließend, bevor er sich wieder ins Getümmel stürzte.

Ryōhei atmete schwer. Er hielt sich die Brust und ging in die Hocke. In dem Moment flog ihm eine Makrele gegen den Kopf und traf ihn wieder an der noch schmerzenden Stirn.

8

Beide Parteien hatten ein Treffen im Behandlungszentrum auf dem Hügel vereinbart, von wo aus man einen so schönen Blick auf das Meer hatte. Die Heftpflaster auf den Gesichtern der Beteiligten legten deutlich Zeugnis von der Heftigkeit der gestrigen Auseinandersetzung ab. In der Mitte des Kreises saß Irabu und kaute auf den Lippen wie ein kleiner Junge, der gerade bei einem Streich erwischt und gescholten wurde. Neben ihm saß Ryōhei. Im Wartezimmer nebenan saß der Seniorenverein und lauschte gespannt.

»Mit anderen Worten: Sie, Herr Doktor, wollten der Ogura-Fraktion die eine Million Yen Beratergebühr zurückgeben und haben Miyazaki damit beauftragt. Doch der hatte nicht den Mumm dazu und so kam der Tag der Wahlkampfveranstaltung. Miyazaki sah daher keinen anderen Ausweg, als den Herrn Doktor zu beiden Veranstaltungen zu schleusen …«, fasste der Leiter des Yagi-Wahlvereins, Direktor Tokumoto, zusammen.

»Ja, ja genauso war es.« Irabu nickte wie ein Specht.

»Also, ganz so war es nicht …« Ryōhei verzog gequält das Gesicht. Schließlich kam der Vorschlag von Irabu. Warum bekam er dafür die Schuld in die Schuhe geschoben?

»Keine Ausreden! Wenn man Mist gebaut hat, soll man gefälligst auch dazu stehen«, wurde er von Muroi unterbrochen.

»Genau. Gerade weil man bei dir nie genau wusste, woran man war, ist es zu diesem Schlamassel gekommen«, ergänzte Isoda.

Anstatt Ryōhei Gelegenheit zur Rechtfertigung zu geben, machte man hier kurzen Prozess mit ihm. Irabu dagegen blieb von Vorwürfen verschont. Selbst in dieser Situation war es der lange Schatten des einflussreichen Vaters, der auf Irabu fiel und ihn von jeglicher Kritik freihielt.

»Na, wie dem auch sei. Ich muss jedenfalls sagen, dass Yagi nach wie vor ein gewiefter Hund ist. Er klaut die Ideen von anderen, kaum dass sie gedacht sind, wie jemand, der bei Schere, Stein, Papier eine Zehntelsekunde verzögert«, meinte Iwata ironisch.

»Was laberst du da! Bei Ogura dreht sich doch alles nur ums Schmiergeld. Was anderes kann der doch nicht«, erwiderte Tokumoto.

Beide Parteien kamen nach einer gegenseitigen Klärung der Umstände zu einem Gentleman's Agreement, und auf dem Tisch lagen nun die bisher verteilten Umschläge mit dem Geld.

Das allein stellte für Ryōhei eine große Beruhigung dar. Sein Rucksack war nun um einiges leichter geworden. Irabu dagegen gab nur widerwillig und mit offensichtlichem Missvergnügen seine Umschläge heraus.

»Nicht doch, Herr Doktor. Sie können Ihr Geld behalten. Das war schließlich von uns als Beratergebühr gedacht«, sagte Tokumoto lächelnd.

»Wenn das so ist, dann legen wir auch noch eine Million drauf«, meinte nun auch Iwata etwas versöhnlicher.

»Verzeihen Sie, wenn ich mich einmische. Aber wäre es nicht besser, hier und jetzt reinen Tisch zu machen und noch mal von vorne zu beginnen? Ansonsten stapelt sie hier nur weiter Bargeld«, schlug Ryōhei vor. Da beide Parteien keine Anstalten machten, selbst die Umschläge an sich zu nehmen, schob er sie ihnen mit Nachdruck hin. Nach kurzem Schweigen sagte einer: »Wenn man das so sieht …« Und schließlich nahmen beide Vertreter den Umschlag in die Hand.

Irabu knuffte Ryōhei in die Seite, doch der knuffte kräftig zurück.

In dem Augenblick kam ein altes Muttchen ins Sprechzimmer. »Sind Sie zu einem Ergebnis gekommen? Ob man will oder nicht, die Wahl ist schon am nächsten Sonntag, hihihi«, lachte sie und ließ ihre Goldzähne blitzen.

»Müsst ihr Alten uns auch noch piesacken? Macht euch wohl Spaß, wenn andere in der Patsche sitzen. Bei jeder Wahl ist es dasselbe mit euch«, spuckte Isoda gehässig aus.

»Findste das gut, waste da sagst? Der Seniorenverein hat mehr als siebenhundert Stimmen!«

»Meine Güte, das meinte ich doch nicht so. Ich nehm alles zurück. Wenn ihr uns wählt, bin ich sogar bereit, jedem Einzelnen die Schulter zu massieren.«

»Wie ist eigentlich die Stimmung beim Seniorenverein? Jetzt, wo wir schon mal alle zusammen sind, kannste mal offen deine Meinung sagen. Was erwartet ihr euch von der Wahl?«, fragte Muroi mehr der Form halber.

»Das ham' wir schon gesagt. Wir richten uns nach'm Doktor. Was wir wollen, ist ein Altenpflegeheim.«

Alle schwiegen betreten. Das war die Stimme einer Inselbewohnerin, die man nicht ignorieren konnte. Nicht nur für die Alten, auch für die Jungen, die die Insel verließen, war der Bau einer solchen Einrichtung wichtig, und es war die Aufgabe der Politik, entsprechende Maßnahmen zu ergreifen. Wohlfahrt und medizinische Versorgung durften nicht einfach nur zur Wahlkampfmunition verkommen. Ryōhei war in Anbetracht seiner eigenen Machtlosigkeit peinlich berührt.

»Haben Sie das gehört? Die richten sich nach mir, huhuhu«, prustete Irabu.

»Was reden Sie da? Sie sind weder ein Kandidat noch haben Sie ein Wahlrecht.« Ryōhei blickte Irabu abschätzig an. Alle außer Irabu stießen einen Seufzer aus.

»Aber wenn der Wunsch nach einem Altenpflegeheim von allen Seiten so stark ist, warum tun die beiden Lager sich nicht zusammen und geben gemeinsam ein öffentliches Versprechen ab?«, fuhr Ryōhei fort.

»So läuft das nich'«, erwiderte Tokumoto.

»Warum denn nicht? Ist doch gleich, wer gewinnt, solange das Pflegeheim gebaut wird. Man kann doch andere Themen finden, die bei der Wahl den Ausschlag geben.«

»Jetzt hör mal genau zu. Wenn wir beide die gleichen Wahlkampfversprechen abgeben, dann geht gar nix. ›Nur mit uns!‹, verspricht man und nimmt ein Projekt in Angriff. Das ist das, was Politiker machen. Wenn alle dasselbe versprechen, dann wird das in alle Ewigkeit nach hinten verschoben.«

»Was ist denn das für eine Logik?«

»Du bist naiv«, fuhr Iwata Ryōhei an. »Senju ist ’ne weit abgeschiedene Insel. Keine Bodenschätze, wenig Einnahmequellen, und unter normalen Umständen würden die Bewohner der Insel am Hungertuch nagen. Aber gerade wegen der Wahl schaffen wir es mit Ach und Krach, ein zivilisiertes Leben mit einer vernünftigen Infrastruktur zu führen. Bei einem flauem Wahlkampf macht ein Bürgermeister gar nix. Und im Rathaus läuft die Arbeit auf Sparflamme. Aber mit einem Erbfeind vor Augen, der jederzeit die Stimmverhältnisse zu seinen Gunsten wenden kann, ist man bereit, alles für den Dienst an der Allgemeinheit zu geben. Und dazu gehört ein Wahlversprechen, das nur eine Partei gibt. Mit einem Gefühl für Gerechtigkeit allein kann man eine kleine, abgeschiedene Insel nicht verwalten. Unrecht ist hier der Schutz der Gerechtigkeit. Das versteht natürlich einer aus Tokio nicht, für den Krankenhaus und Schule von Geburt an etwas Selbstverständliches sind.«

Ryōhei schwieg betreten, und sein erhitztes Gesicht kühlte sich schlagartig ab.

»Wir alle lieben unsere Insel. Und gerade deswegen kämpfen wir für sie«, fügte Iwata am Schluss noch hinzu.

Die Männer beider Lager nickten bei diesen Worten. Obwohl Feinde, waren sie in diesem Augenblick Herzensbrüder.

Ryōhei wusste endgültig nicht mehr, was er darauf noch erwidern konnte. Sogar Irabu machte ein ernsthaftes Gesicht und verhielt sich schweigend.

»Na gut, heute soll Waffenstillstand sein und morgen geht's wieder los. Alle einverstanden?«

»Hauptsache, ihr versucht vorher nicht irgendwelche krummen Dinger. Das soll'n fairer Schlagabtausch wer'n«, antwortete Iwata.

»Das sagt grad der Richtige, du Depp.«

Die Männer erhoben sich.

»Bis morgen dann, Herr Doktor«, sagten beide und verließen das Sprechzimmer. Draußen im Wartesaal saßen die Senioren mit besorgten Mienen. Ihnen allen stand die Bürde des Lebens in die Gesichter geschrieben. Sie sahen Irabu mit Blicken an, die besagten: »Jetzt liegt es bei dir.«

»Herr Miyazaki, haben Sie etwas dagegen, wenn ich nach Tokio zurückkehre?«, sagte Irabu schwermütig. »Irgendwie ist mir das alles plötzlich zu aufreibend geworden. Ich sorge auch rasch für einen Ersatz.«

»Jetzt nehmen Sie sich aber zusammen!«, herrschte Ryōhei ihn böse an. »Da reden Sie die ganze Zeit, wie es Ihnen in den Sinn kommt, und nun auf einmal das!«

»Mir ist das alles zu viel. Ich habe keine Lust, über das Schicksal von anderen Menschen zu entscheiden«, wand sich Irabu mit süßlicher Stimme.

Ryōhei fühlte auf einmal solch einen Zorn, dass er dem neben ihm sitzenden Irabu am liebsten einen Fausthieb verpasst hätte.

Im nächsten Moment hörte er einen Schlag wie von einem Gong, der durchs Zimmer hallte. Er blickte sich um und sah Mayumi breitbeinig mit einer metallenen Bettpfanne in der Hand hinter Irabu stehen.

»Autsch! … Mayumi, warum machst du das?« Irabu krümmte sich mit Tränen in den Augen. Die Katzen waren bei dem Schlag sofort auseinandergestoben.

»Wenn Sie's schon nicht machen …«, sagte sie schroff von oben auf Ryōhei herab.

»D … danke …«, konnte er nur herausbringen.

Vom nächsten Tag an nahm die Offensive für Irabus Wohlwollen an Intensität zu. Täglich wurde Irabu nun von einem der beiden Lager entweder zum Mittag- oder zum Abendessen eingeladen, um ihn zu bearbeiten. Das eigentliche Ziel war natürlich die »Beratergebühr«, die als Vorwand für eine fortgesetzte Bestechnung diente. Die Irabu von beiden Seiten zugesteckte Summe hatte schnell die Fünf-Millionen-Marke überschritten.

»Herr Miyazaki, sagen Sie denen, ich will nichts mehr!«, bat ein inzwischen niedergeschlagener Irabu.

»Warum denn? Sie wollten doch die ganze Zeit ein bisschen Geld nebenher.«

»Irgendwie macht mir das Angst. Und eigentlich brauche ich auch nicht mehr als eine Million Yen im Monat.«

»Da sind Sie bei mir an der falschen Adresse. Machen Sie das gefälligst selbst«, antwortete Ryōhei kühl.

Da man inzwischen befürchtete, dass Irabu einfach nach Tokio abhaute, entschieden beide Lager, Ryōhei zu Irabus Assistenten zu machen. Von seiner Arbeit im Rathaus war er vollständig befreit und fungierte nun als Aufpasser des Doktors.

»Mein Bauch tut weh. Ich glaub, heute mache ich die Praxis zu«, meinte Irabu eigensinnig.

»Auf keinen Fall, als Erwachsener können Sie doch nicht einfach so tun, als wären Sie krank.«

»Aber wenn ich es Ihnen doch sage! Das kommt bestimmt vom Stress.«

Ryōhei sah Irabu genau an.

»Sieht fast so aus, als ob auch Sie ein Nervenkostüm wie wir alle haben.«

»Natürlich! Im Prinzip bin ich ein sehr feinfühliger Mensch. Sie können mich von jetzt an ruhig den ›naiven Irabu‹ nennen.«

Das war Ryōhei viel zu dämlich, so dass er keine Lust verspürte, darauf einzugehen.

»Wie steht es eigentlich mit Ihnen, Herr Miyazaki? Sie haben doch an einer Ataxie gelitten.«

Jetzt, wo es Irabu sagte, fiel Ryōhei auf, dass sich schon seit einigen Tagen keine Krankheitssymptome mehr zeigten. Bei all der Aufregung hatte er das völlig vergessen.

»Anscheinend bin ich geheilt. Sie wissen doch: Das Geld bin ich endlich losgeworden.«

Das war bestimmt der Grund. Nachdem er von seinem Dilemma befreit war, fühlte er sich zusehends leichter.

»Ursprünglich war ich nur eine Stimme, aber dann hat man mich eingespannt, um auf Stimmenfang bei den Senioren zu gehen. Diese ehrenvolle Aufgabe haben Sie jetzt, Herr Doktor, und ich habe nichts mehr damit zu tun, hahaha«, lachte Ryōhei aus vollem Hals.

»Sie sind gemein!«, sagte Irabu und schlurfte träge ins angrenzende Patientenzimmer, das leer war. Er machte die Tür hinter sich zu, und auf einmal hörte Ryōhei, wie von innen der Schlüssel umgedreht wurde. Irabu hatte sich eingeschlossen.

»Herr Doktor, jetzt lassen Sie bitte diese Witze. Draußen warten schon ein paar Patienten.«

Ryōhei ging zur Tür und hämmerte dagegen. Keine Antwort.

»Herr Doktor, jetzt seien Sie doch nicht so kindisch. Kommen Sie raus!«

Drinnen blieb es weiter still. Ryōhei ging ins Freie, um das Gebäude herum, und lugte von außen durchs Fenster. Irabu lag mit angezogenen Beinen im Bett und hatte die Decke über sich gezogen. Durch seine Leibesfülle sah es aus wie ein kleiner Berg.

»Herr Doktor, Herr Doktor!«, rief Ryōhei, während er ans Fenster klopfte. Irabu stand mit bösem Gesicht auf, kam ans Fenster und zog die Vorhänge zu.

Das konnte doch nicht wahr sein! Der Mann verhielt sich wie ein kleines Kind. Rasch eilte Ryōhei zurück ins Sprechzimmer, um Mayumi um Rat zu fragen.

»Hoffnungslos. Wenn der erst einmal eingeschnappt ist, dann bleibt er es, bis seine Mutter aufkreuzt«, meinte die am Fenster rauchende Mayumi ohne großes Interesse.

»Was iss'n passiert?«, fragte eine von den Seniorinnen, die gemerkt hatte, dass etwas vorgefallen war.

»Doktor Irabu hat sich eingeschlossen und kommt nicht mehr raus.«

»Ah, kein Wunder bei dem Kindskopf.«

»Das wussten Sie?«

»'türlich, von Anfang an. Diese ganze Spritzengeberei und so. Aber trotzdem mögen wir den Doktor alle. Narren ham was Gemütliches an sich.«

»Ja, genau. Meine Neuralgie ist auch verschwunden. Wir woll'n halt, dass sich jemand um uns kümmert, und der Doktor hat nix dagegen, mit uns zu red'n.«

Ryōhei fiel es wie Schuppen von den Augen. Er erinnerte sich plötzlich an Irabus merkwürdige Popularität. Selbst die Inselkinder fassten schnell Zutrauen zu ihm, weil sie ihm nicht mit der üblichen Ehrerbietigkeit gegenüber Erwachsenen begegnen mussten.

In dem Moment kam Isoda herein. »Tachchen! Ist der Herr Doktor da? Ich hab ihm da ein gutes Angebot mitgebracht.«

»Tja, Herr Isoda, die Sache ist die …«, antwortete Ryōhei und unterrichtete ihn über die Entwicklung der letzten halben Stunde.

»Was? Eingeschlossen hat der sich?«

Plötzlich stand Muroi in der Tür. »Was denn, was denn! Besprechung mit Isoda? Sieh dich bloß mal vor.«

Ryōhei zog ihn am Ärmel weg und erklärte ihm dasselbe wie Isoda.

»Miyazaki, da lässte dir aber schnell was einfallen. Wofür haben wir dich eigentlich zum Assistenten gemacht?«

»Richtig, und zwar fix, denn viel Zeit bleibt nich' mehr.«

Beide Männer nahmen eine drohende Haltung ein.

»Jetzt hören Sie mich erst einmal an. Irabu können Sie mit Geld und Geschenken nicht mehr kommen, denke ich.«

»Was soll das heißen?«

Ryōhei erklärte ihnen nach einem tiefen Atemzug, dass Irabu durch die maßlosen Geldgaben zunehmend eingeschüchtert sei.

»Sieh mal an, da haben wir den guten Doktor wohl an seiner empfindlichen Stelle erwischt.«

»Da kenn sich einer aus! Ich hätt' gedacht, dem könnte man mit allem kommen.«

»Er ist schlicht und einfach ein Kind«, murmelte Ryōhei, und nach einer kurzen Pause nickten die beiden Männer wie zur Bestätigung.

»Hilft aber alles nix. Wenn der nich' rauskommt, kann ich nich' mit ihm reden.«

»Wenn er kein Geld will, was dann? Das würd ich gern wissen.«

»Hm, vielleicht braucht er nix.«

Die drei waren in einer Sackgasse angelangt. Ryōhei schenkte Tee ein, den sie still im Sprechzimmer tranken, derweil die anwesenden Katzen um ihre Beine strichen.

»Ähem …!«, räusperte sich auf einmal Mayumi vom Fenster aus. Ryōhei blickte zu ihr und merkte, dass sie etwas sagen wollte.

»Ja? Was ist?«

»Also, es gäbe da schon einen Weg …«, meinte Mayumi und grinste anzüglich.

»Sie meinen, wie man den Doktor aus dem Zimmer kriegt?«

Mayumi nickte selbstbewusst.

»Ja, dann spannen Sie uns nicht auf die Folter«, sagte Ryōhei. Mayumi streckte die Hand aus.

»Ach ja … natürlich.« Muroi und Isoda wühlten hastig in ihren Taschen.

»Mehr als das haben wir jetzt nicht bei uns«, sagten sie und gaben Mayumi zwanzigtausend Yen.

Mayumi steckte es kurzerhand in ihren Ausschnitt, rollte anschließend ihren weißen Minirock hoch und zog ihr Handy heraus, das in einem Straps steckte. Sie drückte ein paar Tasten, hielt ihr Ohr an den Lautsprecher und schrie plötzlich mit furchterregender Stimme: »Herr Doktor, wenn Sie jetzt nicht sofort rauskommen, dann rufe ich Ihre Mutter an!!«

Sie drückte die Austaste und verstaute das Handy wieder. Ryōhei und die beiden anderen waren gespannt, was nun passierte.

Zehn Sekunden später hörten sie, wie sich die Tür im Flur öffnete. Sandalen schlurften über den Boden und Irabu erschien vor ihnen.

»Du bist wirklich fies«, beschwerte er sich mit saurem Gesicht.

»Hat der etwa einen Mutterkomplex?«, tuschelten Muroi und Isoda miteinander.

»Herr Doktor, ich denke, die Zeit ist reif für eine Entscheidung, damit endlich dieses Hin und Her ein Ende hat und der Druck von unser aller Schultern genommen wird«, schlug Ryōhei im Ton der Beschwichtigung vor.

»Na gut, dann entscheiden wir das mit Schere, Stein, Papier. Wer gewinnt, hat meine Unterstützung«, sagte Irabu trotzig, als er sich in seinen Sessel plumpsen ließ.

tungsmauern. Die Flaggen auf den Spitzen flatterten leicht im Wind.

Irabu steckte den Zeigefinger ins linke Ohr und hob mit der rechten Hand die Pistole senkrecht in die Höhe.

Die vierhundert Teilnehmer beider Mannschaften gingen mit geröteten Gesichtern in Stellung. Die Männer bebten in fiebriger Erregung. Die Zuschauer standen von ihren Sitzen auf. Ryōhei ballte die Faust und schluckte.

In dem Moment knallte der Schuss.

btb

Mehr vom japanischen Kult-Psychiater Dr. Irabu:

Hideo Okuda

Die seltsamen Methoden des Dr. Irabu

240 Seiten
ISBN: 978-3-442-73602-7

Ein Bandenboss, der an einer Phobie vor spitzen Gegenständen leidet. Ein Baseballspieler, der die Kontrolle über den Ball verloren hat. Eine Schriftstellerin, die an Brechreiz leidet, sobald sie an ihrem neuen Roman schreibt. Sie alle landen in der Praxis des Psychiaters Dr. Irabu. Er ist ein durchaus ungewöhnlicher Arzt, klein und dicklich, die mürrische Krankenschwester immer im Schlepptau. Unkonventionell sind auch seine Behandlungsmethoden: Statt sie auf die Couch zu legen, verfolgt er seine Patienten regelrecht und konfrontiert sie mit ihren Neurosen. Und siehe da – seine seltsamen Methoden zeigen Wirkung.

»In der japanischen Literatur hat sich eine neue, urkomische Gestalt eingenistet.«
Yomiuri Shinbun

»Nee, das kann man vergessen. Das würde keiner akzeptieren.«

»Dann eben mit Stangenstürzen. Wer von beiden Teams die Stange erobert, hat gewonnen.«

»Wie stellen Sie sich das vor? Eine Wahl ist doch kein Sportfest.«

»Gut, dann fahre ich zurück nach Tokio.«

Nun war Irabu vollkommen eingeschnappt. Ryōhei schaute zur Decke und stieß einen tiefen Seufzer aus. Er wandte sich um zu Muroi und Isoda, um von ihnen Schützenhilfe zu bekommen. Doch musste er feststellen, dass sich die beiden mit kampfeslüsternen Blicken anfunkelten.

»Damit hätte ich kein Problem«, brummte Isoda.

»Ich auch nicht. Erst muss ich das aber mit meinen Leuten absprechen«, sagte Muroi streitlustig.

»Wie bitte? Was soll das heißen?«

»Stangenstürzen. Wir machen das!«, antworteten beide gleichzeitig.

Ryōhei traute seinen Ohren nicht. »Das ist doch nicht Ihr Ernst«, krächzte er.

»Davon weißte natürlich nix. Bis vor zehn Jahren gab's hier jedes Jahr'n Sportfest. Um es gleich vorweg zu sagen. Das war nich so'n lascher Wettkampf wie der TV-Sängerwettbewerb am Jahresende. Bei uns ging's richtig zur Sache, zwischen der Ogura- und der Yagi-Fraktion. Und der Hauptwettbewerb war Stangenstürzen«, erklärte Isoda mit verschränkten Armen.

»Richtig!«, ergänzte Muroi. »Und jedes Mal gab's Schwerverletzte, so dass man nur von Glück sagen konnte, dass keiner ins Gras gebissen hat. Wir haben irgendwann einen Abgeordneten aus Tokio als unparteiischen Schiedsrichter engagiert, der das Ganze überwacht hat. Das Fest hat 'ne über fünfzigjährige Geschichte. Im Moment steht's 26:24 für Yagi.«

»Hey, du Lügenmaul. Es steht 25 zu 25. Gerade deswegen hat Ogura ja einen Schiedsrichter gefordert.«

»Isoda, warum verdrehst du denn die Tatsachen? Akzeptier die Vergangenheit, so wie sie war«, machte sich Muroi mit vorgeschobenen Kinn lustig über sein Gegenüber.

»Wer verdreht denn hier die Tatsachen?«, gab Isoda ärgerlich zurück.

»Sagen Sie, gibt es keine andere, etwas realistischere Möglichkeit, zu einer Entscheidung zu kommen?«, fragte Ryōhei.

»Ich finde das ausreichend realistisch.«

»Ich ebenfalls. Keine faulen Tricks, sondern 'ne gradlinige Sache.«

Keiner von beiden machte Anstalten zurückzuweichen.

»Da haben Sie ja wieder was Schönes angerichtet …«, warf Ryōhei einen missbilligenden Blick auf Irabu.

Irabu schien wieder bessere Laune zu haben und trug eine überhebliche Miene zur Schau.

»Das war ja sozusagen eine göttliche Eingebung von Ihnen, Herr Doktor.«

»Ja, dasselbe hab ich auch gedacht.«

»Allein kann ich das aber nicht entscheiden. Erst muss ich mich mit den andern vom Wahlverein absprechen.«

»Ich werde sofort eine Dringlichkeitssitzung einberufen.«

Breitbeinig verließen Muroi und Isoda das Sprechzimmer. Ryōhei saß eine Weile sprachlos da. Stangenstürzen? Damit wurde entschieden, wen man wählte?

»Hervorragend. Endlich habe ich mit der Sache nichts mehr zu tun«, klopfte sich Irabu selbst auf die Schulter.

»Was reden Sie da! Wenn das wirklich mit Stangenstürzen entschieden werden sollte, dann ist das etwa so wie eine Schlacht! Und das in Zeiten der Demokratie!«

»Herr Miyazaki, Demokratie ist nicht immer der Weisheit

letzter Schluss. Die funktioniert tatsächlich nur in einem bestimmten Maßstab. Bei einer Bevölkerung von weniger als zehntausend ist es besser, wenn jemand wie ein Feudalherr die Geschicke einer Region leitet, hihihi.« Irabu war nun wieder vollständig obenauf und lachte sich ins Fäustchen.

Ryōhei dagegen war ratlos. Sein Blick fiel auf den Wandkalender. Bis zur Wahl waren es nur noch vier Tage.

9 ___

Es war unglaublich. Beide Lager waren auf ihren Sitzungen tatsächlich übereingekommen, das Recht für das Versprechen eines Altenpflegeheimes über einen Wettkampf im Stangenstürzen zu entscheiden. Obwohl, als Sitzung konnte man die Versammlung wohl nur bedingt bezeichnen. Tatsächlich waren beide Lager wohl in prächtiger Kampfesstimmung gewesen und viele Worte wurden bestimmt nicht gemacht:

»Knöpfen wir uns die vor?«

»Die soll'n nur kommen!«

In diesem Stil waren die Sitzungen wahrscheinlich abgelaufen.

»Nicht zu ändern. Wir befinden uns hier eben in einer Art Bürgerkrieg«, meinte Irabu, als ginge ihn das alles nichts an. Anscheinend hatte er schon vergessen, dass er es war, der Öl ins Feuer gegossen hatte. Seine Praxis war wieder geöffnet, und er verteilte erneut nach Herzenslust Spritzen an Jung und Alt.

Auch der Seniorenverein hatte keine Einwände gegen den Wettkampf.

»Das geht schon in Ordnung. Als ich jung war, hab ich auch immer mitgemacht. Beim alten Ogura in den Fünfzigerjahren ham wir dreimal hintereinander gewonnen. Ich war damals Führer der Verteidigung.«

»Die Frauen ham den ganzen Tag Reis gekocht. Zehn Kilo waren da schnell verputzt.«

Mit verträumten Blicken erinnerten sich die Alten an damals, und im Wartezimmer wurde lebhaft über Strategien beim Stangenstürzen diskutiert.

Ryōhei machte diese ihm fremde Gedankenwelt zu schaffen. Vielleicht dachte die Hälfte der Erdbevölkerung so wie hier, überlegte er und blickte versonnen zum Himmel über der Insel. In dieser Welt würde es immer Kriege geben. Gleich welche zahllosen Tragödien sie auch zur Folge hatten, die Menschen zogen trotzdem hochgemut in die Schlacht.

Solange keiner stirbt, ist es ein Erfolg, hatte Irabu gesagt, und wenn man es so sah, dann war Stangenstürzen eine vergleichsweise friedliche Lösung des Konflikts. Für den vierundzwanzigjährigen Ryōhei war die Welt noch voller Rätsel.

Die Stangen für den Wettkampf schlummerten im Lager des Shinto-Schreins. Dick und schwarzglänzend sahen sie mit ihren fünfundzwanzig Metern Länge aus wie Strommasten. Die Rathausangestellten wuchteten die Stangen ins Freie, wo der Oberpriester sie in einer Zeremonie weihte. Alle Anwesenden standen dabei mit gesenkten Köpfen da, und selbst Ryōhei hatte in dem Moment das Gefühl, einer heiligen Handlung beizuwohnen.

Der Wettkampf wurde auf den Tag vor der Wahl, um 12 Uhr mittags festgesetzt. Austragungsort war der Schulhof der Grundschule. Eine Mannschaft bestand aus zweihundert Männern. Sieger war derjenige, der zuerst die gegnerische Flagge von der Spitze der Stange in seinen Besitz gebracht hatte. Als Wettkampfbeobachter wurden einige Alte aus dem Seniorenverein von Irabu höchstpersönlich ausgewählt.

»Eigentlich würde ich ja lieber selbst teilnehmen, als nur zuschauen«, meinte Irabu.

»Auf keinen Fall, Herr Doktor. Das ist kein Spaß. Sie müssen ordentlich Ihrer Aufgabe als unparteiischer Schiedsrichter nachkommen«, antwortete einer der Alten diesmal in einem Ton, der keinen Widerspruch duldete. Da nun einmal die Entscheidung für diesen Kampf gefallen war, wollten die Inselbewohner den Wettstreit auch korrekt durchführen lassen, dachte Ryōhei. In diesem Moment empfand er so etwas wie eine tiefe Verbundenheit mit diesem Fleckchen Erde.

Nachdem die wesentlichen Punkte geklärt waren, begannen beide Seiten mit dem Training, für das nur zwei Tage Zeit blieb. Die Mannschaft von Ogura benutzte den Hof der Mittelschule, die von Yagi übte auf dem Platz des Sportzentrums. Am ersten Trainingstag war die Öffentlichkeit zugelassen, am zweiten Tag wurde die Strategie geübt, und außer den unmittelbar Beteiligten durfte keiner mehr den Platz betreten. Denn der Schlüssel zum Erfolg beim Stangenstürzen war die Formation.

Irabu wollte am ersten Tag beim Training zusehen und machte sich mit Ryōhei und Mayumi auf den Weg. Als Erstes schauten sie beim Ogura-Team vorbei. Der Schulhof war voller Menschen, als sie ihn betraten. Viele von ihnen waren auf die wie zu Weihnachten geschmückten Bäume geklettert, um von dort besser sehen zu können. Die Frauen kochten süße Bohnensuppe mit Reisklößen und verteilten sie an die Zuschauer. Natürlich ließ auch Irabu die Gelegenheit, Essen umsonst zu bekommen, nicht an sich vorübergehen.

»Herr Doktor!! Wie freue ich mich, Sie zu sehen!« Oguras Tochter kämpfte sich durch die Menge und umarmte Irabu. »Bitte, Herr Doktor, lassen Sie Ihre Beziehungen spielen und meinen Vater das Pflegeheim bauen!«

»Na, na, hihihi«, wehrte Irabu ab, war aber offensichtlich erfreut über ihr Interesse an ihm.

»O-Kei-chan! Lass den Quatsch. Die Sache wird mit Stangenstürzen entschieden«, rief ihr Direktor Iwata zu.

»Ach so? Na dann … tschüüs, Herr Doktor!« Und schwupps – war sie weder weg.

»Miyazaki, was sagste zu unsern Prachtjungs? Mehr als die Hälfte sind Fischer, und mit deren Power können wir gar nich verlieren«, sagte Direktor Iwata stolz. Er selbst hatte zum Zeichen seiner Bereitschaft, alles zu geben, ein gewundenes Stirnband mit dem japanischen Sonnenbanner umgebunden.

»Sehr eindrucksvoll! Ich werde mich aber wie Doktor Irabu neutral verhalten und demjenigen meine Stimme geben, der gewinnt. Das verspreche ich.«

»Mach das. Der Doktor hat den Vorschlag wohl nur aus 'ner plötzlichen Laune heraus gemacht, aber ich find diese Methode am besten. Dann brauchen wir auch nich' mehr mit Geld um uns zu werfen. Unter uns gesagt, wir ham noch dreißig Millionen Yen an Wahlkampfgeld übrig. Auch Ogura ist darüber nicht unglücklich.«

Die letzten beiden Sätze sagte er mit gesenkter Stimme und lachte. Sein frisch-fröhliches Gesicht machte auf Ryōhei den Eindruck, als wäre er erst jetzt von einem bösen Geist befreit, der ihn lange gequält hatte.

Als Nächstes bekam Ryōhei eine süße Bohnensuppe angeboten, die sich an diesem Wintertag angenehm warm in seinem Bauch ausbreitete.

Anschließend gingen sie zum Yagi-Feldlager, wo die Menschen genauso dicht gedrängt standen und den Platz mit Leben erfüllten. Anders als bei Ogura fielen hier eine Menge junger Leute ins Auge, die sonst nicht auf der Insel zu sehen waren. Man erklärte ihnen, dass man alle Oberschüler und Studenten, die in Tokio zur Untermiete wohnten, für diesen Wettkampf zurückgerufen hatte. Die Atmosphäre war geladen von ihrer jugendlichen Energie, und auch die Erwachsenen sahen fröhlich aus.

»Shunske, alles klar? Du holst übermorgen die Flagge für uns runter!«, feuerte ein Vater seinen Filius an, der mit angespanntem Gesicht nickte. Es war ein Anblick, der einem irgendwie zu Herzen ging.

Direktor Tokumoto kam zu ihnen und sang ein Loblied auf sein Team. »In der erntefreien Saison machen die Bauern Muskeltraining im Sportzentrum. Die Fischer machen uns keine Angst!«, meinte er mit stolzgeschwellter Brust. »Gell, Miyazaki, wenn du zurück in Tokio bist, erzählste denen von uns. Selbst im einundzwanzigsten Jahrhundert gibt es noch eine Insel, auf der Demokratie nix zählt.«

»Na, also wirklich …«

»Aber uns ist das recht. Wir wissen schon, wie wir damit umzugehen haben.«

»Ich verstehe Sie.« Ryōhei meinte, was er sagte. Er wollte die Menschen hier nicht mehr mit der Messlatte Tokios beurteilen. Diese Insel wusste selbst am besten, was gut für sie war. Senju war wie eine Wippe. An beiden Enden saß jemand und so blieb sie immer in Bewegung.

In einer Ecke stand Irabu und verschlang frisch zubereitete süße Reisbällchen.

»Herr Doktor, jetzt beherrschen Sie sich doch mal«, schalt ihn eine alte Dame.

Übermorgen fiel die Entscheidung.

Am Tag X war im Inselhafen die Hölle los. Als bekannt wurde, dass nach mehr als zehn Jahren wieder ein Stangenstürzen anstand, kamen die Menschen, die früher auf der Insel gelebt hatten, mit ihren Familien, um sich das Spektakel anzusehen. Auch von den benachbarten Inseln reisten Verwandte und andere an. Die Bürgermeister der Nachbargemeinden waren als Ehrengäste geladen.

»Senju hat's gut. Alle vier Jahre gibt's hier 'ne Unterhaltung, die der Olympiade in nichts nachsteht«, machte sich einer der Gäste lustig.

»Was issen das eigentlich für einer, dieser Doktor Irabu, der das Pflegeheim bauen lassen will?«, wollte ein anderer wissen.

»Sie müssen uns auch irgendwann einmal die Ehre geben«, baten die Bürgermeister einer nach dem anderen, worauf Irabu übermütig meinte: »Das hängt ganz davon ab, was Sie zu bieten haben, hehehe.«

Der Schulhof der Grundschule war überfüllt mit Zuschauern, und da immer mehr kamen, öffnete man das Schulgebäude. Nun standen in den Fenstern des ersten und zweiten Stocks die Menschen dichtgedrängt wie Weintrauben. Die beiden Fangruppen waren deutlich voneinander getrennt. Vor der Schule saßen rechts die Unterstützer von Ogura und links die von Yagi. Zwischen beiden Gruppen waren die Mitglieder des Seniorenvereins platziert.

Ryōhei und Mayumi waren offiziell Irabu als Assistenten zugeteilt. Die drei hielten sich in dem offenen Zelt der Wettkampforganisation auf. Die von Irabu ausgewählten Beobachter saßen ganz vorne, und in der Mitte thronten Ogura und Yagi in traditioneller japanischer Kleidung und würdigten sich keines Blickes. Mayumi rauchte mit übereinandergeschlagenen Beinen gelangweilt eine Zigarette. Auf ihrem Gesicht war deutlich zu sehen, wie dumm ihr das Ganze vorkam.

»Mayumi, was denken Sie über Senju?«, fragte Ryōhei.

»Was meinen Sie?«

»Würden Sie noch einmal herkommen, wenn Ihr Dienst beendet ist?«

Eine Weile schwieg Mayumi. Dann schüttelte sie ganz langsam den Kopf.

Na was soll's. Von dieser Frau würde man nie eine klare Antwort bekommen.

Nachdem die Frauen nach alter Tradition Salz auf den Platz gestreut hatten, erschienen die Wettkämpfer in der Arena. Ryōhei war überwältigt von dem nun einsetzenden Applaus und den Rufen des Publikums, die die Erde dröhnen ließen. Es war eine ausgelassene Stimmung wie beim entscheidenden Kampf am letzten Tag eines Sumoturniers oder bei einem Rolling-Stones-Konzert.

»Ja nicht schlappmachen!«, rief eine Ehefrau ihrem Mann zu.

»Kenji, streng dich an!«, brüllte eine Mutter ihren Sohn an.

Von überall erschallten aufmunternde Zurufe. Bunte Fischerfahnen wurden geschwenkt, und Bohnen wirbelten als Glücksbringer durch die Luft.

Die Jungen und Männer waren alle in Fundoshi, japanischen Lendentüchern, und Tabi-Socken gekleidet. Am Oberkörper trugen sie Happi-Kittel. Die Ogura-Mannschaft erschien in Dunkelblau, das Yagi-Team in Hellbraun. Extra für diesen Tag hatten sich viele von ihnen einen Bürstenhaarschnitt machen lassen und sahen martialisch aus.

Diese archaisch anmutende Szenerie verusachte bei Ryōhei eine Gänsehaut. Er selbst kam aus der Hauptstadt, wo Hochhäuser die Landschaft beherrschten, herausgeputzte Frauen und gestylte Männer durch die Straßen flanierten und für Geld alles zu haben war. Doch nur einige hundert Kilometer weiter gab es einen Ort, an dem ein Ritual praktiziert wurde, das einen die Gegenwart vergessen ließ. Ob ihm das in Tokio jemand glauben würde?

Als Erstes stand die Begrüßung durch den Schuldirektor auf dem Programm. In festlichem Anzug stand er auf dem Podest, das sonst für den täglichen Morgenappell der Schule diente. »Für drei Jahre wurde ich hier auf diese Insel versetzt, und ich hätte es in meinen kühnsten Träumen nicht für möglich gehalten, dass mir die Ehre zuteil wird, an einem solchen Tag das Wort an euch richten zu dürfen. Jemand, der im nächsten Frühling schon wieder die Insel verlassen wird, hat eigentlich gar kein Recht, sich einzumischen. Deswegen sage ich nur eins: Hauptsache, keine Verletzungen! Und damit erkläre ich den einundfünfzigsten Wettkampf im Stangenstürzen auf der Insel Senju für eröffnet!«

Erneut brandete Applaus auf, und Beifallsrufe wurden laut. Die Worte des Direktor waren ehrlich und entschlossen. Man glaubte ihm gerne, dass er nicht aus Pflichtgefühl gesprochen hatte.

Als Nächstes bestieg der Vorsitzende des Seniorenvereins mit Unterstützung seines Enkels das Podest – ein gebrechlicher Alter, der die achtzig schon lange hinter sich gelassen hatte. Die meiste Zeit schien er zu Hause im Bett zu verbringen und deshalb sah Ryōhei ihn zum ersten Mal. Nachdem sich der Alte kurz geräuspert hatte, wurde es schnell still auf dem Platz.

»Ich hör seit einer Weile nich' mehr gut und weiß deshalb eigentlich nich' genau, was in der Stadt so vor sich geht. Na ja, is' vielleicht nich' das Schlechteste … Du, Takeshi!«

Ogura schreckte auf wie vom Blitz getroffen.

»Als dein Vatter noch der Dorfälteste hier war, hat er mich zum Leiter der Dorfratsversammlung bestimmt. Das war'n großartiger Mann. Er war's, der den Hafen hier hat bauen lassen. Ihm ham wir auch die Linienschiffe zu verdanken, die nach mühevollen Verhandlungen mit einer Reederei bei uns regelmäßig verkehren. Machst du deinem Vatter auch keine Schande mit deiner Arbeit?«

Ogura korrigierte seine Sitzhaltung und nickte mit leicht verkrampftem Gesicht.

»Na, dann is ja gut. Und du, Osamu!«

Nun war es Yagi, der sich blitzschnell gerade hinsetzte.

»Dein Vatter war leider unser politischer Gegner. Aber das war nix Persönliches. Im Gegenteil, ich hab ihn immer geachtet. Dein Vatter war'n engagierter Mensch. Wär er nich' gewesen, hätten die andern Bauern die Insel schon vor langer Zeit verlassen. Er war's, der die Viehwirtschft bei uns aufgebaut hat. Ich seh' ihn heut noch vor mir, wie er mit 'ner Hacke in der Hand bei glühender Hitze auf dem Feld schuftet. Osamu, hältst du auch das Andenken deines Vatters in Ehren?«

Yagi warf sich in die Brust und nickte eiftig.

»Na, dann is ja gut. Die Zeit von uns Alten ist jedenfalls zu Ende. Nun sollen die Jungen ran und tun, was sie glauben, dass richtig is.«

Alle hörten mit gesenktem Kopf zu. Bestimmt gab es viele, die durch diese Worte beschämt wurden.

»Sind Tokumoto und Iwata von den Wahlvereinen da? Wenn ja, dann soll'n se mal vorkommen.« Scheu kamen die Angesprochenen aus der Menge nach vorne. Beide, die sonst aufbrausende Direktoren ihrer Baufirmen waren, wirkten auf einmal steif wie Kaninchen vor einer Schlange.

»Ihr versprecht mir jetzt hier mit Handschlag, dass das ein fairer Kampf wird. Von Ogura und Yagi kann ich das eh nich' erwarten, und deshalb macht ihr das als Stellvertreter.«

Unsicher taten die beiden, was der Alte von ihnen verlangte, während Ogura und Yagi ob dieser Schelte rot anliefen.

»Und jetzt alle Beifall!«

Nach einer Schrecksekunde klatschten die Anhänger beider Lager in die Hände, dass es über den ganzen Schulhof bis hin zum Wald widerhallte. Auch die Ehrengäste im Zelt erhoben sich und spendeten Beifall. Es sah aus, als würde der Applaus kein Ende nehmen.

Ryōhei wurde es ganz heiß in der Brust. Egal wer heute gewinnen würde, um diese Insel brauchte er sich gewiss keine Sorgen zu machen. Auch wenn die Interessen unterschiedlich waren, sie alle liebten ihre Heimat.

Nachdem der Alte von der Bühne gestiegen war, kam Irabu mit einer Startpistole herauf, die er mit seiner Hand fest umschlossen hielt.

»Also dann, Leute, gleich geht's looos! Alle gut vorbereitet?«, schrie er wie ein Berserker ins Mikrofon. »Wer gewinnt, der hat meine Unterstützung für das Pflegeheim. *Fooooo!*«

Der Moment der Ergriffenheit war schnell vorbei, denn nun stand der Narr auf der Bühne. Ryōhei verdrehte die Augen und selbst Mayumi ließ den Kopf hängen.

»Herr Doktor, versprochen is' versprochen, ja?«, rief ein altes Muttchen aus dem Publikum.

»Logisch! Ich werd Vati schon überreden.«

»Vati? Wie alt sin' Se eigentlich, Herr Doktor? Man könnt' ja fast glauben, Sie wär'n immer noch im Kindergarten.«

Auf einmal machte sich eine allgemeine Heiterkeit auf dem ganzen Platz breit. Die Spannung von eben war schlagartig verschwunden, und die Menschen strahlten über das ganze Gesicht.

Irabu hatte eine sonderbare Wirkung auf die Menschen. Noch keine zwei Wochen war er auf der Insel, da hatten ihn alle in ihr Herz geschlossen. Gut, das war vielleicht übertrieben. Für die Inselbewohner war Irabu wie ein Wesen von einem anderen Stern.

»Also dann, Leute. Auf die Plätze!«

Sofort wurden zu beiden Seiten die beiden Pfähle hochgezogen. Zur vollen Größe aufgerichtet, waren sie so hoch wie Fes-